D1343668

Espion de Dieu

JUAN GÓMEZ-JURADO

Espion de Dieu

Traduit de l'espagnol
par Catalina Salazar

ÉDITIONS FRANCE LOISIRS

Titre original : *Espía de Dios*

Édition du Club France Loisirs,
avec l'autorisation des Éditions Plon.

Éditions France Loisirs,
123, boulevard de Grenelle, Paris
www.franceloisirs.com

Le Code de la propriété intellectuelle n'autorisant, aux termes des paragraphes 2 et
3 de l'article L. 122-5, d'une part, que les « copies ou reproductions strictement
réservées à l'usage privé du copiste et non destinées à une utilisation collective » et,
d'autre part, sous réserve du nom de l'auteur et de la source, que « les analyses et les
courtes citations justifiées par le caractère critique, polémique, pédagogique,
scientifique ou d'information », toute représentation ou reproduction intégrale ou
partielle, faite sans le consentement de l'auteur ou de ses ayants droit ou ayants cause,
est illicite (article L. 122-4). Cette représentation ou reproduction, par quelque procédé
que ce soit, constituerait donc une contrefaçon sanctionnée par les articles L. 335-2 et
suivants du Code de la propriété intellectuelle.

© Juan Gómez-Jurado, 2006.
© Plon, 2007 pour la traduction française
ISBN : 978-2-298-01148-7

A Katu,
parce qu'elle est la lumière de ma vie.

CITE DU VATICAN ET ENVIRONS

Avec les lieux les plus importants décrits
dans *Espion de Dieu*

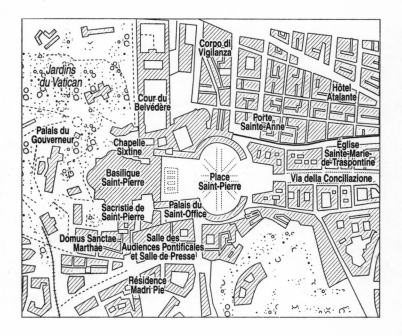

... et tibi dabo claves regni caelorum.

Matthieu, 16,19.

Prologue

Le père Selznick se réveilla au beau milieu de la nuit avec un couteau à poisson sous la gorge. Aujourd'hui encore, personne ne sait comment Karoski parvint à se procurer cet ustensile tranchant qu'il avait aiguisé sur le bord d'une dalle descellée de sa cellule d'isolement, pendant les nuits interminables.

Ce fut l'avant-dernière fois qu'il réussit à sortir de son réduit de trois mètres sur deux en se dégageant de la chaîne qui le reliait au mur avec une mine de stylo.

Selznick l'avait insulté. Il devait payer.

— N'essaie pas de parler, Peter.

La main ferme et douce de Karoski couvrait sa bouche, tandis que la lame du couteau caressait

13

sa barbe naissante, de haut en bas, dans une parodie macabre des gestes du barbier. Selznick le regardait, les yeux écarquillés, paralysé d'horreur, les doigts crispés sur le bord des draps, tandis que Karoski s'appuyait sur lui de tout son poids.

— Tu sais ce que je suis venu faire, n'est-ce pas Peter ? Cligne une fois des yeux pour « Oui », et deux fois pour « Non ».

Selznick ne réagit pas d'abord puis finit par remarquer que le couteau avait cessé sa danse. Il cligna deux fois des yeux.

— Ton ignorance est bien la seule chose qui m'énerve plus que ton manque de respect, Peter. Je suis venu écouter ta confession.

Un bref éclat de soulagement passa dans le regard de Selznick.

— Te repens-tu d'avoir abusé d'enfants innocents ?

Il cligna une fois des yeux.

— Te repens-tu d'avoir déshonoré ton habit de prêtre ?

Il cligna une fois des yeux.

— Te repens-tu d'avoir offensé toutes ces âmes, ainsi que le nom de notre sainte mère l'Eglise ?

Il cligna une fois des yeux.

— Pour finir, et c'est le plus important, te repens-tu de m'avoir interrompu, il y a trois semaines, lors de notre séance de thérapie de groupe, retardant ainsi considérablement ma réinsertion sociale, et mon retour au service de Dieu ?

Selznick cligna des yeux avec force.

— Ton repentir me réjouit. Pour les trois premiers péchés, je t'impose une pénitence de sept Pater et six Ave. Pour le dernier...

L'expression du visage de Karoski ne changea pas, mais il leva le couteau, et le posa entre les lèvres de sa victime terrorisée.

— Oh ! Peter, tu n'imagines pas comme je vais déguster ce moment...

Selznick mit presque quarante-cinq minutes à mourir dans un silence forcé, alors que les surveillants se trouvaient à une trentaine de mètres seulement de sa chambre. Puis Karoski retourna seul dans sa cellule, et en ferma la porte. Le lendemain matin, le directeur de l'Institut, horrifié, le trouva assis sur son lit, couvert de sang séché. Mais ce ne fut pas cette image qui perturba le plus le vieux prêtre.

Ce qui le bouleversa profondément fut le ton froid, absolu, indifférent qu'employa Karoski pour lui demander une serviette et une bassine d'eau car « il s'était taché ».

Dramatis Personae

Prêtres

ANTHONY FOWLER, ancien agent des services secrets de l'armée de l'air. Américain.
VIKTOR KAROSKI, tueur en série. Américain.
CANICE CONROY, ancien directeur de l'Institut Saint Matthew. Décédé. Américain.

Hauts fonctionnaires du Vatican

JOAQUÍN BALCELLS, porte-parole du Vatican. Espagnol.
GIANLUIGI VARONE, juge unique de la Cité du Vatican. Italien.

Cardinaux

EDUARDO GONZÁLEZ SAMALO, camerlingue. Espagnol.
FRANCIS SHAW, Américain.
EMILIO ROBAYRA, Argentin.
ENRICO PORTINI, Italien.

GERALDO CARDOSO, Brésilien.

CENT DIX AUTRES cardinaux.

Religieux

Frère FRANCESCO TOMA, carme. Dirige la paroisse Sainte-Marie de Traspontine. Italien.
Sœur HELENA TOBINA, directrice de la Domus Sancta Marthae. Polonaise.

Services de sécurité du Vatican
(Corpo di Vigilanza dello Stato della Città del Vaticano)

CAMILO CIRIN, inspecteur général.
FABIO DANTE, commissaire.

Police italienne
(Unità per l'Analisi del Crimine Violento, UACV)

PAOLA DICANTI, inspectrice, criminologue. Responsable du Laboratoire d'Analyse du Comportement (LAC).
CARLO BOI, directeur de l'UACV et supérieur hiérarchique de Paola.
MAURIZIO PONTIERO, sous-inspecteur.
ANGELO BIFFI, sculpteur légiste, expert en images digitales.

Civils

ANDREA OTERO, envoyée spéciale du journal *El Globo*. Espagnole.
GIUSEPPE BASTINA, coursier de Tevere Express. Italien.

NOTE DE L'AUTEUR : Presque tous les personnages de ce livre sont inspirés de personnes ayant réellement existé. Cette histoire est une fiction, néanmoins elle se rapproche beaucoup de la réalité quant au mode de fonctionnement interne du Vatican et de l'Institut Saint Matthew, un endroit connu sous un autre nom, dont la seule existence est déjà stupéfiante en soi, et dont on ne sait rien en Espagne. Le plus inquiétant peut-être dans ce roman, ce ne sont pas les faits racontés, mais l'idée qu'ils *pourraient* se révéler vrais.

PALAIS APOSTOLIQUE

Samedi 2 avril 2005[1], 21 : 37

L'homme dans le lit cessa de respirer. Son secrétaire personnel, monseigneur Stanislas Dwisicz, qui avait tenu la main droite du moribond dans la sienne depuis trente-six heures, éclata en sanglots. Les médecins de garde durent l'écarter brusquement pour tenter de ranimer le vieil homme. Ils s'acharnèrent pendant une heure. Une durée bien au-delà du raisonnable. Après chaque échec, ils reprenaient la procédure de réanimation en sachant qu'ils devaient faire tout leur possible, et plus encore, pour la tranquillité de leur conscience.

Les appartements privés du pape auraient surpris plus d'un observateur mal informé. L'homme devant lequel les chefs des nations s'inclinaient avec respect vivait dans un grand dénuement. Sa chambre était une pièce austère aux murs nus, en dehors d'un crucifix et des rares meubles de bois laqué :

---

1. Tous les évènements situés en Italie se déroulent en 2005. (N.d.T.)

une table, une chaise et un humble couche. Remplacée ces derniers mois par un lit d'hôpital. Les infirmiers s'échinaient à réanimer le corps tandis que de grosses gouttes de sueur tombaient sur les draps d'un blanc immaculé, changés trois fois par jour par des religieuses polonaises.

Le docteur Silvio Renato, médecin personnel du pape, mit un terme à ces efforts inutiles. D'un geste, il ordonna que l'on recouvrît d'un voile blanc le visage ridé. Puis il demanda à tout le monde de sortir. Seul Dwisicz resta avec lui. Le médecin rédigea l'acte de décès. La cause était plus qu'évidente : un collapsus cardio-vasculaire aggravé par une inflammation du larynx. Il hésita au moment d'écrire le nom du défunt, et choisit finalement son nom civil pour éviter tout problème.

Après avoir rempli et signé le document, le docteur le tendit au cardinal Samalo qui venait d'entrer dans la chambre. Ce dernier avait la douloureuse mission de certifier officiellement la mort.

— Merci, docteur. Avec votre permission, je vais procéder à l'examen.

— Je vous en prie. Il est à vous.

— Non, docteur. Il appartient à Dieu maintenant.

Samalo s'approcha d'un pas lent. Agé de soixante-dix-huit ans, il avait souvent prié le Seigneur de lui éviter ce terrible moment. Cet homme paisible savait les lourdes tâches et les multiples responsabilités qui allaient lui incomber désormais.

Il regarda le cadavre. L'homme devant lui était parvenu à vivre jusqu'à quatre-vingt-quatre ans, malgré une balle reçue dans la poitrine, une tumeur au côlon et une appendicite suivie de complications. Mais la maladie de Parkinson n'avait cessé de l'affaiblir chaque fois un peu plus, au point qu'un jour son cœur avait fini par céder.

De la fenêtre du troisième étage du palais, le cardinal pouvait voir les deux cent mille personnes qui veillaient sur la place Saint-Pierre. Les trottoirs des édifices environnants étaient recouverts de camionnettes surmontées d'antennes et de caméras de télévision. « D'ici peu, ils seront encore plus nombreux, pensa Samalo. Ce qui nous attend va être terrible. Les gens l'adoraient, admiraient son sens du sacrifice et sa volonté de fer. Cela va être un coup dur, même si tout le monde s'y attend depuis janvier... Et le désire, pour certains. Et puis, il y a cette autre affaire... »

On entendit du bruit à la porte. Le directeur des services de sécurité du Vatican, Camilo Cirin, entra, suivi des trois cardinaux qui devaient certifier le décès. Tous arboraient une expression de profonde préoccupation en s'approchant du lit. Aucun ne détourna les yeux.

— Commençons, dit Samalo.

Dwisicz lui tendit une mallette ouverte. Le cardinal camerlingue souleva le voile blanc qui couvrait le visage du défunt, et ouvrit l'ampoule qui contenait les saintes huiles. Il récita les paroles rituelles millénaires en latin :

— *Si vives, ego te absolvo a peccatis tuis, in nomine Patris, et Filii et Spiritus Sancti, amen*[1].

Samalo fit le signe de la croix sur le corps et ajouta :

— *Per istam sanctam Unctionem, indulgeat tibi Dominus a quidquid... Amen*[2].

D'une voix solennelle, il invoqua la bénédiction apostolique :

— Par les pouvoirs que m'a conférés le Siège apostolique, je te concède l'indulgence plénière et la rémission de tous tes péchés... Et je te bénis. Au nom du Père, du Fils et du Saint-Esprit, amen.

Il prit un marteau d'argent dans la mallette que lui tendait l'évêque Dwisicz. Il frappa doucement trois fois le front du défunt en disant après chaque coup :

— Karol Wojtyla, es-tu mort ?

Pas de réponse. Le camerlingue regarda les trois cardinaux réunis autour du lit, ils hochèrent la tête.

— En vérité, le pape est mort.

De sa main droite, Samalo retira au défunt l'anneau du pêcheur, symbole de son autorité sur le monde. Puis il recouvrit le visage de Jean-Paul II du voile blanc. Il prit alors une profonde inspiration et regarda ses trois compagnons :

— De terribles tâches nous attendent.

---

1. Si tu vis, je te pardonne tes péchés au nom du Père, du Fils et du Saint-Esprit. Amen.
2. Par cette onction, Dieu te pardonne les péchés que tu as pu commettre. Amen.

QUELQUES DONNÉES
SUR LA CITÉ DU VATICAN

(extraits du *CIA World Factbook*)

Superficie : 44 hectares (l'Etat le plus petit du monde).

Frontières : 3,2 kilomètres (avec l'Italie).

Point le plus bas : La place Saint-Pierre, située à 19 mètres sous le niveau de la mer.

Point le plus élevé : les jardins du Vatican, situés à 75 mètres au-dessus du niveau de la mer.

Climat : Des hivers modérés et pluvieux de septembre à mi-mai. Etés chauds et secs de mai à septembre.

Usage du terrain : 100 % de zones urbaines. Aucun terrain cultivé.

Ressources naturelles : aucune.

Population : 911 citoyens disposant d'un passeport. 3 000 employés de jour.

Système de gouvernement : ecclésiastique. Monarchie absolue.

Taux de natalité : 0 %. Aucune naissance enregistrée dans toute son histoire.

Economie : fondée sur les aumônes, la vente de timbres, cartes postales, gravures, et la gestion de ses banques et finances.

Communications : 2 200 lignes téléphoniques. 7 émetteurs radio. Une chaîne de télévision.

Revenus annuels : 242 millions de dollars.

Dépenses annuelles : 272 millions de dollars.

Système légal : fondé sur le Code du Droit Canonique. Bien qu'elle ne soit plus appliquée depuis 1868, la peine de mort est en vigueur.

Considérations particulières : le Saint-Père exerce une grande influence sur la vie de plus de 1 086 000 000 de croyants.

EGLISE SAINTE-MARIE DE TRASPONTINE

Via della Conciliazione, 14

Mardi 5 avril, 10 : 41

En entrant, l'inspectrice Dicanti cligna des yeux, surprise par l'obscurité. Il lui avait fallu plus d'une demi-heure pour parvenir sur la scène du crime. Si Rome était en permanence un chaos d'embouteillages, après la mort du pape, la ville s'était transformée en un véritable enfer. Des milliers de personnes arrivaient tous les jours dans la capitale de la chrétienté pour faire leurs ultimes adieux à l'homme qui gisait dans un cercueil ouvert, exposé à la basilique Saint-Pierre. Jean-Paul II était mort avec une renommée de saint, et dans la rue circulaient déjà des bénévoles qui cherchaient à réunir le nombre suffisant de signatures pour initier le procès en béatification. Toutes les heures, 18 000 personnes défilaient devant le corps.

La mère de Paola l'avait pourtant prévenue avant qu'elle ne quittât l'appartement qu'elles partageaient, via della Croce.

25

— Ne passe pas par Cavour, tu perdrais trop de temps. Monte jusqu'à Regina Margherita, et descends par Rienzo, lui avait-elle conseillé tout en remuant les pâtes qu'elle lui préparait tous les matins depuis presque trente et un ans.

Bien sûr, elle ne l'avait pas écoutée, et s'en mordait les doigts.

Elle avait encore la saveur des pâtes dans la bouche, la saveur de tous ses matins. Lorsqu'elle était partie étudier une année à Quantico, en Virginie, au siège du FBI, cette sensation lui avait terriblement manqué, de façon presque maladive. Elle avait fini par demander à sa mère de lui envoyer des conserves qu'elle faisait réchauffer dans le micro-ondes de la salle de repos de l'Unité d'Etudes du Comportement. Elles n'avaient pas le même goût, mais l'avaient aidée à mieux supporter d'être aussi loin de chez elle pendant cette année si dure et pourtant si fructueuse. Paola avait grandi à deux pas de la via Condotti, une des rues les plus luxueuses du monde, et cependant sa famille était pauvre. Elle avait toujours ignoré ce que signifiait ce mot jusqu'à son séjour aux Etats-Unis, un pays qui avait sa propre mesure pour tout. Une fois son stage terminé, elle avait été très heureuse de retourner à Rome, sa ville natale qu'elle détestait tant plus jeune.

En 1995, on avait créé en Italie une Unité pour l'Analyse des Crimes Violents, spécialisée dans les meurtres en série. Aussi incroyable que cela pût paraître, le cinquième pays du monde en nombre de psychopathes ne possédait pas d'unité spéciale pour les combattre jusqu'à cette date si tardive. On avait donc conçu à l'intérieur de l'UACV un service spécial appelé Laboratoire d'Analyse du Comportement, fondé par Giovanni Balta, maître et mentor de Dicanti. Il avait trouvé la mort en 2004 dans un tragique accident de voiture, et la *dottora* Dicanti était alors devenue l'*ispettora* Dicanti, chargée du LAC de Rome. Sa formation au FBI, et les excellents rapports de Balta lui avaient servi d'aval. Depuis le décès de son fondateur, le personnel du LAC était réduit à la seule personne de Paola. Mais elle pouvait compter sur l'appui technique d'une des unités de criminologie les plus avancées d'Europe.

Cependant, jusque-là elle n'avait connu que des échecs. Trente tueurs en série se promenaient en liberté dans le pays sans que personne n'eût réussi à les identifier. Neuf correspondaient à des cas « brûlants » en raison de la proximité des assassinats les plus récents. Aucune victime nouvelle n'était apparue depuis que Paola occupait son poste de responsable du service, et l'absence de preuves d'expertise accroissait la pression sur Dicanti, car les profils psychologiques devenaient souvent le seul élément qui pouvait conduire à un suspect. Des « châteaux de sable », disait Boi, directeur de l'UACV, un scientifique expert en physique nucléaire qui passait plus de temps au téléphone que dans son laboratoire. Malheureusement cet homme avait été nommé à la tête de l'UACV, ce qui faisait de lui le supérieur hiérarchique direct de Paola. Chaque fois qu'elle le croisait dans un couloir, il lui lançait un regard ironique. « Ma jolie romancière », voilà comment il l'appelait quand ils se trouvaient seuls dans son bureau, faisant ainsi lourdement allusion à l'imagination fertile dont Paola faisait preuve dans ses profils. Elle souhaitait ardemment que son travail portât enfin ses fruits pour pouvoir remettre cet idiot à sa place, et lui faire ravaler ses plaisanteries. Elle avait commis l'erreur de coucher avec lui, un moment de faiblesse. Après une longue nuit de travail, elle avait baissé sa garde, senti un manque lancinant dans son cœur... Et n'avait pas échappé aux regrets habituels le lendemain matin. D'autant plus que Boi était marié, et avait le double de son âge. En parfait gentleman, il n'avait plus jamais reparlé de cette nuit (tout en veillant à bien garder ses distances), mais ses propos mi-machistes mi-flatteurs ne permettaient pas à Paola de tourner la page. Dieu, comme elle le détestait !

Et voilà qu'enfin, depuis sa nomination, elle tenait un cas réel qu'elle pouvait aborder à son début, sans être obligée de se fonder sur les misérables indices recueillis par des fonctionnaires maladroits. Le coup de fil l'avait surprise en plein petit déjeuner, et Paola était partie aussitôt s'habiller. Elle avait ramassé ses cheveux en un chignon serré, retiré la jupe et le pull qu'elle avait mis pour se rendre à son bureau, et les avait remplacés par un tailleur pantalon noir. Elle était intriguée : on ne lui avait donné aucun détail précis, juste qu'un crime avait été commis et qu'il entrait dans son champ de compétences. Elle devait se rendre au plus vite à l'église Sainte-Marie de Traspontine.

Et la voilà, à la porte du bâtiment. Derrière elle, une foule de curieux s'allongeait sur presque cinq kilomètres pour arriver jusqu'au pont Victor-Emmanuel II. Elle la contempla avec préoccupation. Toutes ces personnes avaient passé la nuit là, mais ceux qui avaient peut-être vu ou aperçu quelque chose étaient sans doute déjà très loin. Les pèlerins regardaient les deux carabiniers qui bloquaient l'entrée en assurant, avec beaucoup de diplomatie, que le lieu était provisoirement fermé pour cause de travaux.

Paola prit une profonde inspiration et traversa le seuil de l'église plongée dans la pénombre. L'édifice comportait une seule nef, flanquée de cinq chapelles de chaque côté. Une odeur d'encens flottait dans l'air. Toutes les lumières étaient éteintes, certainement parce que c'était le cas quand le corps avait été découvert, car selon une des devises préférées de Boi : « Il faut voir les choses avec les yeux de l'assassin. »

Elle examina les alentours, les yeux mi-clos. Deux personnes conversaient à voix basse au fond de l'église en lui tournant le dos. Près de la vasque d'eau bénite, un frère carme qui priait nerveusement sur son rosaire nota avec quelle attention elle observait les lieux.

— Elle est belle, n'est-ce pas, *signorina* ? L'église date de 1566 et fut construite par Peruzzi. Ses chapelles…

Dicanti l'interrompit d'un sourire :

— Malheureusement, je ne suis pas venue pour une visite. Je suis l'inspectrice Paola Dicanti. Vous êtes le curé de cette paroisse ?

— En effet. C'est moi aussi qui ai découvert le corps, je suppose que cela vous intéresse davantage. Béni soit le Seigneur, un jour comme celui-là ! Un saint nous a quittés, et il ne nous reste plus que des démons !

Le moine était d'un abord agréable. Il portait des lunettes aux verres épais, et arborait la tenue marron des carmes. Un grand scapulaire serrait sa taille et une barbe blanche fournie couvrait le bas de son visage. Il tournait autour des fonts baptismaux un peu courbé en boitant légèrement. Ses mains étaient agitées d'un tremblement incontrôlable.

— Ne vous inquiétez pas, frère. Quel est votre nom ?

— Francesco Toma, *ispettora*.

— Bien. Racontez-moi exactement ce qui s'est passé. Je sais que c'est sans doute la sixième ou septième fois qu'on vous demande de le faire, mais j'ai besoin d'entendre votre version des faits.

Le prêtre poussa un long soupir.

— Il n'y a pas grand-chose à dire. Je suis chargé de la paroisse, et aussi du soin de l'église. Je vis dans une petite chambre derrière la sacristie. Je me suis levé comme tous les jours à six heures du matin, j'ai fait ma toilette, je me suis habillé. J'ai traversé la sacristie et suis entré dans l'église par la porte dissimulée au fond de l'autel majeur, et je me suis dirigé vers la chapelle de Notre-Dame du Carmel où je fais chaque jour mes prières. Une chose m'a tout de suite surpris : des bougies étaient allumées devant la chapelle de saint Thomas alors qu'en allant me coucher, il n'y en avait pas. C'est alors que je l'ai vu. Je suis parti en courant vers la sacristie, terrorisé. Vous comprenez, l'assassin pouvait encore se trouver dans l'église, et alors j'ai appelé les secours.

— Vous n'avez rien touché ou déplacé ?

— Non, j'avais bien trop peur, que Dieu me pardonne.

— Et vous n'avez pas essayé de porter secours à la victime ?

— *Ispettora…* Il était évident qu'on ne pouvait plus l'aider sur cette terre.

Une silhouette s'approcha d'eux par le couloir central. C'était l'inspecteur Maurizio Pontiero, de l'UACV.

— Dicanti, dépêche-toi, ils vont allumer les lumières.

— Une seconde. Tenez, mon frère. Voici ma carte de visite. Mon numéro de portable figure tout en bas. Vous pouvez m'appeler à n'importe quelle heure du jour ou de la nuit si jamais vous vous souvenez d'autre chose.

— Je n'y manquerai pas. Tenez, un cadeau pour vous.

Le moine lui tendit une image pieuse aux couleurs vives.

— C'est sainte Marie du Carmel. Gardez-la toujours sur vous. Elle vous montrera le chemin en ces temps obscurs.

— Merci, mon père, dit Dicanti en la rangeant distraitement dans une poche de sa veste.

L'inspectrice suivit Pontiero jusqu'à la troisième chapelle sur la gauche, fermée par le ruban rouge habituel de l'UACV.

— Tu es arrivée en retard, lui reprocha l'inspecteur.

— La circulation était terrible. Quel cirque dehors !

— Tu aurais dû passer par Rienzo.

Selon la hiérarchie des grades, Dicanti était d'un rang supérieur à celui de son confrère, cependant ce dernier était responsable des Recherches sur le Terrain de l'UACV, et donc, dans les faits, tout enquêteur de laboratoire lui était subordonné, même quelqu'un comme Paola qui avait le poste de chef de service. Pontiero avait une cinquantaine d'années, était très mince et toujours de mauvaise humeur. Son visage de raisin sec était surmonté de sourcils éternellement froncés. Mais Paola savait que l'inspecteur l'adorait, même s'il se gardait bien de le lui dire.

Elle s'apprêtait à franchir la ligne quand Pontiero la retint par le bras.

— Attends un peu, Paola. Rien de ce que tu as vu jusqu'à maintenant ne t'a préparée à un tel spectacle. C'est absolument épouvantable, fais-moi confiance, dit-il.

— Je crois que je vais me débrouiller. Merci quand même.

Elle entra dans la chapelle. Un technicien de la police prenait des photos. Elle aperçut au fond un petit autel scellé au mur, et orné d'un tableau qui représentait saint Thomas introduisant ses doigts dans la plaie de Jésus.

Le cadavre gisait en dessous.

— *Santa Madonna !*

— Je t'avais prévenue.

C'était un spectacle dantesque. Le mort était appuyé contre l'autel, deux plaies sanglantes et noires à la place des yeux, arrachés. Dans sa bouche ouverte en une grimace horrible et grotesque se trouvait un objet brunâtre. Alors que les flashes étincelaient, Dicanti découvrit un détail atroce : les mains du cadavre avaient été coupées, et reposaient sur un tissu blanc l'une à côté de l'autre près du corps, propres. On distinguait un anneau épais au doigt de l'une d'elles.

La victime portait une longue soutane noire avec les bordures rouges propres aux cardinaux.

Paola écarquilla les yeux :

— Pontiero, dis-moi que ce n'est pas un cardinal.

— Nous l'ignorons encore. Les recherches ont déjà commencé, bien qu'il ne reste pas grand-chose de son visage. Nous t'attendions.

— Où est le reste de l'équipe ?

Elle voulait parler du nerf de la guerre de l'Unité, les experts légistes spécialistes des empreintes, cheveux, poils et autres infimes indices que les criminels laissent parfois derrière eux. Tous fonctionnaient sur l'idée que chaque crime cachait un transfert : l'assassin prenait quelque chose et laissait quelque chose.

— Ils arrivent. Ils sont coincés sur Cavour.

— Ils auraient dû passer par Rienzo, dit le photographe.

— On ne vous a rien demandé, rétorqua Dicanti.

Le photographe quitta les lieux en marmonnant des choses peu agréables sur l'inspectrice.

— Tu devrais apprendre à te contrôler, Paola.

— Mon Dieu, Pontiero, pourquoi ne m'as-tu pas appelée avant ? L'affaire est très grave. Il faut être un vrai cinglé pour agir ainsi.

— C'est la conclusion de votre rapport officiel, *dottora* ? émit une voix narquoise.

Carlo Boi entra dans la chapelle et lui lança un regard moqueur. Il adorait arriver ainsi par surprise. Paola comprit alors qu'il était l'une des deux personnes qui bavardaient à voix basse lorsqu'elle était entrée, et elle se maudit de l'avoir laissé la surprendre.

— Non, directeur, vous aurez mon rapport quand j'aurai fini de l'écrire. Quoi qu'il en soit, celui qui a perpétré cet acte odieux est quelqu'un de très atteint.

Boi s'apprêtait à répondre mais on alluma alors toutes les lumières de l'église. Et ils virent ce qui était passé inaperçu jusque-là : par terre, près du cadavre, était écrit en grosses lettres :

EGO TE ABSOLVO

— On dirait du sang, remarqua Pontiero.

A ce moment, un téléphone portable sonna, l'Alléluia de Haendel. Tous regardèrent le compagnon de Boi qui, d'un air grave, sortit son appareil de la poche de son manteau et répondit. Il se contenta de quelques « oui » et « hmm ».

En raccrochant il regarda Boi, et hocha la tête.

— C'est bien ce que nous craignions, dit ce dernier. Nous avons affaire à un cas très délicat. Vous avez devant vous le cardinal argentin Emilio Robayra. L'assassinat d'un cardinal, à Rome, est déjà une tragédie indescriptible en soi, mais dans le contexte actuel, c'est une véritable catastrophe ! Comme vous le savez sans doute, la victime devait participer avec cent quinze autres cardinaux au prochain conclave qui doit se réunir pour élire le nouveau pape. Vous imaginez la situation. Cette affaire ne doit en aucun cas parvenir aux oreilles de la presse. Je ne veux pas de une du genre : « Un tueur en série menace l'élection du pape ». Je ne veux même pas penser...

— Un instant. Vous avez dit un tueur en série ? Vous disposez d'autres informations ?

Boi toussa et se tourna vers le mystérieux personnage qui l'accompagnait.

— Paola, Maurizio, permettez-moi de vous présenter Camilo Cirin, inspecteur général du *Corpo di Vigilanza* de la Cité du Vatican.

Ce dernier fit un hochement de tête et prit la parole avec effort, comme s'il détestait cela :

— Nous avons toutes les raisons de croire qu'il s'agit de la deuxième victime.

Institut Saint Matthew

Silver Spring, Maryland

Août 1994

— *Entrez, père Karoski, entrez. Et veuillez vous déshabiller derrière ce paravent, je vous prie.*

Le prêtre commença à retirer sa veste. La voix du technicien lui parvint de l'autre côté de la paroi blanche.

— *Surtout ne vous inquiétez pas, mon père, ce test est tout à fait banal. Tout à fait, hé hé hé. Il se peut que vous ayez entendu d'autres internes en parler, mais le lion n'est pas aussi sauvage qu'on le dépeint, comme disait ma grand-mère. Cela fait combien de temps que vous êtes parmi nous ?*

— *Deux semaines.*

— *Le temps suffisant pour être au courant, oui, monsieur. Vous êtes allé jouer au tennis ?*

— *Je n'aime pas le tennis. Je viens ?*

— *Non, mon père, enfilez d'abord la chemise verte, il ne faudrait pas que vous preniez froid, hé hé hé.*

Karoski sortit habillé de vert.

— Allongez-vous sur le lit, là. Voilà. Attendez, je règle le dossier. Vous devez voir l'image sur l'écran. Vous la voyez ?

— Très bien.

— Parfait. Je vais vous demander quelques instants... Le temps de faire les réglages sur les instruments de mesure, et nous pourrons commencer. D'ailleurs, vous avez une excellente télévision, n'est-ce pas ? Trente-deux pouces. Si j'avais un appareil comme ça à la maison, ma femme me montrerait plus de respect, vous ne pensez pas, hé hé hé ?

— Je ne sais pas.

— Non, bien sûr que non, mon père. Cette harpie ne respecterait pas Jésus lui-même s'il sortait d'un paquet de gâteaux et lui donnait un coup de pied dans son gros cul.

— Vous ne devriez pas utiliser en vain le nom du Seigneur.

— Vous avez raison, mon père. Bon, voilà. On ne vous a jamais fait une plétismographie pénienne n'est-ce pas ?

— Non.

— Non, bien sûr. On vous a expliqué en quoi consistait le test ?

— A grands traits.

— Bien, maintenant je vais glisser mes mains sous votre chemise, et fixer ces deux électrodes sur votre pénis, n'est-ce pas ? Cela nous aidera à mesurer votre niveau de réaction sexuelle devant *certains stimuli déterminés. Bien, je les mets en place. Parfait.*

— Vous avez les mains froides.

— Oui, il fait frais ici, hé hé hé. Tout va bien ?

— Ça va.

— Alors nous pouvons commencer.

Des images défilèrent sur l'écran. La tour Eiffel. Une aube. Des montagnes dans la brume. Une glace au chocolat. Un coït hétérosexuel. Une forêt. Des arbres. Une fellation hétérosexuelle. Un coït homosexuel. Les Ménines de Velázquez. Un coucher de soleil sur le Kilimandjaro. Une fellation homosexuelle. La neige sur les toits d'un village en Suisse. Une fellation pédophile : l'enfant regarde droit la caméra tout en suçant le membre de l'adulte. Ses yeux sont tristes.

Karoski se lève. Fou de rage.

— Mon père, vous ne pouvez pas vous lever. Nous n'avons pas terminé.

Le prêtre le prend par le cou et cogne plusieurs fois la tête du technicien sur le panneau d'instruments. Le sang coule sur les manettes, la blouse blanche du technicien, la chemise verte de Karoski et le monde entier.

— Tu ne commettras plus jamais d'actes impurs, n'est-ce pas ? N'est-ce pas, immonde merde, n'est-ce pas ?

EGLISE SAINTE-MARIE DE TRASPONTINE

Via della Conciliazione, 14

Mardi 5 avril, 11 : 59

Le silence prolongé qui suivit les paroles de Cirin fut rompu par les cloches qui annonçaient l'angélus sur la place Saint-Pierre.

— Comment ça, la deuxième victime ? Vous voulez dire qu'on a massacré un autre cardinal, et que nous ne sommes pas au courant ? s'exclama Pontiero avec une expression qui laissait clairement entendre ce qu'il pensait de cette situation.

Impassible, Cirin le regarda fixement. C'était un homme hors du commun. De taille moyenne, les yeux marron, d'un âge indéfinissable, avec son costume discret sous son manteau gris, il représentait le paradigme de la normalité. Il parlait peu comme pour se fondre encore davantage dans le décor. Sans pour autant tromper aucune des personnes présentes. Ils avaient tous entendu parler de Camilo Cirin, un des hommes les plus puissants du Vatican, responsable du corps de police le plus petit du monde, le *Corpo di Vigilanza dello Stato della*

Citta del Vaticano[1]. Composé de quarante-huit agents seulement, moins de la moitié des Gardes suisses, il était infiniment plus puissant. Personne ne pouvait faire le moindre pas sans que Cirin ne soit au courant. En 1997, un homme avait essayé de lui faire de l'ombre, le commandant de la Garde suisse récemment nommé, Alois Siltermann. Deux jours après sa nomination, ce dernier, sa femme et un caporal à la réputation impeccable étaient retrouvés morts. Assassinés à coups de feu. La faute retomba sur le caporal qui, dans un acte de folie supposée, avait tiré sur le couple, avant de diriger l'arme contre lui. Une explication qui aurait pu tenir la route à deux détails près : les caporaux de la Garde suisse ne portent pas d'armes, et le caporal avait les dents cassées, comme si on avait mis de force le pistolet dans sa bouche.

Un collègue de l'Inspectorat[2] avait raconté cette histoire à Dicanti. En apprenant les événements, cet homme et ses confrères avaient couru prêter assistance aux inspecteurs de la Vigilanza, mais ils avaient à peine foulé la scène du crime qu'ils avaient été cordialement invités à se retirer dans leurs pénates. Sans un mot de remerciement. La légende noire de

---

1. Nommé en 2002 *Corpo della Gendarmeria*, mais on garde la dénomination de l'auteur. *(N.d.T.)*
2. Petit détachement de la police italienne à l'intérieur du Vatican. Il comprend trois membres dont la présence est purement testimoniale. Ils sont assignés à des travaux de soutien. Techniquement, ils n'ont aucune juridiction au Vatican puisqu'il s'agit d'un autre pays.

Cirin fit le tour de tous les commissariats de Rome, et l'UACV ne fit pas exception.

Et c'était ce même homme qui venait de les gratifier de cette déclaration stupéfiante, les laissant bouche bée.

— Avec tout le respect que je vous dois, *ispettore generale*, dit Dicanti, je crois que, si vous connaissiez l'existence d'un assassin capable de commettre de tels actes, et qu'il déambulait librement dans la ville, votre devoir était d'en parler au plus tôt à l'UACV.

— En effet, et c'est ainsi qu'a agi mon distingué collègue, lui répondit Boi. Il m'en a parlé à moi personnellement, et tous les deux, nous nous sommes mis d'accord sur le fait que cette affaire devait rester dans le plus grand secret. Nous sommes convenus d'autre chose : personne, au Vatican, n'est capable de se confronter à un criminel si... caractéristique.

Cirin intervint alors :

— Je serai franc avec vous, *signorina*. Nos services ont une mission de protection, et contre-espionnage. Nous excellons dans ces domaines, néanmoins un fou, si atteint comme vous l'avez dit, ne relève pas de nos compétences. Nous nous apprêtions à vous appeler à l'aide quand la nouvelle de ce deuxième crime nous est parvenue.

— Nous pensons que cette affaire relève d'un schéma original, créatif, *ispettora* Dicanti. Nous ne voulons pas que vous vous limitiez à établir un profil psychologique. Nous souhaitons que vous dirigiez l'enquête, poursuivit Boi.

Paola demeura muette. C'était le travail d'un inspecteur sur le terrain, pas d'une psychiatre criminologue. Bien sûr, elle était aussi capable que n'importe lequel de ses confrères, car elle avait reçu la formation adéquate à Quantico, mais n'en revenait pas d'entendre Boi formuler cette requête. Elle demeura sans voix.

Cirin se tourna vers un homme au blouson de cuir qui s'avançait vers eux.

— Oh ! Permettez-moi de vous présenter le commissaire Dante, de la *Vigilanza*. Il sera votre lien avec le Vatican. Il vous informera du crime précédent, et vous travaillerez ensemble sur celui-là, puisque, de toute évidence, il s'agit de la même affaire. Ce que vous lui demanderez à lui, c'est comme si vous me le demandiez à moi. Et *a contrario*, ce qu'il vous refuse, je le refuse. Nous avons nos propres règles au Vatican, j'espère que vous le comprenez. Et aussi que vous attraperez ce monstre. L'assassinat de deux princes de l'Eglise ne peut demeurer sans châtiment, déclara-t-il d'un ton solennel.

Il les quitta sur ces mots.

Boi s'approcha de Paola jusqu'à la gêner. Leur rencontre amoureuse était encore très présente dans sa mémoire.

— Vous avez entendu, Dicanti. Vous venez de faire la connaissance d'un des hommes les plus puissants du Vatican. Et ce qu'il attend de vous est on ne peut plus concret. Je ne sais pas comment il vous a remarquée, mais il vous a demandé expressément. Prenez ce dont vous aurez besoin. Faites-moi des rapports quotidiens, brefs, clairs et concis. Et surtout, trouvez des indices. J'espère que votre imagination vous servira, cette fois. Je compte sur vous pour m'apporter rapidement de nouveaux éléments.

Il pivota sur ses talons et se dirigea vers la sortie.

— Quels fils de pute ! s'exclama Dicanti quand elle fut certaine qu'ils ne pouvaient plus l'entendre.

— Tiens, mais elle parle ! se moqua Dante.

Paola rougit, et lui tendit la main en se présentant. Pontiero l'imita. Tandis qu'il serrait la main de Dante, Paola observa ce dernier. Il devait avoir dans les quarante ans. Petit, brun, costaud, le cou épais. En dépit de son mètre soixante-dix, le commissaire était un homme séduisant bien que peu avenant. Il avait les yeux verts de cette couleur olive si caractéristique du sud de la péninsule italienne.

— Suis-je inclus dans la catégorie des « fils de pute » ? demanda Dante.

— Je crois, oui. Il me semble qu'on me fait un honneur immérité.

— Nous savons parfaitement tous les deux qu'il ne s'agit pas d'un honneur, mais d'une peau de banane. Et ce n'est pas immérité, car votre CV est rempli de merveilles. Dommage que les résultats ne soient pas encore là, mais cela ne saurait tarder, n'est-ce pas ?

— Vous avez lu mon dossier ? *Santa Madonna*, il n'y a rien de confidentiel ici !

— Pas pour Lui.

— Dites donc, vous..., commença Pontiero, furieux.

— Ça suffit, Maurizio. On n'a pas le temps pour ça. Nous sommes sur le lieu du crime, et je suis la responsable. Alors je propose qu'on se mette tous au travail et qu'on discute après.

— C'est toi qui commandes, Paola, c'est ce qu'a dit le chef.

Deux hommes et une femme vêtus de combinaisons bleu foncé attendaient depuis quelques instants à une distance prudente. Tous trois spécialistes dans la collecte d'indices. L'inspectrice et ses deux confrères quittèrent la chapelle pour les laisser œuvrer, et se dirigèrent vers la nef centrale.

— Bien, Dante, allez-y, dites-nous tout ce que vous savez.

— La première victime est le cardinal italien Enrico Portini.

— Ce n'est pas possible ! déclarèrent en même temps Dicanti et Pontiero, stupéfaits.

— Vous pouvez me croire, je l'ai vu de mes propres yeux.

— Le grand candidat de l'aile réformiste libérale de l'Eglise... Si cette nouvelle s'ébruite dans les médias, ce sera terrible.

— Non, Pontiero, pas terrible, épouvantable. Hier matin, George Bush est arrivé à Rome accompagné de toute sa famille. Deux cents autres mandataires et chefs d'Etat se trouvent actuellement dans votre pays, mais ils seront dans le mien vendredi, pour assister aux funérailles. Nous sommes déjà en situation d'alerte maximale, enfin, vous connaissez cette ville comme moi. C'est une disposition très complexe, et la dernière chose que nous souhaitons, c'est un mouvement de panique... Accompagnez-moi dehors, j'aimerais fumer.

Dante les précéda dans la rue où la foule chaque fois plus nombreuse couvrait toute la via della Conciliazione, avec des drapeaux de tous les pays. Parmi elle, des jeunes avec leurs guitares, des religieuses avec des bougies, et même un vieil aveugle avec son chien de secours. Deux millions de personnes devaient assister à l'enterrement de ce pape qui avait changé la carte de l'Europe. « Vraiment, on ne peut pas rêver pires conditions de travail, se dit Paola. N'importe quel visage ou indice possible peut se glisser dans cette cohue. »

— Portini logeait dans la résidence Madri Pie, via de Gasperi, reprit Dante. Il est arrivé jeudi matin, déjà au courant de l'aggravation de l'état de santé du pape. Les religieuses interrogées nous ont dit qu'il avait dîné tout à fait normalement vendredi, et était demeuré un bon moment dans la chapelle, à prier pour le Saint-Père. Elles ne l'ont pas vu partir se coucher. Il n'y avait aucune trace de lutte dans sa chambre et il n'a pas dormi dans son lit ou alors son ravisseur a refait le lit. Il ne s'est pas présenté au petit déjeuner samedi, mais elles ont supposé qu'il était resté prier au Vatican. De notre côté, nous ne l'avons pas trouvé dans nos registres du samedi, mais j'avoue qu'une grande confusion règne en ce moment dans la Città... Vous vous rendez compte ? Il a disparu à un pâté de maisons du Vatican.

Il s'interrompit, alluma une cigarette, en offrit une à Pontiero qui refusa l'offre de mauvaise grâce et sortit son propre paquet.

— On a retrouvé son cadavre hier matin dans la chapelle de la résidence, cependant, de la même façon qu'ici, l'absence de sang prouve que c'est une mise en scène. Celui qui l'a découvert est heureusement un prêtre honorable qui nous a tout de suite contactés. Cirin m'a dit qu'il se chargeait de l'affaire. Et nous a donné l'ordre de tout nettoyer. Le corps du cardinal Portini a été transporté dans un lieu précis des dépendances et incinéré.

— Quoi ! Vous avez fait disparaître les preuves d'un délit grave commis sur le sol italien ? Ce n'est pas possible !

Dante les regarda d'un air de défi.

— Mon supérieur a pris une décision, il se peut qu'elle ne soit pas la plus adéquate. Néanmoins il a appelé votre directeur et lui a expliqué toute la situation. Et vous êtes là. Vous mesurez ce que nous avons entre les mains ? Nous ne sommes pas préparés pour gérer une telle situation.

— Raison de plus pour nous avoir prévenus avant et avoir confié l'affaire à des professionnels.

— Vous continuez à ne pas comprendre. Nous ne pouvons faire confiance à personne. Voilà pourquoi Cirin a agi comme il l'a fait, en bon soldat de l'Eglise. Ne me regardez pas comme ça, Dicanti. Essayez de comprendre les raisons qui l'ont poussé à prendre cette décision. S'il n'y avait pas eu d'autre victime après Portini, nous aurions trouvé une excuse quelconque, puis enterré cette affaire. Mais ce n'est pas le cas. Il n'y a rien de personnel là-dedans, comprenez-le bien.

— Ce que je comprends, c'est que nous sommes le second choix et ne disposons que de la moitié des indices. Vous êtes sûr que vous nous avez tout dit ? demanda Paola, furieuse.

— Oui, pour le moment, répondit Dante en se cachant de nouveau derrière son sourire moqueur.

— Merde. Merde, merde. On a une affaire terriblement compliquée sur les bras, Dante. A partir de maintenant, vous devez tout me dire. Et que ce soit bien clair, c'est moi qui commande ici. On vous a demandé de m'aider, alors entendons-nous bien : même si les victimes sont des cardinaux, les crimes ont été commis sur mon territoire et sont sous ma juridiction. C'est clair ?

— Comme de l'eau de roche.

— Tant mieux. Le *modus operandi* était le même ?

— Sauf erreur de ma part, oui. Le cadavre gisait, allongé, au pied de l'autel. Les yeux arrachés, les mains sectionnées et placées dans un tissu à côté du corps. C'était répugnant. J'ai passé la soirée sous la douche après avoir aidé à glisser le corps dans un sac pour le transporter jusqu'au lieu d'incinération.

— Vous auriez dû y rester encore un peu, marmonna Pontiero.

Quatre longues heures plus tard, l'examen du cadavre de Robayra terminé, on put procéder à la levée du corps. Sur la demande expresse de Boi, ce furent les membres de son unité qui glissèrent le corps dans un sac en plastique, et le transportèrent à la morgue pour éviter que le personnel de l'infirmerie n'aperçût le vêtement du cardinal. Il était clair qu'il s'agissait d'une affaire très spéciale et l'identité du mort devait encore demeurer secrète.

Pour le bien de tous.

INSTITUT SAINT MATTHEW

Silver Spring, Maryland

Septembre 1994

DR CONROY : Bonjour Viktor, bienvenue dans mon bureau. Vous vous sentez mieux ?

N° 3643 : Bien, merci docteur.

DR CONROY : Vous voulez boire quelque chose ?

N° 3643 : Non merci.

DR CONROY : Tiens, un prêtre qui ne boit pas... Une vraie nouveauté. Cela ne vous ennuie pas si...

N° 3643 : Pas du tout, docteur.

DR CONROY : Je crois que vous avez passé un certain temps à l'infirmerie.

N° 3643 : J'ai souffert de quelques contusions la semaine dernière.

DR CONROY : Vous souvenez-vous de la manière dont vous vous êtes blessé ?

N° 3643 : Bien sûr, docteur. Ça s'est passé pendant l'altercation dans la salle de visionnage.

Dr Conroy :	J'aimerais que vous m'en parliez, Viktor.
N° 3643 :	Je suis allé passer une plétismographie, ainsi que vous me l'aviez demandé.
Dr Conroy :	Vous souvenez-vous du but de ce test, Viktor ?
N° 3643 :	Déterminer les causes de mon problème.
Dr Conroy :	En effet, Viktor. Vous reconnaissez que vous avez un problème, et c'est déjà un progrès, il n'y a aucun doute.
N° 3643 :	Docteur, j'ai toujours su que j'avais un problème. Je vous rappelle que je suis entré de plein gré dans ce centre.
Dr Conroy :	C'est un sujet dont j'aimerais parler avec vous une autre fois, je vous assure. Mais continuez à me raconter ce qui s'est passé l'autre jour.
N° 3643 :	Je suis entré dans la salle et je me suis déshabillé.
Dr Conroy :	Cela vous a gêné ?
N° 3643 :	Oui.
Dr Conroy :	C'est un test médical. Il est nécessaire d'être nu.
N° 3643 :	Je ne vois pas pourquoi.
Dr Conroy :	Le technicien devait placer les instruments de mesure sur une partie de votre corps en général peu accessible. Voilà pourquoi vous deviez vous déshabiller, Viktor.
N° 3643 :	Je ne vois pas en quoi c'était nécessaire.
Dr Conroy :	Eh bien, accordez-moi juste un instant que cela l'était.
N° 3643 :	Si vous voulez, docteur.
Dr Conroy :	Et ensuite que s'est-il passé ?
N° 3643 :	Il a placé des fils, là.
Dr Conroy :	Où ça, Viktor ?
N° 3643 :	Vous le savez très bien.

Dr Conroy :	Non, Viktor, je ne le sais pas, et je veux que vous me le disiez, vous.
N° 3643 :	Sur mon truc.
Dr Conroy :	Vous pouvez être plus explicite, Viktor ?
N° 3643 :	Sur mon… pénis.
Dr Conroy :	Très bien Viktor, c'est ça. Sur le membre viril, l'organe masculin qui sert à copuler et uriner.
N° 3643 :	Dans mon cas, seulement la deuxième chose, docteur.
Dr Conroy :	Vous êtes sûr, Viktor ?
N° 3643 :	Oui.
Dr Conroy :	Cela n'a pas toujours été le cas dans le passé, Viktor.
N° 3643 :	Le passé, c'est le passé. Je veux que cela change.
Dr Conroy :	Pourquoi ?
N° 3643 :	Parce que c'est la volonté de Dieu.
Dr Conroy :	Vous croyez vraiment que la volonté de Dieu a un rapport avec ça ? Avec votre problème, Viktor ?
N° 3643 :	La volonté de Dieu a un rapport avec tout.
Dr Conroy :	Je suis prêtre, moi aussi, Viktor, et je crois que parfois Dieu laisse agir la Nature.
N° 3643 :	La Nature est une invention illustrée qui n'a pas sa place dans notre religion, docteur.
Dr Conroy :	Retournons à la salle de visionnage. Racontez-moi ce que vous avez ressenti quand on a posé les électrodes.
N° 3643 :	Le psychologue avait les mains froides.
Dr Conroy :	Vous avez ressenti une sensation de froid, rien d'autre ?
N° 3643 :	Rien d'autre.

Dr Conroy :	Et quand les images sont apparues sur l'écran ?
N° 3643 :	Je n'ai rien senti non plus.
Dr Conroy :	Vous savez, Viktor, j'ai ici les résultats du test, et ils montrent des réactions déterminées à des moments précis. Vous voyez ces pics ?
N° 3643 :	J'ai ressenti du dégoût devant certaines images.
Dr Conroy :	Du dégoût, Viktor ?

(Une pause de plus d'une minute.)

Dr Conroy :	Prenez tout votre temps pour me répondre, Viktor.
N° 3643 :	J'ai ressenti du dégoût devant les images sexuelles.
Dr Conroy :	Certaines en particulier, Viktor ?
N° 3643 :	Toutes.
Dr Conroy :	Vous savez pourquoi elles vous ont dérangé ?
N° 3643 :	Parce qu'elles sont une offense envers Dieu.
Dr Conroy :	Et pourtant, devant certaines images, l'appareil a enregistré une érection de votre membre viril.
N° 3643 :	Ce n'est pas possible.
Dr Conroy :	En termes plus vulgaires, vous avez bandé en les regardant.
N° 3643 :	Ce langage offense Dieu et votre dignité de prêtre. Vous devriez…
Dr Conroy :	Je devrais quoi, Viktor ?
N° 3643 :	Rien.
Dr Conroy :	Vous venez d'éprouver un sentiment de colère violent, Viktor ?
N° 3643 :	Non, docteur.

DR CONROY : L'autre jour, vous avez éprouvé un sentiment de colère violent, Viktor ?

N° 3643 : Quel autre jour ?

DR CONROY : C'est vrai, pardonnez mon imprécision. Diriez-vous que, l'autre jour, quand vous avez cogné la tête de mon psychologue sur le tableau de commandes, vous éprouviez de la colère ?

N° 3643 : Cet homme était en train de me tenter. « Si ton œil droit te scandalise, arrache-le », dit le Seigneur.

DR CONROY : Matthieu, chapitre 5, verset 29.

N° 3643 : En effet.

DR CONROY : Et que dit-on de l'œil ? De l'agonie de l'œil ?

N° 3643 : Je ne comprends pas.

DR CONROY : Cet homme s'appelle Robert, il a une femme et une fille. Vous l'avez envoyé à l'hôpital. Vous lui avez cassé le nez, sept dents et causé une profonde commotion. Grâce à Dieu les surveillants ont réussi à vous arrêter à temps.

N° 3643 : Je suppose que j'ai été un peu violent.

DR CONROY : Vous croyez que vous pourriez devenir violent maintenant, si vous n'aviez pas les mains attachées aux bras du fauteuil ?

N° 3643 : Si vous voulez, nous pouvons le vérifier, docteur.

DR CONROY : On va s'arrêter là, Viktor.

INSTITUT MEDICO-LEGAL

Mardi 5 avril, 20 : 32

La salle d'autopsie, d'un froid marmoréen, était peinte d'un mauve grisâtre incongru qui ne servait pas du tout à égayer l'endroit. Au-dessus de la table de dissection, de puissants néons offraient au cadavre son dernier quart d'heure de célébrité devant quatre spectateurs chargés de déterminer qui lui avait fait quitter la scène de manière si violente.

Pontiero eut un geste de dégoût quand le médecin légiste plaça l'estomac du cardinal Robayra sur un plateau. Une odeur putride se répandit dans la salle lorsqu'il commença à l'ouvrir avec son bistouri. La puanteur était si forte qu'elle recouvrit l'odeur du formol et du cocktail chimique dont on se servait pour désinfecter les instruments. Paola se dit de manière absurde que toutes ces précautions avant d'effectuer les incisions n'avaient aucun sens. Ce n'était pas comme si le mort pouvait attraper une infection.

— Eh ! Pontiero, tu sais comment le bébé mort a traversé l'autoroute ?

— Oui, *dottore*, parce qu'il était accroché à la poule. Vous me l'avez déjà faite six ou sept fois celle-là. Vous n'en connaissez pas d'autre ?

Le médecin chantonnait doucement tout en pratiquant ses incisions. Il avait une voix juste, rauque et douce qui rappela à Paola celle de Louis Armstrong. D'autant plus qu'il avait choisi « What a wonderful world ». Il ne s'interrompait que pour tourmenter Pontiero.

— Ce qui est vraiment drôle, c'est de voir tous tes efforts pour te retenir de vomir. Cela dit, ne crois pas que tout ça m'amuse. Parce que celui-là, ils ne l'ont pas raté.

Paola et Dante échangèrent un regard par-dessus le cadavre. Il arrivait parfois au médecin légiste, un vieux communiste récalcitrant, et un grand professionnel, de manquer de respect aux morts. Apparemment il trouvait la mort de Robayra très drôle, ce qui n'amusait pas du tout Paola.

— *Dottore*, je vous rappelle que vous devez examiner le corps, et rien de plus. Notre invité, le commissaire Dante, et moi-même trouvons vos petites blagues à la noix déplacées et désagréables.

Le médecin la regarda d'un œil mauvais et poursuivit son examen. Il s'abstint de tout commentaire moqueur, tout en la maudissant entre ses dents, elle et ses ancêtres. Paola ne l'écoutait déjà plus, davantage préoccupée par la pâleur extrême de Pontiero.

— Maurizio, je ne sais pas pourquoi tu te tortures ainsi. Tu n'as jamais pu supporter la vue du sang.

— Merde ! Si ce crétin y arrive, je ne vois pas pourquoi pas moi.

— Vous seriez surpris d'apprendre le nombre d'autopsies auxquelles j'ai assisté, mon cher collègue.

— Ah oui ? Eh bien, je vous rappelle qu'il y en aura au moins une dont je profiterai plus que vous.

« Les voilà qui recommencent », gémit intérieurement Paola en essayant de s'interposer. Ils n'avaient pas arrêté de la journée. Dante et Pontiero avaient ressenti une animosité réciproque dès le début, cela dit, pour être sincère, Pontiero détestait tout ce qui portait un pantalon, et s'approchait d'elle de trop près. Paola savait qu'il la considérait comme sa fille, mais parfois il exagérait. Dante était un peu frivole, et certainement pas l'homme le plus futé de la terre, mais pour l'instant, il n'avait rien fait qui justifiât la mauvaise humeur de Pontiero. Ce qu'elle ne comprenait pas, c'était comment un homme tel que lui était parvenu à occuper un poste à la *Vigilanza*. Ses plaisanteries continues et ses reparties mordantes contrastaient trop avec le caractère terne et taciturne du directeur Cirin.

— Mes distingués visiteurs pourraient peut-être faire preuve d'un peu de courtoisie, afin que je puisse poursuivre convenablement l'autopsie à laquelle ils sont venus assister.

La voix râpeuse du médecin rappela Paola à la réalité.

— Poursuivez, je vous prie, dit-elle en lançant un regard glacial aux deux policiers pour faire cesser leur dispute.

— Bien. La victime n'avait rien mangé depuis le petit déjeuner, et tout indique qu'elle l'a pris très tôt, car l'estomac est presque vide.

— Donc, ou bien il a sauté le repas ou bien il se trouvait déjà entre les mains de l'assassin.

— Je ne pense pas qu'il ait sauté le déjeuner. Cet homme était habitué à bien manger comme le montre sa corpulence. Il pesait quatre-vingt-douze kilos pour un mètre quatre-vingt-trois.

— Ce qui prouve que l'assassin est un type costaud. Robayra n'était pas un poids plume, souligna Dante.

— Et il y a quarante mètres entre la porte arrière de l'église et la chapelle, indiqua Paola. Quelqu'un a forcément vu l'assassin traînant le cadavre dans l'église. Pontiero, s'il te plaît, envoie quatre agents de confiance dans la zone. Qu'ils y aillent en civil mais avec leurs insignes. Ne leur dis pas ce qui s'est passé. Explique-leur qu'un vol a été commis dans l'église, et qu'on est à la recherche de témoins oculaires.

— Chercher parmi les pèlerins serait une perte de temps.

— Alors qu'ils ne le fassent pas. Qu'ils rendent visite aux voisins, surtout les plus âgés. Ceux-là ont souvent le sommeil léger.

Pontiero acquiesça d'un hochement de tête, et quitta les lieux, visiblement content d'avoir une bonne raison de sortir. Paola le suivit des yeux, et quand la porte se referma, elle s'adressa à Dante d'un ton sévère :

— On peut savoir ce qui vous prend ? Pontiero est un homme courageux qui ne supporte pas la vue du sang, c'est tout. Je vous prie de cesser cette absurde dispute verbale.

— Ainsi donc, il y a plus d'une grande gueule dans la morgue, se moqua le médecin légiste.

— Occupez-vous de vos affaires, *dottore*, on reprend dans un instant. Vous m'avez comprise, Dante ?

— Mais oui, mais oui, *ispettora*, se défendit ce dernier en levant les bras. Inutile de monter sur vos grands chevaux. Je crois que vous n'avez pas bien saisi ce qui se passe. Si demain, je devais me retrouver dans une pièce en feu, l'arme au poing aux côtés de Pontiero, sachez que je n'hésiterais pas à le sauver.

— Alors pourquoi le cherchez-vous sans arrêt ? répliqua Paola, déconcertée.

— Parce que ça m'amuse. Je suis convaincu qu'à lui non plus, ça ne lui déplaît pas de se disputer avec moi. Demandez-le-lui.

Paola secoua la tête en marmonnant des choses peu agréables sur les hommes.

— Enfin… Poursuivons, *dottore*, vous avez pu déterminer l'heure et la cause du décès ?

Le médecin légiste consulta ses notes :

— Je vous rappelle qu'il s'agit d'un examen préliminaire. Mais assez sûr. Le cardinal est mort vers neuf heures du soir, hier, lundi. La marge d'erreur est d'une heure environ. Il a été tué par-derrière, par une personne de même taille que lui. Je ne peux rien vous dire sur l'arme, sauf qu'elle mesurait environ quinze centimètres, était de bord lisse, et très aiguisée. On pourrait imaginer un rasoir de barbier.

— Et les blessures ? demanda Dante.

— L'éviscération des yeux a été faite *ante mortem*, ainsi que la mutilation de la langue.

— Il lui a arraché la langue ! Mon Dieu ! s'exclama Dante, écœuré.

— Je pense qu'il s'est servi de tenailles, *ispettora*. Quand il a eu terminé, il a rempli la cavité avec du papier hygiénique pour contenir l'hémorragie. Il l'a enlevé par la suite, mais j'ai retrouvé des bouts de cellulose... Dites donc, Dicanti, vous m'étonnez. On dirait que tout cela ne vous impressionne pas du tout.

— En fait, j'ai vu pire.

— Alors, laissez-moi vous montrer quelque chose que vous n'avez sans doute jamais vu. Moi, en tout cas, je n'ai jamais rencontré de cas semblable au cours de toutes mes années dans ce métier, et elles sont nombreuses. Il a introduit la langue dans l'anus avec une dextérité étonnante. Puis il a nettoyé le sang tout autour.

Le médecin légiste leur montra quelques photos de la langue sectionnée.

— Je l'ai mise dans la glace et l'ai envoyée au laboratoire. N'oubliez pas de me faire passer une copie du rapport quand vous l'aurez, *ispettora*. Je ne comprends toujours pas comment il a fait.

— Je m'en occuperai personnellement, je vous le promets, dit Dicanti. Et que pouvez-vous nous dire sur les mains ?

— Il s'agit de lésions *post mortem*. Les coupures ne sont pas très nettes. Il y a des traces d'hésitation. Ou cela lui a été difficile ou il se trouvait dans une posture difficile.

— Rien sous les ongles ?

— De l'air. Les mains étaient étonnamment propres. Je suppose qu'il les a lavées avec du savon. Il me semble percevoir une certaine odeur de lavande.

Paola demeura songeuse.

— *Dottore*, à votre avis, combien de temps a mis l'assassin pour infliger toutes ces blessures à la victime ?

— Je n'y avais pas pensé. Laissez-moi calculer. Voyons...

L'homme palpa, d'un air songeur, les bras de la victime, les orbites des yeux, la bouche mutilée. Il continua à chantonner à voix basse, un morceau des Moody Blues, cette fois. Paola ne se souvenait pas du titre de la chanson.

— Eh bien, je pense qu'il a dû mettre au moins une demi-heure pour sectionner les mains, et les nettoyer, et au moins une heure pour laver tout le corps et le rhabiller. Il est impossible de calculer le temps pris pour torturer sa victime, mais cela a dû être long. Je dirais qu'il est resté avec sa victime au moins trois heures, sans doute plus.

Un lieu tranquille, secret. Un lieu privé, éloigné de tout regard. Et isolé parce que Robayra avait dû crier. Quel bruit fait un homme à qui on arrache les yeux et la langue ? Il fallait calculer combien de temps le cardinal était demeuré entre les mains de l'assassin et retirer le temps qu'il avait mis à le torturer comme il l'avait fait. Ils pourraient ainsi réduire le rayon des recherches, si par chance l'assassin n'avait pas campé à ses aises.

— Je sais que l'on n'a trouvé aucune empreinte. Mais vous n'avez rien observé d'anormal avant de le laver, quelque chose qui puisse être analysé au labo ?

— Non, pas grand-chose. Quelques fibres de tissu et des taches de maquillage, je pense, sur le col de la chemise.

— Du maquillage ? C'est curieux… L'assassin ?

— Notre cardinal avait peut-être ses petits secrets, suggéra Dante.

Paola le regarda, surprise. Le médecin légiste ricana.

— Eh ! je n'ai rien dit, se pressa d'objecter Dante. Il prenait peut-être juste soin de son image. Il avait quand même un certain âge…

— Cela n'en reste pas moins un détail important. Il y avait des traces de cosmétique sur le visage ?

— Non, mais l'assassin a dû certainement le laver, nettoyer le sang des orbites. Je vérifierai.

— *Dottore*, au cas où, envoyez un spécimen au laboratoire. Je veux connaître la marque et la teinte.

— Cela peut prendre du temps si vous n'avez pas une base de données préétablies pour les comparer avec le spécimen que nous allons vous envoyer.

— Dites-leur qu'ils peuvent vider une parfumerie entière si c'est nécessaire. C'est le genre de mission qu'adore notre directeur. Vous avez trouvé des traces de sang ou de sperme ?

— Rien de rien. Les vêtements de la victime étaient très propres, il n'y avait pas d'autres traces de sang à part les siennes.

— Et la peau, les cheveux ?

— Quelques traces d'adhésifs sur les poignets. Je suppose que l'assassin a dénudé le cardinal, et l'a attaché avant de le torturer puis de le rhabiller. Il l'a lavé au préalable, mais pas par immersion. Il a passé une éponge sur tout le corps, avec du savon. Il ne devait pas disposer de beaucoup d'eau ou de temps car il a laissé du savon sur le corps, dit le médecin en leur montrant une ligne blanche sur le flanc du cadavre.

— Quel type de savon ?

— Ce sera plus facile à identifier que le maquillage, moins utile en revanche. Je dirais un savon à la lavande très ordinaire.

Paola soupira.

— C'est tout ?

— Quelques restes d'adhésifs sur le visage aussi en petites quantités. C'est tout. Ah ! oui, la victime était assez myope.

— Quel rapport avec tout ça ?

— Dante, voyons, les lunettes ont disparu.

— Evidemment, il lui a arraché les yeux ! Quel besoin de lunettes !

Le médecin légiste se vexa :

— Ecoutez, moi, je vous rapporte ce que je vois. Je ne me mêle pas de votre travail, alors ne vous mêlez pas du mien.

— Très bien, docteur, intervint Paola. Appelez-nous quand vous aurez le rapport complet.

— Bien sûr, *ispettora*.

Dante et Paola laissèrent le médecin poursuivre sa tâche en chantonnant sa version des classiques du jazz, et sortirent dans le couloir où Pontiero hurlait des ordres brefs et concis dans son téléphone portable. Quand il raccrocha, Paola s'adressa à ses deux collègues :

— Voilà ce que nous allons faire. Dante, vous retournez au bureau et vous me rédigez un rapport complet avec tous les détails sur la scène du premier crime. Je préfère que vous soyez seul, ce sera plus facile pour vous. Essayez de récupérer toutes les photos et indices que votre chef a permis de conserver. Dès que vous aurez terminé, retrouvez-nous au siège central de l'UACV. Je crains que cette nuit ne soit très longue.

UNITE DE SCIENCES DU COMPORTEMENT
DU FBI-COURS ANNUEL
EXAMEN FINAL DE VICTIMOLOGIE

Elève : *DICANTI Paola*..........................

Date : *19 juin 1999*..................................

Note : *A +*...

Sujet unique : Décrivez en moins de 100 mots l'importance du temps dans l'élaboration d'un profil criminel (selon Rosper). Tirez-en une conclusion personnelle en reliant les variables avec le niveau d'expérience de l'assassin. Vous disposez de deux minutes à partir du moment où vous avez retourné cette feuille.

Réponse : *On prend en compte le temps nécessaire pour*

> *a) éliminer la victime*
> *b) interagir avec le cadavre*
> *c) effacer les traces du corps et s'en débarrasser*

Commentaire : *Selon mes déductions, la variable a) est définie par les fantasmes de l'assassin, la variable b) aide à dévoiler ses motifs occultes et la c) définit sa capacité d'analyse et d'improvisation. En conclusion : si l'assassin y passe plus de temps*
a) il a un niveau intermédiaire (trois crimes)
b) c'est un expert (quatre crimes ou plus)
c) c'est un débutant (premier ou deuxième crime)

Siege central de l'UACV

Via Lamarmora, 3

Mardi 5 avril, 22 : 32

— Alors, qu'est-ce qu'on a ?

— On a deux cardinaux assassinés d'une manière épouvantable, Dicanti.

Dicanti et Pontiero prenaient un sandwich et un café dans la salle de réunion du laboratoire. Le lieu, pourtant moderne, était gris et déprimant. L'unique tache de couleur dans toute la pièce venait des photographies de la scène du crime qu'ils avaient éparpillées devant eux. Posés à l'extrémité de la longue table de travail, quatre sacs de plastique contenaient les preuves d'expertise. Le seul élément tangible dont ils disposaient pour l'instant, en attendant les informations sur le premier crime que Dante devait leur apporter.

— D'accord, Pontiero. On commence par Robayra. Que savons-nous de lui ?

— Il vivait et travaillait à Buenos Aires. Il est arrivé sur un vol d'Aerolinas Argentinas dimanche matin. Il avait un billet « open » acheté depuis des semaines, mais il a attendu une heure de l'après-midi, samedi, pour confirmer son vol. Avec le décalage horaire, je suppose que c'est à peu près à ce moment-là que le pape est mort.

— Un aller et retour ?

— Un aller simple.

— Tiens, c'est curieux. Ou bien le cardinal était peu prévoyant, ou il venait au conclave avec beaucoup d'espoirs. Maurizio, comme tu le sais, je ne suis pas spécialement versée dans les questions religieuses. Que sais-tu des chances d'élection de Robayra comme nouveau pape ?

— A vrai dire, pas grand-chose, mais j'ai lu un article sur ce sujet, il y a une semaine, dans *La Stampa* je crois. On le considère comme bien placé, même si ce n'est pas un des grands favoris. De toute façon, tu connais la presse ici. Ils ne font attention qu'aux cardinaux italiens. En revanche, il y avait beaucoup de choses sur Portini, ça oui.

Pontiero était un homme d'une honnêteté irréprochable. C'était un bon mari et un bon père, ainsi que Paola en avait souvent été témoin. Il allait à la messe tous les dimanches, une sortie réglée comme une horloge. De même que son invitation réitérée à les accompagner que Paola repoussait sous de multiples prétextes, certains bons, d'autres mauvais. De toute façon, aucun ne sonnait vrai. Pontiero savait parfaitement que l'inspectrice Dicanti était une femme de peu de foi. Elle l'avait perdue à la mort de son père, dix ans auparavant.

— Quelque chose me préoccupe, Maurizio. J'aimerais savoir quel sentiment de frustration nourrit la haine de notre assassin envers les cardinaux. S'il déteste la couleur rouge, s'il s'agit d'un séminariste cinglé ou s'il a en horreur les petites calottes tout simplement.

— Chapeau du cardinal.

— Merci. Je plaisantais, évidemment. Cette affaire n'est pas une simple histoire de couvre-chef, je le sais. Mais nous ne pourrons guère avancer sur ce sujet si nous ne consultons pas une autorité en la matière. Demain, je veux que Dante nous aide à trouver quelqu'un de haut placé à la Curie. De très haut placé.

— Ce ne sera pas facile.

— On verra. En attendant, on se concentre sur les indices. Pour commencer, nous savons que Robayra n'est pas mort dans l'église.

— Il y avait très peu de sang, en effet. La mort a dû se produire ailleurs.

— L'assassin a dû retenir le cardinal prisonnier pendant plusieurs heures dans un lieu secret et en a profité pour le torturer. Il a dû gagner sa confiance d'une manière ou d'une autre afin que Robayra se rende librement dans ce lieu. Puis il a transporté le cadavre jusqu'à Sainte-Marie de Traspontine, dans un but précis évidemment.

— Lequel ?

— Je ne sais pas encore. Mais là encore on tombe sur un os. J'ai parlé avec le curé. L'église était fermée quand il est allé se coucher. Il se souvient qu'il a dû ouvrir à la police lorsqu'elle est arrivée. Le tueur n'est donc pas entré par là. Cela dit, il existe une autre porte d'accès, plus petite, qui donne sur la via dei Corridori.

— On a vérifié ?

— C'est ça, le problème. La serrure était intacte. Même si la porte avait été ouverte, je ne comprends toujours pas comment l'assassin a pu entrer.

— Pourquoi ?

— Tu as remarqué la foule qui attendait à la porte principale, sur la via della Conciliazione ? Eh bien, dans la rue derrière, il y avait encore plus de monde, bon sang ! L'endroit est plein à craquer de pèlerins. On a même dû l'interdire à la circulation. Tu ne vas pas me dire que l'assassin est entré avec un cadavre dans les bras devant tous ces gens ?

— A moins que cette marée humaine n'ait servi ses desseins au contraire, mais alors comment est-il entré sans forcer la porte ?

— Pontiero, trouver comment il est entré est une de nos priorités. Je sens que c'est très important. Demain, nous irons voir le curé, là… Comment s'appelait-il déjà ?

— Francesco Toma, un frère carme.

Paola hocha lentement la tête en écrivant le nom sur son calepin.

— Il y a aussi tous ces détails macabres, le message sur le mur, les mains coupées sur le tissu… Et le contenu de ces sacs. Vas-y, ouvre-les.

Pontiero commença à lire les rapports tandis que Paola remplissait le bulletin avec un stylo. Un laboratoire moderne, et pourtant ils avaient encore des reliques du XXᵉ siècle, comme ces imprimés anciens.

— Indice d'expertise numéro un : une étole. Rectangle de tissu bordé employé par les prêtres catholiques lors du sacrement de la confession. Accrochée à la bouche du cadavre, totalement imprégnée de son sang. Le groupe sanguin correspond à celui de la victime. Analyse de l'ADN en cours.

C'était l'objet mauve que Paola n'avait pas réussi à identifier dans la pénombre de l'église. L'analyse de l'ADN prendrait au moins deux jours, et encore parce que l'UACV possédait un des laboratoire d'expertises les plus avancés au monde. Souvent Paola riait quand elle voyait *CSI* à la télévision, cette série américaine passionnante et peu réaliste dans laquelle les analyses étaient faites en quelques minutes. Ah ! si c'était comme ça dans la réalité.

— Indice numéro deux : un tissu blanc. Origine inconnue. En coton. Des taches de sang, mais légères. Les mains de la victime ont été posées dessus. Le groupe sanguin correspond à celui de la victime. Analyse de l'ADN en cours. Indice numéro trois : un bout de papier froissé de trois centimètres sur trois. Placé dans l'orbite gauche de la victime. Le type de papier, sa composition, son grammage et pourcentage de chlore, sont en cours d'étude. Une inscription au stylo figure dessus :

Mt 16

— Mt 16, répéta Paola. Une adresse ?

— Le papier était roulé en boule, et couvert de sang. Il est évident qu'il s'agit d'un message de l'assassin. L'absence des yeux de la victime ne serait pas tant un châtiment qu'un indice... Comme s'il nous indiquait dans quelle direction regarder.

— Ou bien que nous sommes aveugles.

— Un assassin ludique... C'est le premier de ce genre qui apparaît en Italie. Je crois que c'est pour cette raison que Boi t'a choisie, Dicanti. Toi et pas un simple inspecteur, quelqu'un capable de penser de manière créative.

Paola réfléchit à ces paroles. Si Pontiero avait raison, les enjeux étaient doublés. Le profil de l'assassin ludique correspondait en général à celui de personnes très intelligentes et donc difficiles à attraper sauf si elles commettaient une erreur. Ce qui finissait par arriver tôt ou tard, mais entre-temps, les tiroirs réfrigérés de la morgue se remplissaient.

— D'accord, réfléchissons un instant. Quelles rues correspondent à ces initiales ?

— Viale del Muro Torto.

— Non, il y a un jardin, et elle n'a pas de numéros.

— Alors Monte Tarpeo ne vaut pas non plus car les jardins du palais du Conservatoire la traversent.

— Et Monte Testaccio ?

— Oui, ça pourrait coller...

— Attends un peu...

Paola prit le combiné du téléphone et composa un numéro interne.

— La documentation ? Ah ! bonjour, Silvio. Peux-tu vérifier une adresse pour moi ? J'aimerais savoir s'il existe un numéro 16 sur Monte Testac-

cio. Et sois gentil, apporte-nous un plan de la ville…
Dans la salle de réunions. Merci.

Elle raccrocha. Pontiero reprit :

— Dernier indice, pour le moment : une feuille de papier froissée de trois centimètres sur trois. Placée dans l'orbite droite de la victime. Type de papier, composition, grammage, et pourcentage de chlore en cours d'étude. Sur le papier, est écrit à la main et au stylo :

Undeviginti →

— *Undeviginti.*

— Bon sang ! C'est pire qu'un putain de hiéroglyphe, se lamenta Paola. J'espère seulement que ce n'est pas la suite d'un message qu'il a laissé sur la première victime, parce qu'elle s'est envolée en fumée !

— Je suppose qu'il va falloir se contenter de ça pour le moment.

— Parfait, Pontiero. Et si tu me disais ce que signifie *undeviginti* pour que je puisse m'en contenter ?

— Ton latin est un peu rouillé… ça signifie dix-neuf.

— Evidemment, mais j'ai toujours eu de mauvaises notes en latin à l'école. Et la flèche ?

A cet instant, entra un des assistants du service de documentation. Il apportait le plan de la ville.

— Voilà, inspectrice. J'ai cherché ce que vous m'avez demandé, et le numéro 16 de Monte Testaccio n'existe pas. La rue s'arrête au 14.

— Merci, Silvio. Je vais encore avoir besoin de toi, tu peux nous aider à chercher les rues qui ont pour initiales MT. C'est juste une intuition, mais…

— Espérons que vous ne vous fiez pas seulement à votre intuition dans l'exercice de votre métier, *dottora* Dicanti, se moqua une voix. Parce que, moi, je vous conseillerais plutôt d'aller chercher une Bible.

Tous trois tournèrent la tête en même temps vers la porte. Un prêtre habillé en clergyman se tenait sur le seuil. Grand et mince, avec une calvitie prononcée, il devait avoir dans les cinquante ans, très bien portés. Son visage présentait les traits durs et forts propres à ceux qui ont connu beaucoup d'aubes sous les intempéries. Paola trouva qu'il ressemblait plus à un militaire qu'à un prêtre.

— Qui êtes-vous, et qui vous a autorisé à entrer ? Vous êtes dans une salle privée. Sortez immédiatement je vous prie, dit Pontiero.

— Je suis le père Anthony Fowler, et je suis venu vous aider.

Il parlait un italien correct, non sans une certaine lenteur et quelque hésitation.

— Vous vous trouvez dans un service de la police et vous n'avez pas d'autorisation pour y entrer. Si vous voulez nous aider, allez à l'église prier pour nos âmes.

Pontiero se dirigea vers l'inconnu décidé à le faire sortir de gré ou de force. Paola se tournait déjà pour examiner les photos quand Fowler reprit la parole :

— C'est tiré de la Bible, du Nouveau Testament, plus exactement.

— Comment ? dit Pontiero, surpris.

Paola leva la tête et regarda Fowler :

— Très bien, expliquez-vous.

— Mt, 16 indique l'Evangile selon Matthieu, chapitre 16. Il a laissé une note ?

Pontiero paraissait contrarié.

— Paola, vraiment, tu ne vas pas…

Elle l'interrompit d'un geste de la main.

— Ecoutons ce qu'il a à dire.

Fowler entra et ferma la porte derrière lui. Il portait un pardessus noir à la main qu'il posa sur une chaise :

— Comme vous le savez, le Nouveau Testament est composé de quatre Evangiles, ceux de Matthieu, Marc, Luc et Jean. Les lettres « Mt » désignent Matthieu et le chiffre fait référence au chapitre. S'il y en avait eu deux autres, on aurait les versets.

— Voici ce qu'a laissé l'assassin.

Paola lui montra l'indice numéro quatre enfermé dans un sac plastique. Elle observait Fowler très attentivement. Le prêtre ne parut pas reconnaître la note et ne sembla pas dégoûté par les traces de sang. Il se contenta d'examiner la pochette et dit :

— Dix-neuf, bien sûr.

— Vous allez nous dire ce que vous savez ou vous comptez nous faire attendre encore longtemps ?

— *Et tibi dabo claves regno coelorum*, récita Fowler, *et quodcumque ligaveris super terram erit legatum et in coelis ; et quodcumque solveris super terram, erit solutum et in coelis.*

« Je te donnerai les clefs du royaume des Cieux, traduisit-il, et ce que tu lieras sur la terre sera lié dans les cieux, et ce que tu délieras sur la terre, sera délié dans les cieux. » Matthieu, chapitre 16, verset 19. C'est avec ces paroles que Jésus confirma Pierre comme chef des Apôtres en lui donnant à lui, et à tous ses successeurs, le pouvoir sur toute la chrétienté.

— *Santa Madonna !* s'exclama Paola.

— Vu ce qui se prépare dans cette ville, je crois que vous devriez être préoccupés. Très préoccupés, même.

— Allons ! un fou furieux dégomme un curé et vous faites sonner les sirènes ! Je ne vois pas ce qu'il y a de si préoccupant là-dedans, père Fowler, se moqua Pontiero.

— Vous vous trompez. L'assassin n'est pas un fou furieux. C'est un homme cruel, méthodique, intelligent et terriblement tordu, croyez-moi.

— Ah ! oui ? On dirait que vous en savez beaucoup sur lui et ses motivations, mon père, continua l'inspecteur sur le même ton.

Le prêtre garda les yeux rivés sur Paola alors qu'il répliquait :

— J'en sais bien plus encore. Je peux même vous donner son nom.

ARTICLE EXTRAIT DU QUOTIDIEN *MARYLAND GAZETTE* LE 29 JUILLET 1999, P. 7

UN PRETRE AMERICAIN ACCUSE D'ABUS SEXUEL SE SUICIDE

SILVER SPRING, Maryland (NEWS AGENCIES) – Tandis que les scandales de délits sexuels continuent à secouer le clergé catholique en Amérique, un prêtre du Connecticut accusé d'abus sexuels sur mineurs a été retrouvé pendu dans sa chambre alors qu'il séjournait dans une institution psychiatrique dédiée au traitement des membres du clergé, selon les déclarations de la police locale à l'agence American Press, vendredi dernier.

Peter Selznick, soixante-quatre ans, avait renoncé à son poste de prêtre de la paroisse de Saint-André de Bridgeport dans le Connecticut, le 27 avril dernier, un jour après que ses supérieurs hiérarchiques eurent entendu deux témoins affirmant que Selznick avait abusé d'eux entre la fin des années 70 et le début des années 80, selon le porte-parole du diocèse de Bridgeport.

Le prêtre suivait un traitement à l'Institut Saint Matthew du Maryland, un centre psychiatrique qui reçoit les prêtres accusés d'abus sexuels ou qui ont une sexualité confuse, selon cette institution.

« Le personnel de l'hôpital a frappé plusieurs fois à sa porte, et a essayé d'entrer dans sa chambre, mais quelque chose bloquait l'entrée, a affirmé par la suite Diane Richardson, porte-parole des services de police du comté de Prince George, lors d'une conférence de presse. Quand ils ont enfin réussi à entrer dans la chambre, ils ont trouvé un cadavre suspendu à l'une des poutres apparentes du plafond. »

Selznick s'était pendu avec un des draps du lit, a confirmé Richardson, avant d'ajouter que son corps avait été transporté à la morgue pour y subir une autopsie. Elle a nié les rumeurs selon lesquelles le cadavre était nu et mutilé, des rumeurs qualifiées d'infondées. Au cours de la conférence de presse, plusieurs journalistes ont évoqué un témoin ayant déclaré avoir vu beaucoup de mutilations. La porte-parole a répondu que l'infirmier du corps médical du comté dont il était question avait de gros problèmes de drogue, usant de marijuana et autres substances illicites, et qu'il aurait fait ces déclarations sous leur influence. Cet employé municipal a été suspendu jusqu'à nouvel ordre. Contacté par notre journal, cet infirmier s'est contenté d'une seule phrase : « Je me suis trompé. »

L'évêque de Bridgeport, William Lopes, a affirmé qu'il était « profondément attristé » par la mort « tragique » de Selznick. Il a ajouté que le scandale qui préoccupe la branche nord-américaine de l'Eglise catholique a fait maintenant de « multiples victimes ».

Le père Selznick est né à New York en 1938, et a reçu son ordination en 1965 à Bridgeport. Il a servi dans plusieurs paroisses du Connecticut et durant un temps bref à la paroisse San Juan Vianney à Chiclayo, au Pérou.

« Chaque personne, sans exception, a de la dignité et de la valeur aux yeux de Dieu, et chaque personne a besoin de notre compassion, et la mérite, a affirmé Lopes. Les circonstances perturbatrices qui ont accompagné sa mort ne peuvent éradiquer tout le bien qu'il a fait. »

Le directeur de l'Institut Saint Matthew, le père Canice Conroy, a refusé de faire une déclaration à ce journal. Le père Anthony Fowler, directeur des nouveaux programmes de l'Institut, a excusé l'absence de Conroy en annonçant qu'il se trouvait en état de choc.

SIEGE CENTRAL DE L'UACV

Via Lamarmora, 3

Mardi 5 avril, 23 : 14

La déclaration de Fowler fut comme un coup de massue. Sans le quitter des yeux, Paola et Pontiero demeurèrent bouche bée.

— Je peux m'asseoir ?

— Je vous en prie, dit Paola, vous avez l'embarras du choix.

Elle fit un signe à l'employé des services de documentation et il quitta aussitôt la pièce.

Fowler posa un petit sac de voyage noir usé sur la table. Un sac qui avait sillonné le monde et disait les nombreux kilomètres qu'avait parcourus son propriétaire. Il l'ouvrit et en sortit un épais dossier en carton sombre, aux bords abîmés et tachés. Il le posa sur la table et s'assit face à Paola. Elle observa ses gestes, notant son économie de mouvements, et l'énergie de son regard. Elle était très intriguée par les manières de cet étrange prêtre, mais tout à fait décidée à ne pas se laisser impressionner, et encore moins alors qu'elle se trouvait sur son propre terrain.

Pontiero prit une chaise, la plaça à l'envers, et s'assit à califourchon, les mains posées sur le dossier. Paola se dit qu'elle devait sans tarder lui conseiller de cesser d'imiter Humphrey Bogart. Maurizio avait dû voir environ trois cents fois *Le Faucon maltais*. Il se plaçait toujours à la gauche de celui qu'il considérait comme suspect en fumant à la chaîne des cigarettes sans filtre.

— Très bien, mon père. Montrez-nous quelque chose qui prouve votre identité.

Fowler sortit un passeport de la poche intérieure de son veston, et le tendit à Pontiero. Il eut un geste de désagrément devant la fumée que l'autre lui envoya en plein visage.

— Tiens, tiens, un passeport diplomatique. Vous avez l'immunité, donc. Mais vous êtes quoi, au fait ? Un espion ? demanda Pontiero.

— Je fais partie de l'armée de l'air américaine.

— Avec quel rang ? demanda Paola.

— Major. Pourriez-vous demander à l'inspecteur Pontiero de cesser de fumer à côté de moi, je vous prie. J'ai arrêté de fumer il y a plusieurs années et je ne veux pas recommencer.

— Il est drogué au tabac, major Fowler.

— Père Fowler, *dottora* Dicanti. Je suis... A la retraite.

— Eh ! Un instant. Comment savez-vous mon nom ? Et celui de l'inspectrice ?

La criminologue sourit, curieuse et divertie :

— Tu vois, Maurizio, je pense que le père Fowler n'est pas tout à fait encore à la retraite.

Fowler lui adressa un sourire un peu triste :

— J'ai repris du galon récemment, en effet. Et, curieusement, en raison de mes occupations dans la vie civile.

Il se tut et repoussa le nuage de fumée de la main.

— Alors ? Dites-nous qui vous êtes et où est ce fils de pute qui a tué un cardinal de notre sainte Eglise, pour que nous puissions tous rentrer dormir chez nous.

Le prêtre garda le silence, aussi impassible que son col empesé. Paola le soupçonnait d'être trop aguerri pour se laisser impressionner par le petit numéro de Pontiero. Les sillons de ses rides laissaient clairement voir que la vie l'avait marqué de très mauvaises expériences, et qu'il avait regardé en face des choses pires que ce petit flic arrogant et son tabac puant.

— Ça suffit maintenant, Maurizio, éteins ta cigarette.

Pontiero écrasa son mégot par terre, fâché.

— Très bien, père Fowler, dit Paola, effleurant les photos posées devant elle, le regard toujours fixé sur le prêtre, j'ai bien compris que vous dirigiez les opérations, pour le moment. Vous détenez une information dont j'ai besoin. Néanmoins vous êtes sur mon terrain, alors comment résoudre ça ?

— Eh bien, si on commençait par établir un profil du tueur ?

— Vous pouvez me dire à quoi cela nous avancera ?

— Dans cette affaire, le profil ne vous servira pas à découvrir l'identité du tueur, puisque je vais vous la donner, mais à deviner où il se trouve, et ce n'est pas la même chose.

— Vous voulez me faire passer un examen, c'est ça ? Me tester pour voir si je suis assez efficace ? Vous voulez juger mes capacités de déduction ?

— Je crois que vous êtes la seule ici à vous juger aussi sévèrement.

Paola prit une profonde inspiration, et dut faire appel à tout son sens du contrôle pour ne pas crier. Car Fowler avait mis le doigt sur son point faible. Juste au moment où elle croyait qu'elle allait exploser, son supérieur apparut à son tour. Il s'arrêta sur le seuil de la porte, et observa attentivement le prêtre qui lui rendit son regard. Puis ils se saluèrent.

— Père Fowler.

— Directeur Boi.

— J'ai été prévenu de votre arrivée par un canal, disons, peu habituel. Je dois avouer que votre présence ici m'a été imposée, cependant, je reconnais que vous pourrez nous être utile, si mes sources ne mentent pas.

— Elles disent vrai.

— Alors, poursuivez, je vous prie.

Petite, Paola avait toujours eu l'impression d'être arrivée tard dans un monde déjà commencé, et cette sensation se répéta à cet instant. Elle en avait assez de ces cachotteries. Tout le monde semblait au courant de choses qu'elle ignorait. Elle irait demander des explications à Boi dès qu'elle le pourrait. En attendant, elle essaya de reprendre l'avantage :

— Le père Fowler nous a dit qu'il connaissait l'identité de l'assassin, mais il semble vouloir d'abord établir son profil psychologique avant de nous révéler son nom. Même si, à mon avis, nous sommes en train de perdre un temps précieux, j'ai décidé d'accepter de jouer à ce petit jeu.

Elle se leva d'un geste énergique, impressionnant les trois hommes qui la contemplèrent, stupéfaits. Elle s'approcha du tableau noir qui occupait presque tout le mur du fond et poursuivit tout en écrivant :

— Notre criminel est un homme de type caucasien, entre trente-huit ans et quarante-six ans, de taille moyenne, fort et intelligent. Il a suivi des études universitaires et a des facilités pour les langues. Il est gaucher, a reçu une éducation religieuse sévère, et a souffert de traumatismes ou d'abus dans son enfance. Il est immature, son travail le soumet à une pression au-dessus de sa stabilité psychologique et affective, et il souffre d'une grande répression sexuelle. Il a certainement un lourd passé de violences. Ce n'est pas la première fois qu'il tue, ni la deuxième, et donc ce ne sera pas la dernière. Il méprise fortement la police, tout comme ses victimes. Voilà. Maintenant à vous de nous donner son nom, conclut Paola en se tournant vers Fowler et en lui lançant la craie.

Elle regarda l'assistance. Fowler l'observait d'un air surpris, Pontiero paraissait admiratif et Boi sceptique. Le prêtre prit enfin la parole :

— Bravo, dix sur dix. Je suis également psychologue, pourtant je ne vois pas d'où vous avez tiré vos conclusions. Vous pouvez nous le dire ?

— Il s'agit d'un profil provisoire, mais les conclusions devraient coller d'assez près à la réalité. Il est de type caucasien comme ses victimes, car il est rare qu'un tueur en série s'en prenne à des individus différents de lui. L'angle et la direction de la coupure sur le cou de Robayra, un homme de grande taille, indique qu'il a été tué par surprise et par quelqu'un d'environ un mètre quatre-vingts. Il n'aurait pas pu transporter le corps à l'intérieur de l'église s'il n'avait pas été costaud, car même en utilisant une voiture pour aller jusqu'à la porte de derrière, il y a environ quarante mètres jusqu'à la chapelle. L'immaturité est liée au type de l'assassin ludique qui méprise profondément sa victime considérée comme un objet, et la police qu'il juge inférieure.

Fowler l'interrompit poliment en levant la main :

— Deux choses me frappent, *ispettora*. Un : vous avez dit que ce n'était pas la première fois qu'il tuait. Vous avez déduit cela de l'élaboration compliquée de l'assassinat ?

— En effet. Cette personne a une certaine connaissance du travail policier, et a tué à plus d'une reprise. En général, la première fois est souvent très sale et improvisée.

— Deux : au sujet de la pression qu'exerce son travail sur lui ? Je ne comprends pas comment vous avez pu trouver ça.

Paola rougit, et croisa les bras sur sa poitrine. Elle ne répondit pas. Boi en profita pour intervenir.

— Ah ! cette Paola, sa grande intelligence laisse toujours une place à son intuition féminine. Père Fowler, la *dottora* Dicanti parvient parfois à des conclusions purement instinctives. Je ne sais pas pourquoi. Mais je crois vraiment qu'elle aurait un grand avenir comme écrivain.

— Bien plus que vous ne le croyez, répondit Fowler parce que, là encore, elle a mis dans le mille.

Il se leva et se dirigea vers le tableau.

— Inspectrice, quel est le nom correct de votre profession ? Profileur, n'est-ce pas ?

— Oui, dit Paola encore gênée.

— A quel moment obtient-on ce grade de profileur ?

— Une fois terminé le cours de Criminologie légale, après une année d'études intensives à l'Unité des Sciences du Comportement du FBI. Très peu réussissent ce diplôme dans sa totalité.

— Combien de profileurs qualifiés existe-t-il dans le monde ?

— Actuellement, vingt. Douze aux Etats-Unis, quatre au Canada, deux en Allemagne, un en Italie et un en Autriche.

— Merci. Vous avez compris, messieurs ? Il n'y a que vingt personnes au monde capables de tracer le profil psychologique d'un tueur en série avec toutes les garanties de fiabilité, et l'une d'elles se trouve dans cette pièce. Vous pouvez me croire, pour trouver cet homme...

Il se tourna et écrivit sur le tableau avec des lettres appuyées et fermes, le nom suivant :

VIKTOR KAROSKI

— ... Nous allons avoir besoin de quelqu'un capable de se mettre dans sa tête. Voici le nom que vous m'avez demandé. Mais avant que vous ne vous précipitiez sur le téléphone pour hurler vos ordres d'arrestation, permettez-moi d'abord de vous raconter son histoire.

Extrait de la correspondance entre Edward Dressler, psychiatre, et le cardinal Francis Shaw

Boston, 14 mai 1991

(...) Votre Eminence, il s'agit, sans aucun doute possible, d'un récidiviste-né. Selon mes informations, c'est la cinquième fois qu'on lui attribue une nouvelle paroisse. Les tests réalisés pendant deux semaines confirment qu'on ne peut sans risques le mettre de nouveau en contact avec des enfants. Ceux-ci seraient réellement en danger... Je ne doute pas du tout de sa volonté de repentir, car elle est ferme. En revanche, je doute de sa capacité à se contrôler... On ne peut s'offrir le luxe de le nommer dans une paroisse. Il vaut mieux lui couper les ailes plutôt que de courir le danger que cette affaire explose. Dans le cas contraire, je décline toute responsabilité. Je recommande une période d'internement de six mois minimum à l'Institut Saint Matthew.

Boston, 4 août 1993

(...) C'est la troisième fois que j'ai affaire à lui [Karoski] (...) Je dois vous avouer que le « changement d'air », comme vous dites, ne l'a absolument pas aidé, c'est même plutôt le contraire. Il perd le contrôle de plus en plus souvent, et je décèle des indices de schizophrénie dans son comportement. Il est fort possible qu'à un moment donné, il franchisse la limite, et se transforme en une autre personne. Eminence, vous connaissez mon respect pour l'Eglise, et je comprends qu'elle souffre d'un manque terrible de prêtres, mais baisser à ce point le niveau de recrutement !... Trente-cinq sont déjà passés entre mes mains, Eminence, et si parmi eux, certains montraient des chances de récupération de manière autonome (...), je peux vous assurer que Karoski n'en fait pas partie. Vous avez rarement suivi mes conseils. Je vous prie d'y songer sérieusement dans ce cas précis : vous devez convaincre Karoski d'entrer à Saint Matthew.

SIEGE CENTRAL DE L'UACV

Via Lamarmora, 3

Mercredi 6 avril, 00 : 03

Paola se rassit, prête à écouter le récit du père Fowler.

— Tout a commencé, du moins pour moi, en 1995. A cette époque, après avoir pris ma retraite de l'armée de l'air, je me suis mis à la disposition de l'évêché. Celui-ci a voulu profiter de mon diplôme de psychologie en m'envoyant travailler à l'Institut Saint Matthew. Vous avez déjà entendu parler de cet endroit ?

Tous secouèrent la tête en signe de dénégation.

— Cela ne m'étonne pas. La nature même de cette institution constitue un secret pour la majeure partie de l'opinion publique. Officiellement, c'est un centre hospitalier psychiatrique réservé aux soins des prêtres et religieuses qui ont des « problèmes ». Il est situé à Silver Spring dans le Maryland. En réalité, quatre-vingt-quinze pour cent des patients ont un passé d'abus sexuels sur mineurs ou de consommation de stupéfiants. Les installations sont très luxueuses : trente-cinq chambres pour les malades, neuf pour le personnel médical, logé sur place en général, un court de tennis, une piscine, une salle de détente avec billard...

— On dirait plutôt une maison de repos qu'une institution psychiatrique, fit remarquer Pontiero.

— Ah ! cet endroit est en effet très mystérieux et à plusieurs titres. C'est un mystère pour l'extérieur, mais aussi pour les patients, qui au début le prennent comme un lieu de retraite ou de repos pour quelques jours, et qui peu à peu découvrent tout autre chose. Vous êtes au courant, je suppose, du terrible scandale qui a secoué l'Eglise catholique dans mon pays au cours de ces dernières années. L'opinion publique ne verrait pas d'un bon œil que des prêtres accusés de pédophilie passent des vacances gratuites dans un hôtel de luxe.

— Et c'était vraiment ça ? demanda Pontiero qui paraissait très affecté par cette histoire.

Paola le comprenait, car il avait deux enfants de treize et quatorze ans.

— Non. Je vais essayer de résumer mon expérience de la manière la plus brève possible. En arrivant, j'ai trouvé un endroit profondément laïc. Aucun signe n'indiquait qu'il s'agissait d'une institution religieuse. Pas de crucifix aux murs, les patients ne portaient ni habit ni soutane. Vous savez, j'ai passé de nombreuses nuits à la belle étoile, sur le terrain ou sur le front, et jamais je n'ai retiré mon col blanc. Mais là, tout le monde prenait ses aises, entrait et sortait à sa guise. Le manque de foi et de rigueur était évident.

— Et vous n'en avez informé personne ? demanda Paola.

— Si, bien sûr. La première chose que j'ai faite, c'est envoyer une lettre à l'évêque du diocèse. Il m'a accusé d'être trop influencé par mon passage dans l'armée, par « la rigidité de l'ambiance militaire ». Et m'a conseillé de me montrer plus souple. C'était une période compliquée pour moi, car ma carrière dans l'armée avait subi des hauts et des bas, mais je ne veux pas entrer dans les détails, ça n'a rien à voir avec notre affaire. Sachez simplement que je ne voulais surtout pas voir enfler ma renommée d'homme intransigeant.

— Vous n'avez pas besoin de vous justifier.

— Je sais, mais ma mauvaise conscience me poursuit encore. A Saint Matthew, on ne soignait ni l'esprit ni l'âme, on s'arrangeait juste pour pousser le patient dans la direction où il serait le moins gênant. C'était exactement le contraire de ce que l'évêché souhaitait.

— Je ne comprends pas, dit Pontiero.

— Moi non plus, confirma Boi.

— C'est compliqué. Pour commencer, l'unique psychiatre titulaire en poste était le père Conroy, directeur de l'Institut à cette époque. Le reste du personnel n'avait aucun titre, à part celui d'infirmier ou d'aide-soignant. Ils se permettaient pourtant de faire des évaluations psychiatriques.

— C'est dément, fit remarquer Paola.

— Totalement. Le meilleur moyen pour entrer dans l'Institut était d'appartenir à Dignity, une association qui promeut la prêtrise pour les femmes, et la liberté sexuelle pour les prêtres. Bien que personnellement je ne sois pas d'accord avec les postulats de cette association, il n'est pas de mon devoir de les juger. Ce que je peux déterminer, en revanche, c'est la capacité professionnelle du personnel, et en l'occurrence, elle était nulle.

— Je ne vois pas où vous voulez en venir, dit Pontiero en allumant une cigarette.

— Encore cinq minutes et vous comprendrez. Comme je vous le disais, le père Conroy, grand ami de Dignity, libéral en tous points, dirigeait l'Institut de manière totalement erratique. Certains prêtres arrivaient accusés à tort, parfois, car cela se produit aussi. Grâce à Conroy, ils finissaient par abandonner la prêtrise, tout ce qui jusque-là avait illuminé et éclairé leur vie. D'autres s'entendaient dire qu'il ne fallait pas lutter contre leur nature, mais vivre pleinement leur vie. C'était un succès, à Saint Matthew, lorsqu'un prêtre abandonnait la vie religieuse et se lançait dans une relation homosexuelle.

— Et cela vous posait problème ? demanda Paola.

— Non, pas quand le patient le voulait ou en avait réellement besoin. Mais les désirs ou nécessités du patient importaient peu au docteur Conroy. Il se fixait d'abord l'objectif, et ensuite l'appliquait au patient sans le connaître au préalable. Il jouait à Dieu avec les âmes et les esprits de ces femmes et de ces hommes, alors que certains souffraient de graves problèmes. Et il arrosait tout cela d'un bon whisky de malt. Bien tassé.

— Mon Dieu ! s'écria Pontiero, scandalisé.

— Je n'invente rien. Et le pire est encore à venir. En raison de graves erreurs commises au moment du recrutement des candidats dans les années 70 et 80, on fit entrer dans les séminaires catholiques de mon pays des jeunes qui n'étaient pas aptes à diriger des âmes. Ils n'étaient même pas aptes à se diriger eux-mêmes. Et cela est un fait avéré. Avec le temps, beaucoup d'entre eux ont fini par revêtir une soutane. Ils ont fait un grand tort à la bonne renommée de l'Eglise catholique et, ce qui est pire, à de nombreux enfants et de jeunes. Nombre de prêtres accusés d'abus sexuel, coupables d'actes de pédophilie, n'ont jamais été envoyés en prison. On les écartait simplement de la vue en les baladant de paroisse en paroisse. Certains finissaient à Saint Matthew[1]. Une fois là, avec un peu de chance, on les dirigeait vers la vie civile. Malheureusement, beaucoup retournaient à leur ministère, alors qu'ils auraient dû se trouver derrière les barreaux. Ditesmoi, *dottora*, quelles chances a-t-on de rééduquer un tueur en série ?

— Absolument aucune. Une fois que la limite est franchie, on ne peut pas revenir en arrière.

— Eh bien, c'est la même chose pour un pédophile compulsif. Malheureusement dans ce domaine, il n'existe pas la sainte certitude que vous possédez. Vous savez que vous avez entre les mains

---

1. Selon les chiffres réels, entre 1993 et 2003, l'Institut s'est occupé de 500 prêtres. 44 furent diagnostiqués pédophiles, 185 éphébophiles, 142 compulsifs, et 165 avec des problèmes de sexualité non intégrée.

un fauve que vous devez enfermer. Mais il est plus difficile pour un thérapeute qui s'occupe d'un pédophile de savoir s'il a définitivement franchi la ligne ou pas. Dans toute ma carrière, je n'ai connu qu'un seul cas où je n'ai jamais eu le moindre doute. Un cas où, derrière le pédophile, il y avait autre chose.

— Laissez-moi deviner : Viktor Karoski. Notre assassin.

— Lui-même.

Boi s'éclaircit la voix avant d'intervenir. Une habitude irritante.

— Père Fowler, pourriez-vous nous expliquer pourquoi vous êtes si sûr qu'il s'agit bien de l'assassin des cardinaux Robayra et Portini ?

— Bien sûr. Karoski est entré à l'Institut en 1994. Jusque-là, il avait été transféré de paroisse en paroisse, son supérieur masquant ainsi chaque fois le problème. Il y eut des plaintes pourtant dans chacune d'elles, certaines plus graves que d'autres, cependant aucune ne faisait état de violence extrême. Selon les témoignages recueillis, nous pensons qu'il a pu agresser quatre-vingt-neuf enfants, si ce n'est plus.

— Putain !

— Vous l'avez dit, Pontiero. Vous voyez, la source des problèmes de Karoski est à chercher dans son enfance. Il est né à Katowice, en Pologne, en 1961.

— Attendez… Il a donc quarante-quatre ans ?

— Oui. Il mesure un mètre soixante-dix-huit et pèse environ quatre-vingt-cinq kilos. Il est d'une forte constitution, et possède un QI entre 110 et

125. Il a fait sept tests en tout à l'Institut, cela l'amusait.

— Un pic élevé.

— Comme c'est souvent le cas avec les tueurs en série, je crois, n'est-ce pas ?

Paola s'autorisa un sourire ironique et se tourna vers Pontiero qui lui rendit sa grimace.

— Je crois que l'inspecteur répondra mieux que moi à cette question.

— *L'ispettora* dit toujours que Hannibal Lecter n'existe pas et que Jodie Foster ferait mieux de s'en tenir aux drames de son époque.

Tout le monde éclata de rire, ce qui détendit un peu l'atmosphère.

— Merci, Pontiero. En effet, l'image du super-psychopathe est un mythe créé par les romans de Thomas Harris, puis les films qui ont suivi. Dans la vie réelle, ce genre de personnage n'existe pas. Il y a des récidivistes avec des QI élevés et d'autres avec des QI bas. La grande différence, c'est que les plus intelligents agissent sur une durée plus longue, parce qu'ils sont prudents. Ce qu'on leur reconnaît unanimement à un niveau académique, c'est leur grande habileté dans l'exécution des assassinats.

— Et à un niveau non académique ?

— Franchement, père Fowler, je reconnais que certains de ces fils de putes sont plus malins que le diable. Pas intelligents, malins. Et certains même, un petit nombre, lient un QI élevé à une habileté innée pour commettre et dissimuler leurs méprisables activités. Je ne connais qu'un cas, un seul, où ces trois caractéristiques se sont retrouvées réunies, sans compter le fait que le criminel était un homme d'une grande culture : je veux parler de Ted Bundy.

— Son cas est très connu en effet. Il a trente victimes à son actif.

— Trente-six, le corrigea Paola, qui connaissait très bien ce cas pour l'avoir étudié à Quantico.

Fowler hocha la tête d'un air affligé puis reprit :

— Comme je vous le disais, Viktor Karoski est né en 1961 à Katowice. A peu de kilomètres du lieu de naissance du pape. En 1969, toute la famille, son père, sa mère, ses deux frères et lui, ont émigré aux Etats-Unis. Le père a trouvé du travail dans l'usine General Motors de Detroit, et selon les registres, était un bon travailleur malgré son caractère irascible. En 1972, il y eut une compression de personnel occasionnée par la crise du pétrole, et le père de Viktor se retrouva à la rue. Il possédait alors la nationalité américaine. Dans le petit appartement où il vivait avec toute la famille, il se mit à boire ses indemnités et son allocation chômage. Il s'y consacra même entièrement. Il devint un autre homme, et commença à abuser sexuellement de Viktor et de son petit frère. L'aîné, âgé de quatorze ans, quitta un beau jour la maison.

— Karoski vous a raconté tout ça ? s'étonna Paola, intriguée.

— Après quelques séances de régression intenses. Quand il est arrivé au centre, sa version était qu'il provenait d'une famille catholique modèle.

Paola, qui notait tout d'une petite écriture appliquée, se frotta légèrement les yeux pour rester bien éveillée avant de prendre la parole :

— Ce que vous me dites correspond exactement aux indices communs à une psychopathie primaire : charme personnel, absence de pensée irrationnelle, faible fiabilité, mensonges, absence de remords. La violence paternelle, liée à la consommation généralisée d'alcool chez les géniteurs, s'observe dans plus de soixante-quatorze pour cent des cas de psychopathes violents connus[1].

— C'est la cause probable ? demanda Fowler.

— Plutôt un conditionnement de plus. Je peux vous citer des milliers de cas de personnes qui ont grandi dans des foyers déstructurés bien pires que celui que vous décrivez et qui ont atteint pourtant une maturité assez normale.

— Attendez, *ispettora*. Nous n'en sommes qu'au début. Karoski nous a raconté comment son petit frère est mort en 1974 d'une méningite sans que cela parût ennuyer beaucoup ses parents. Je fus très surpris de la froideur avec laquelle il raconta cet épisode en particulier. Deux mois après cette mort, le père disparut mystérieusement. Viktor n'a jamais dit s'il avait quelque chose à voir avec cette disparition, mais nous pensons que ce n'est pas le cas, il avait seulement treize ans. On sait cependant qu'à cette époque, il

_____

1. On recense à ce jour 191 tueurs en série masculins et 39 féminins.

96

a commencé à torturer de petits animaux. Le pire, pour lui, fut de rester à la merci d'une mère dominante, obsédée par la religion, qui en venait même à l'habiller en fille pour « jouer ensemble ». Elle se livrait à des attouchements sous sa jupe, et disait qu'elle lui couperait ses testicules pour que le déguisement soit complet. Résultat : Karoski faisait encore pipi au lit à quinze ans. Il portait des habits usés, démodés, car ils étaient pauvres. Au séminaire, on se moquait de lui, et il était très seul. Un jour, un élève a eu le malheur de se moquer de ses vêtements, et Karoski, furieux, l'a frappé plusieurs fois au visage avec un livre épais. Le gamin portait des lunettes, des éclats de verre sont entrés dans ses yeux. Il a perdu la vue.

— Les yeux, encore... Comme avec nos cadavres. Ce fut son premier crime violent.

— Le premier dont nous ayons connaissance en tout cas. Viktor fut envoyé en maison de correction à Boston, et les derniers mots que sa mère lui a adressés avant son départ, c'est : « Dommage que je n'ai pas avorté. » Quelques mois plus tard, elle se suicidait.

Tout le monde garda un silence horrifié.

— Karoski demeura là jusqu'en 1979. On ne sait rien sur cette année. Mais en 1980, il entra dans un séminaire de Baltimore. Son dossier d'inscription affirme qu'il n'avait pas de casier judiciaire, et venait d'une famille catholique. Il avait alors dix-neuf ans, et paraissait s'être amendé. Nous ne savons presque rien de cette période, seulement qu'il étudiait énormément au point de s'évanouir parfois, et qu'il était profondément dégoûté par l'ambiance homosexuelle qui y régnait[1]. Conroy insistait sur le fait que Karoski était un homosexuel refoulé qui niait sa véritable nature, mais son diagnostic m'a toujours paru inexact. Karoski n'est rien de tout cela, il n'a pas d'orientation sexuelle définie, le sexe n'est pas intégré à sa personnalité. Ce qui d'ailleurs a sérieusement endommagé sa psyché, à mon avis.

— Expliquez-vous, demanda Pontiero.

— Bien sûr. Moi, en tant que prêtre, j'ai décidé de garder le célibat. Cela ne m'empêche pas de me sentir attiré par l'inspectrice Dicanti ici présente, dit Fowler en désignant Paola qui ne put se retenir de rougir. Je sais donc que je suis hétérosexuel, mais j'ai choisi librement la chasteté. J'ai intégré de cette manière la sexualité à ma personnalité, même si je ne la pratique pas. Le cas de Karoski est très différent. Les profonds traumatismes de son enfance et de son adolescence ont créé une psyché scindée. Karoski repousse sa nature sexuelle et violente. Il se déteste et s'aime profondément à la fois. Cela aboutit à des moments de violence, de schizophrénie, et finalement à des actes de pédophilie qui répètent les abus du père. En 1986, durant son année pastorale, la sixième et dernière de son cursus, une année de pratique où le séminariste peut aller aider une paroisse, un hôpital ou une institution, Karoski a

---

1. Le séminaire Saint Mary de Baltimore était appelé, dans les années 80, le « Palais rose » en raison de l'acceptation laxiste de pratiques homosexuelles entre les séminaristes.

son premier incident avec un mineur de quatorze ans. Des baisers et des attouchements, rien de plus. Non consentis, pensons-nous. En revanche, on ne sait pas si cet épisode est parvenu aux oreilles de l'évêque, et donc Karoski devient prêtre. Depuis ce jour-là, il montre une obsession malsaine par rapport à ses mains qu'il lave entre trente et quarante fois par jour, et soumet à des soins exceptionnels.

Pontiero fouilla dans la pile de photos jusqu'à trouver celle qu'il cherchait. Il la lança à Fowler. Celui-ci la saisit au vol sans effort. Paola admira secrètement l'élégance du mouvement.

— Deux mains coupées et lavées, placées sur un tissu blanc, symbole, dans notre Eglise, de respect et de révérence. On y trouve de multiples références dans le Nouveau Testament. Comme vous le savez, Jésus fut recouvert d'un tissu blanc dans son sépulcre.

— Il n'est plus aussi blanc maintenant, plaisanta Boi en faisant allusion au Saint Suaire de Turin[1].

— Et je suis certain que vous adoreriez appliquer vos instruments sur ce tissu-là, affirma Pontiero.

— Cela ne fait aucun doute, répondit celui-ci. Continuez, Fowler.

— Les mains d'un prêtre sont sacrées, reprit ce dernier. Il administre les sacrements avec elles. Cela

---

1. La tradition chrétienne veut que le Christ ait été enveloppé dans ce suaire, gravant ainsi dessus, de manière miraculeuse, l'image de son corps. Aucune preuve concluante n'a été donnée dans ce sens. L'Eglise n'a pas encore fourni de position claire à ce sujet et, officieusement, c'est « un sujet que l'on laisse à la foi et l'interprétation de chaque chrétien ».

était bien ancré dans l'esprit de Karoski, ainsi que vous le verrez plus tard. En 1987, il travaille dans une école de Pittsburgh ; c'est là que se produisent les premiers abus. Ses victimes étaient des garçons âgés de huit et onze ans. On ne lui connaît aucune relation adulte consentie, homosexuelle ou pas. Quand les plaintes sont arrivées aux oreilles de ses supérieurs, ces derniers ont commencé par ne rien faire. Puis ils l'ont simplement transféré de paroisse en paroisse. Une autre plainte est déposée pour agression d'un fidèle qu'il frappe au visage sans que cela ait des conséquences majeures... Il finit cependant par arriver à l'Institut.

— Vous pensez que, si on avait commencé à l'aider avant, il aurait été différent ?

Fowler esquisse une grimace, les mains crispées, le corps tendu.

— Cher inspecteur, nous ne l'avons pas aidé, mais alors pas du tout. La seule chose que nous ayons réussi à faire, c'est permettre à ses instincts criminels de se dévoiler. Et finalement, concéder qu'il nous échappe.

— Ce fut aussi grave que ça ?

— Pis encore. A son arrivée, c'était un homme confus, troublé par ses désirs peu contrôlés, et ses éclats de violence. Il éprouvait des remords pour toutes ses actions, même s'il ne cessait de les nier. Néanmoins il était tout simplement incapable de se contrôler. Avec le temps, les erreurs de thérapie commises, le contact avec la lie des prêtres rassemblée à Saint Matthew, Karoski est devenu un être plus monstrueux qu'à son arrivée. Il est devenu froid, ironique, il a perdu toute notion de remords. Vous voyez, jusque-là, il avait bloqué les souvenirs les plus douloureux de son enfance. Il était juste un pédéraste. Mais après les désastreuses séances de régression qu'on lui a fait subir...

— Pourquoi désastreuses ?

— Elles se seraient mieux passées si l'objectif avait été d'apporter un peu de paix à son esprit. Malheureusement je crains beaucoup que le docteur Conroy n'ait éprouvé une curiosité morbide pour le cas de Karoski qui l'a sans doute conduit jusqu'à des extrêmes immoraux. Dans des cas similaires, ce que le thérapeute essaye de faire en utilisant l'hypnose, c'est d'implanter de manière artificielle des souvenirs positifs dans la mémoire du patient en lui recommandant d'oublier les actes les plus atroces. Conroy interdisait cette ligne d'action. Non seulement, il poussa Karoski à se souvenir, mais il l'obligea à réécouter les enregistrements dans lesquels il demandait à sa mère de le laisser tranquille d'une voix de fausset.

— Mais quelle sorte de Mengele dirigeait cet endroit ? s'exclama Paola, horrifiée.

— Conroy était convaincu que Karoski devait s'accepter tel qu'il était. A ses yeux, c'était la seule solution. Il devait reconnaître qu'il avait eu une enfance difficile et qu'il était homosexuel. Comme je vous l'ai dit, Conroy réalisait ses diagnostics au préalable et ensuite tentait de modeler le patient pour qu'il entre dans la case déterminée. Pour couronner le tout, il soumit Karoski à un cocktail d'hormones, certaines expérimentales, la variante du contraceptif Depo-Covetan par exemple. Avec ce produit injecté à des doses anormales, Conroy réussit à réduire le niveau de réaction sexuelle de Karoski, mais il augmenta son agressivité. La thérapie se faisait de plus en plus longue, et on ne constatait aucun progrès positif. Il y avait des périodes où Karoski était simplement plus tranquille, mais Conroy les interprétait comme des succès de sa thérapie. A la fin, cela aboutit à une castration chimique. Karoski est aujourd'hui incapable d'avoir une érection, et cette frustration le détruit.

— Quand êtes-vous entré en contact avec lui pour la première fois ?

— A mon arrivée à l'Institut, en 1995. J'ai beaucoup parlé avec lui. Une certaine relation de confiance s'est établie entre nous que nous avons perdue plus tard. Mais je ne veux pas devancer les faits. Quinze jours après son internement, on lui demanda de se livrer à une plétismographie du pénis, un test où l'on connecte un appareil de mesure au pénis du patient à l'aide d'électrodes. Cet appareil mesure la réponse sexuelle à certains stimuli déterminés.

— J'en ai entendu parler, dit Paola du même ton qu'emploierait quelqu'un pour parler du virus Ebola.

— Bien... Il a très mal vécu l'expérience. On lui a montré des images terribles, extrêmes, pendant le test.

— C'est-à-dire ?

— Des images liées à la pédophilie.

— Bon sang !

— Karoski réagit avec violence et blessa grièvement le technicien qui contrôlait la machine. Les gardiens ont réussi à le contenir, autrement je pense qu'il l'aurait tué. Au vu de cet épisode, Conroy aurait dû reconnaître qu'il n'était pas en condition de le traiter, et décider de le confier à un hôpital psychiatrique. Mais il ne l'a pas fait. Conroy a choisi deux gardiens parmi les plus costauds, avec pour mission de ne pas quitter le patient des yeux tandis qu'il le soumettait à une séance de régression. Cela coïncida avec mon arrivée à l'Institut. Au fil des mois, Karoski se mit en retrait. Ses éclats de colère disparurent. Conroy en déduisit de grandes améliorations de son état. On allégea la surveillance autour de lui. Une nuit, Karoski força la serrure de sa chambre, qu'on fermait par précaution du dehors à des heures déterminées, et alla couper les mains d'un patient qui dormait dans la même aile du bâtiment que lui. Il expliqua par la suite que le prêtre était un homme impur, et qu'il avait vu comment il touchait un autre patient de manière impropre. Tandis que les surveillants accouraient vers la chambre d'où provenaient les hurlements du curé, Karoski se lavait tranquillement les mains.

— Le même *modus operandi*. Je crois, père Fowler, qu'il n'y a plus aucun doute.

— A ma grande stupéfaction, et à mon grand désespoir, Conroy ne dévoila pas les événements à la police. Le prêtre mutilé reçut une compensation financière, et des médecins de Californie parvinrent à lui greffer ses mains, avec une mobilité réduite toutefois. Conroy donna l'ordre de renforcer la sécurité et fit aménager une cellule d'isolement de trois mètres sur trois. Tel fut le logement de Karoski jusqu'à ce qu'il réussisse à s'échapper de l'Institut. Séance après séance, thérapie de groupe après thérapie de groupe, Conroy échouait tandis que Karoski devenait peu à peu le monstre qu'il est aujourd'hui. J'ai écrit plusieurs lettres au cardinal en lui expliquant le problème. Je n'ai jamais reçu de réponse. En 1999, Karoski s'est échappé de sa cellule, et a commis son premier assassinat connu, celui du père Peter Selznick.

— Nous en avons entendu parler ici. On disait qu'il s'était suicidé.

— Eh bien, c'est faux. Karoski est sorti en forçant la serrure de sa cellule avec un stylo, et a utilisé un bout de métal qu'il avait affûté pour arracher la langue et les lèvres de Selznick. Il lui a aussi arraché le pénis, et l'a obligé à le mordre. Selznick a mis trois quarts d'heure à mourir et personne n'a rien entendu jusqu'au lendemain matin.

— Qu'a fait Conroy ?

— Officiellement, il a qualifié l'épisode de contretemps. Il a réussi à le couvrir, et a manipulé le juge et le shérif pour qu'ils qualifient la mort du prêtre de suicide.

— Ils ont accepté ?

— Tous deux étaient de fervents catholiques. Je crois que Conroy a fait appel à leur sens du devoir et à la nécessité de protéger l'Eglise. Néanmoins, même s'il refusait de le reconnaître, mon ex-patron était vraiment effrayé. Il comprenait enfin que Karoski lui avait échappé, comme s'il absorbait sa volonté jour après jour. Mais il a refusé à plusieurs reprises de dénoncer les faits aux instances supérieures, par peur sans doute de perdre la garde de son patient. De mon côté, j'ai écrit de nouveau à l'archidiocèse, en vain, on ne m'a pas écouté. J'ai parlé avec Karoski, et je n'ai décelé aucune trace de remords en lui. J'ai compris alors qu'il s'agissait d'un autre homme. Tout contact a été rompu entre nous. Ce fut la dernière fois que je lui parlai. Sincèrement, ce fauve enfermé dans sa cellule me faisait peur. Et Karoski demeura dans l'Institut. On plaça des caméras de surveillance. On engagea davantage de personnel. Jusqu'à cette nuit de juin 2000 où il a réussi à s'enfuir. Tout simplement.

— Et Conroy, quelle fut sa réaction ?

— Il était traumatisé. Il s'adonna encore plus à la boisson. Au bout de trois semaines, son foie explosa et il mourut. On me confia alors la direction de l'Institut en attendant la nomination d'un remplaçant adéquat. L'archidiocèse n'avait pas confiance en moi, en raison de mes plaintes répétées contre mon supérieur, je suppose. Je restai à peine un mois à ce poste, mais j'en profitai du mieux que je le pus. Je restructurai l'Institut à toute vitesse, en engageant des professionnels, et je rédigeai de nouveaux programmes pour les patients. Nombre de ces changements n'eurent pas le temps de s'implanter, mais certains, oui, cela valait donc la peine. J'envoyai un rapport concis sur l'affaire à un ancien contact que j'avais au VICAP, le Programme de Capture des Criminels Violents, une division du FBI qui traite des délinquants les plus extrêmes. Cet

105

homme, Kelly Sanders, se montra préoccupé par le profil du suspect, et le crime demeuré impuni du père Selznick, et prépara tout un dispositif pour arrêter Karoski. Sans succès.

— Il a disparu, comme ça ? s'étonna Paola.

— Il a disparu. En 2001, on a cru voir sa signature dans un crime avec mutilation commis dans l'Etat d'Albany, pourtant ce n'était pas lui. Beaucoup le tenaient pour mort, mais heureusement, on avait mis son profil dans un fichier d'ordinateur. De mon côté, j'avais trouvé un travail à New York, dans un restaurant de bienfaisance situé dans le quartier hispanique de Harlem. C'est là que je travaillais jusqu'à hier, en fait. J'ai reçu un appel d'un de mes anciens supérieurs, je suppose donc que je suis de nouveau considéré comme un aumônier militaire. On m'a dit que certains indices tendraient à prouver que Karoski serait de nouveau actif après tout ce temps. Et me voilà. Je vous apporte le dossier contenant les éléments les plus pertinents que j'aie pu recueillir sur Karoski au cours des cinq années que j'ai passées avec lui, conclut Fowler en leur tendant l'épaisse chemise cartonnée. Vous y trouverez des courriels liés à l'hormone dont je vous ai parlé, des transcriptions de séances de thérapie, des articles de journaux, des lettres de psychiatres, des rapports... Tout est à vous, *dottora* Dicanti. Je suis à votre disposition pour toute question.

Paola tendit le bras au-dessus de la table pour ouvrir le dossier, et ressentit une forte inquiétude. La photo de Karoski figurait sur la première page, attachée avec un trombone. Il avait la peau très blanche, les cheveux châtains, lisses, et les yeux marron. Après toutes ces années passées à étudier ces coquilles exemptes de sentiments qu'étaient les tueurs en série, elle avait appris à reconnaître le regard vide des prédateurs, de ceux qui tuent aussi naturellement qu'ils mangent. Il n'y avait qu'une chose dans la nature semblable à cette expression, le regard des requins blancs. Ils regardaient sans voir, d'une manière unique et effrayante.

Et elle était là, reflétée dans les pupilles de Karoski.

— Impressionnant, n'est-ce pas ? dit Fowler, en étudiant Paola. Cet homme a quelque chose dans son attitude, dans ses gestes. Quelque chose d'indéfinissable. Cela pourrait paraître inaperçu au premier coup d'œil, mais quand il est, comment dire, en proie à sa colère, c'est terrible.

— Et captivant, n'est-ce pas ?

— Oui.

Paola passa la photo à son collègue et à son supérieur qui se penchèrent en même temps pour examiner le visage de l'assassin.

— Qu'est-ce qui vous effrayait le plus, mon père ? Le danger physique ou regarder cet homme dans les yeux, et se sentir scruté, mis à nu ? Comme s'il appartenait à une race supérieure qui avait brisé toutes nos conventions ?

Fowler la contempla, bouche bée, avant de répondre :

— Je suppose que vous connaissez la réponse.

— J'ai eu l'opportunité dans ma carrière de m'entretenir avec trois tueurs en série. Les trois m'ont donné ce sentiment que je viens de vous décrire et d'autres, encore plus aguerris que vous et moi, l'ont ressenti également. Mais c'est une impression fausse. Il ne faut pas oublier une chose. Ces hommes sont des ratés, pas des prophètes. Des déchets humains. Ils ne méritent pas une once d'intérêt ni de compassion.

Rapport sur l'hormone progestérone synthétique 1.789 (dépôt-gestagène injectable)
Nom commercial : Depo-Covetan
Classification du rapport : Confidentiel – Crypté

Pour : Marcus.Bietghofer@beltzer-hogan.com
De : Lorna.Berr@beltzer-hogan.com
CC : filesys@beltzer-hogan.com
Objet : CONFIDENTIEL – Rapport n° 45 sur la HSP 1.789.
Date : 17 mars 1997. 11 : 43
Pièce jointe : inf n° 45 _HPS1789.pdf

Cher Marcus,
Ci-joint l'extrait du rapport que tu nous as demandé.
Les analyses réalisées d'après les études sur le terrain dans les zones ALFA[1] ont montré de graves irrégularités dans le flux menstruel, des problèmes de sommeil, de vertiges et de possibles hémorragies

---

1. Certaines multinationales pharmaceutiques ont soldé leur excédent de contraceptifs à des organisations internationales qui travaillaient dans des pays du tiers-monde, comme le Kenya et la Tanzanie. Dans beaucoup de cas, les médecins qui voyaient, impuissants, mourir entre leurs bras des patients par manque de cloroquinine, avaient au contraire

internes. On a décrit de graves cas d'hypertension, thrombose, maladies cardiaques. Un autre problème a surgi : 1,3 % des patients ont développé une fibromalgie[1], un effet secondaire qui n'était pas apparu dans la version antérieure.

Si tu compares avec le rapport sur la version 1.786, celle que nous sommes en train de commercialiser aux Etats-Unis et en Europe, les effets secondaires ont été réduits à 3,9 %. Si les analystes de risques ne se trompent pas, nous pouvons chiffrer un maximum de 53 millions de dollars en dépenses et préjudices. Cependant nous nous maintenons dans la norme, c'est-à-dire une somme inférieure à 7 % des bénéfices. Non, inutile de me remercier... Envoie-moi plutôt une bonification !

Par ailleurs, certains rapports sont parvenus au laboratoire sur l'usage du 1.789 avec des patients masculins dans l'objectif de réprimer ou éliminer leurs réactions sexuelles. En pratique, des doses suffisantes sont parvenues à jouer le rôle de castrateur chimique. Des rapports et analyses fournis par ce laboratoire, on déduit des augmentations dans l'agressivité du sujet dans des cas concrets, ainsi que des anomalies déterminées dans l'activité cérébrale. Nous recommandons

---

leurs armoires à pharmacie remplies à ras bord de contraceptits. Les entreprises trouvent de cette façon des milliers de testeurs involontaires de leurs produits, et laissent peu de possibilités d'entreprendre des actions légales. C'est à cette pratique que fait allusion le docteur Berr en parlant du programme ALFA.

1. Maladie incurable où le patient présente des douleurs généralisées dans les tissus mous. Elle est provoquée par des troubles du sommeil ou des désordres biochimiques induits par des agents externes.

d'élargir le cadre de recherches pour élucider le pour-centage dans lequel cet effet peut se présenter. Il serait intéressant de faire des tests sur des sujets Oméga[1] comme les patients psychiatriquement condamnés ou les prisonniers du couloir de la mort.

Je serais enchantée de diriger personnellement ces tests.

On déjeune ensemble, vendredi ? J'ai trouvé un endroit charmant près du Village. Ils ont un poisson à la vapeur réellement divin.

Salut,

Dr Lorna Berr,
Directrice de Recherches.

CONFIDENTIEL. CONTIENT DES INFORMATIONS RESER-VÉES AUX SEULS MEMBRES DU PERSONNEL AVEC CLASSI-FICATION AL. SI VOUS AVEZ EU ACCÈS À CE RAPPORT ET QUE VOTRE CLASSIFICATION NE CORRESPOND PAS, SACHEZ QUE VOUS ÊTES DANS L'OBLIGATION DE COMMUNIQUER CETTE VIOLATION DES RÈGLES DE SÉCURITÉ À VOTRE SUPÉRIEUR IMMÉDIAT, SANS RÉVÉLER EN AUCUN CAS L'INFORMATION CONTENUE DANS LES PARAGRAPHES PRÉCÉDENTS. LA NON-OBSERVATION DE CETTE RÈGLE POURRAIT ENTRAÎNER DE SÉVÈRES REPRÉSAILLES LÉGALES ALLANT JUSQU'À 35 ANS DE PRISON OU L'ÉQUIVALENT SELON LA LÉGISLATION EN VIGUEUR AUX ETATS-UNIS.

---

1. Le docteur Berr se réfère à des individus qui n'ont rien à perdre et avec un passé violent. La lettre oméga, la dernière de l'alphabet grec, a toujours été associée à des substantifs comme mort ou fin.

Siege central de l'UACV

Via Lamarmora, 3

Mercredi 6 avril, 01 : 25

Après les dernières paroles de Paola, la salle demeura plongée dans le silence. Personne ne répliqua à la dureté de son ton. Les effets de la fatigue se manifestaient dans les corps, et les regards las. Finalement, le directeur annonça :

— A vous de nous dire ce qu'il faut faire, Dicanti.

Paola prit son temps avant de répondre :

— Je crois que la journée a été très difficile. Je propose que nous rentrions tous chez nous pour dormir quelques heures au moins. On se retrouve ici à huit heures et demie. On commencera par les victimes. On examinera de nouveau les scènes, et on attendra que les agents que Pontiero a mobilisés dénichent un indice, même si cet espoir est ridicule. Ah ! Pontiero, tu dois appeler Dante et l'informer de la réunion.

— Avec plaisir, répondit ce dernier, moqueur.

Faisant celle qui n'avait rien entendu, Paola s'approcha de Boi et le prit par le bras.

— J'aimerais vous parler seule à seul.

— Allons dans le couloir.

Paola passa devant le scientifique qui comme toujours se montra très galant en lui ouvrant la porte, et en s'effaçant pour la laisser passer. Elle détestait ces simagrées.

— Je vous écoute.

— Quel est exactement le rôle de Fowler dans cette affaire ? Je n'arrive pas à le comprendre. Et je ne me fie pas du tout à vos explications vaseuses.

— Dicanti, vous avez déjà entendu parler de John Negroponte ?

— Cela me dit quelque chose... Un Italo-Américain.

— Bon Dieu, Paola si vous leviez parfois le nez de vos bouquins de criminologie ? Oui, il est américain, mais d'origine grecque. Concrètement, c'est le directeur national des Services secrets. Il a été récemment nommé. Il a sous sa responsabilité toutes les agences de renseignements, la NSA, la CIA, la DEA et beaucoup d'autres[1]. Cela veut dire que cet homme, catholique de surcroît, est la deuxième personne la plus puissante du pays, juste derrière le

---

1. La NSA ou National Security Agency est le service de renseignements le plus grand du monde, plus que l'archiconnue CIA. La DEA est chargée du contrôle des drogues. Après les attentats du 11-Septembre, l'opinion publique américaine a fait pression pour que tous ces services soient coordonnés par une seule et même personne. L'administration Bush a affronté ce défi et le premier directeur de cet organisme est, depuis 2005, John Negroponte. Dans ce roman, on présente une version littéraire de ce personnage réel, polémique et controversé.

président Bush. Bien. Ce monsieur m'a téléphoné personnellement ce matin, quand nous étions avec Robayra, et nous avons eu une longue conversation. Il m'a prévenu que Fowler avait pris un vol direct depuis Washington pour participer à l'enquête. Il ne m'a pas laissé le choix. Ce n'est pas seulement parce que Bush est à Rome, et donc au courant de tout, non, c'est lui qui a demandé à Negroponte de prendre la main dans cette affaire avant que le scandale n'éclate dans les journaux. Et Negroponte m'a dit textuellement : *Je vous envoie un de mes collaborateurs les plus proches, nous avons la chance qu'il connaisse le sujet à fond.*

— Comment ont-ils été mis au courant si rapidement ? demanda Paola, stupéfaite par l'ampleur de ce qu'elle venait d'apprendre.

— Ah ! chère Paola… Ne sous-estimez jamais Camilo Cirin. Quand il a appris qu'il y avait une deuxième victime, il a tout de suite prévenu Negroponte. Selon ce dernier, ils ne s'étaient jamais parlé auparavant, et il n'avait pas la moindre idée de la façon dont il avait obtenu son numéro de téléphone qui n'est branché que depuis deux semaines seulement.

— Et comment Negroponte a-t-il su si rapidement qui envoyer ?

— C'est simple : le contact de Fowler au VICAP avait interprété les dernières paroles de Karoski, avant qu'il ne s'enfuie de l'Institut Saint Matthew, comme une menace implicite envers des personnalités de l'Eglise, et il en avait fait part à la *Vigilanza Vaticana*, il y a cinq ans. Quand on a découvert

114

Robayra ce matin, Cirin a rompu avec sa politique de laver le linge sale en famille. Il a passé quelques appels et tiré quelques fils. Ce fils de pute a beaucoup de relations, et de contacts haut placés. Mais je suppose que vous vous en êtes déjà aperçue.

— J'ai ma petite idée.

— Selon Negroponte, le président Bush s'intéresse personnellement à cette affaire. Il pense qu'il a encore une dette envers Jean-Paul II qui, il y a de cela des années, l'a regardé dans les yeux en lui demandant de ne pas envahir l'Irak. Bush a dit à Negroponte qu'il devait au moins ça à la mémoire de Wojtyla.

— Mon Dieu. Il n'y aura pas d'équipe cette fois, n'est-ce pas ?

— Vous connaissez la réponse.

Paola se tut. Si la priorité était de maintenir l'affaire secrète, elle devait travailler avec ce qu'elle avait. C'était tout.

— Vous ne croyez pas que tout cela me dépasse un peu ?

Paola était vraiment fatiguée et accablée par les circonstances entourant cette affaire. Elle n'avait jamais dit une chose pareille de toute sa vie et, longtemps après, se repentit d'avoir prononcé cette phrase.

Boi lui prit le menton et l'obligea à lever les yeux vers lui.

— Vous êtes plus forte que nous tous. Oubliez tout ça simplement. Dites-vous juste qu'il y a un monstre en liberté qui tue sauvagement. Et que votre métier, c'est de chasser les monstres.

Paola sourit, reconnaissante. Elle le désira encore une fois, une dernière, tout en sachant que c'était une erreur, et que cela lui briserait le cœur. Immédiatement, elle s'efforça de se contenir, croyant qu'il ne s'était rendu compte de rien.

— Je ne suis pas sûre que Fowler soit d'une grande aide, il risque de nous gêner pendant l'enquête.

— Au contraire, il pourrait se révéler très utile. Il a travaillé dans l'armée de l'air, c'est un excellent tireur, entre autres... aptitudes. Sans mentionner le fait qu'il connaît parfaitement notre principal suspect, et qu'il est prêtre. Cela vous sera nécessaire pour vous déplacer dans ce monde auquel vous n'êtes pas habituée. Et vous mettra à égalité avec Dante. Pensez que notre collègue du Vatican vous ouvrira les portes, et Fowler les esprits.

— Dante est un emmerdeur.

— Je sais. C'est un mal nécessaire. Toutes les victimes potentielles de notre suspect se trouvent dans son pays. Et même si quelques mètres seulement nous en séparent, c'est son territoire.

— Et l'Italie, le nôtre. Ils ont agi de manière illégale pour Portini, ils auraient dû nous prévenir. C'est de l'obstruction à la justice.

Le directeur haussa les épaules, cynique.

— Qu'aurions-nous gagné à les dénoncer ? Nous nous serions créé des ennemis, rien de plus. Oubliez la politique, et qu'ils ont pu gaffer à ce moment. Maintenant nous avons besoin de Dante. Et c'est ça, votre équipe.

— Vous êtes le chef.

— Et vous mon *ispettora* favorite. Allez, Dicanti, je vais aller me reposer un peu et demain je serai au laboratoire à analyser la moindre fibre de ce que l'on m'apportera. Je vous laisse à vos élucubrations.

Boi s'éloignait déjà dans le couloir, mais soudain il s'arrêta et se retourna pour la regarder bien en face.

— Une dernière chose. Negroponte m'a demandé d'attraper ce salaud. Il me l'a demandé comme un service personnel. Vous me suivez ? Et vous n'imaginez pas combien je serais ravi qu'il nous doive une faveur.

PAROISSE DE SAINT-THOMAS

Augusta, Massachusetts

Juillet 1992

Harry Bloom posa la corbeille de la quête sur la table au fond de la sacristie. Il lança un dernier coup d'œil à l'église. Elle était vide... Il ne venait pas grand monde le samedi à la première messe du matin. Il savait qu'en se dépêchant un peu, il arriverait à temps pour voir la finale des 100 mètres. Il lui suffisait de laisser sa tenue d'enfant de chœur dans le placard, de changer ses souliers vernis pour une paire de baskets, et de rentrer en courant chez lui. Mademoiselle Mona, son institutrice, le grondait chaque fois qu'elle le voyait courir dans les couloirs de l'école. Sa mère le grondait chaque fois qu'il courait dans la maison. La liberté était dans les cinq cents mètres qui séparaient l'église de sa maison... Il pouvait courir comme il le voulait tant qu'il faisait attention à bien regarder des deux côtés avant de traverser. Quand il serait grand, il serait athlète.

Il plia soigneusement la chasuble et la rangea dans le placard. Il prit son sac à dos d'où il sortit ses chaussures de sport. Il retirait soigneusement ses souliers lorsqu'il sentit la main du père Karoski se poser sur son épaule.

— Harry, Harry... Je ne suis pas content de toi.

L'enfant voulut se retourner, mais le prêtre l'en empêcha.

— Qu'est-ce que j'ai fait ?

Il y eut un changement d'inflexion dans la voix de Karoski, comme s'il respirait plus vite.

— Ah ! et en plus tu joues les idiots. Tu aggraves ton cas.

— Mon père, c'est vrai, je ne sais pas ce que j'ai fait...

— Quel culot ! Est-ce que par hasard tu n'es pas arrivé en retard pour la prière du Saint Rosaire avant la messe ?

— Mais c'est parce que mon frère Léopold occupait la salle de bains, et bon voilà... Ce n'est pas ma faute.

— Tais-toi, effronté. N'invente pas d'excuses. Tu ajoutes le péché de mensonge à celui de ton désintérêt.

Harry fut étonné d'avoir été pris en flagrant délit. En fait, tout était sa faute. Il avait regardé une série à la télévision et traîné un peu dans le salon avant de partir en courant en voyant l'heure.

— Je vous demande pardon, mon père.

— C'est très mal de mentir.

Il n'avait jamais entendu le père Karoski parler de cette manière, sur un ton aussi fâché. Il commençait à avoir vraiment peur. Il essaya de se retourner mais la main le maintint très fermement contre le mur. Sauf que ce n'était plus une main, mais une griffe comme celle de l'homme loup dans la série de la NBC. Et la griffe plantait ses ongles dans son épaule, écrasant son visage contre le mur comme s'il voulait l'obliger à le traverser.

— Maintenant, Harry, tu vas recevoir ton châtiment. Baisse ton pantalon et ne te retourne pas, ce sera pire.

L'enfant entendit quelque chose de métallique tomber par terre. Il baissa son pantalon avec une panique réelle, convaincu qu'il allait recevoir une volée de coups. L'enfant de chœur précédent, Stephen, lui avait raconté que le père Karoski l'avait puni une fois et que cela lui avait fait très mal.

— Maintenant, tu vas recevoir ton châtiment, répéta Karoski d'une voix rauque, la bouche près de la nuque de l'enfant.

Harry frissonna. Il sentit un parfum de menthe fraîche et de lotion d'après-rasage. Par une étrange association d'idées, il se rendit compte que le père avait la même lotion que son père.

— Repens-toi !

Harry sentit une poussée accompagnée d'une douleur aiguë entre les fesses, et crut qu'il allait mourir. Il se repentait d'être arrivé en retard, il se repentait vraiment. Mais il eut beau le dire à la griffe, cela ne servit à rien. La douleur était plus forte à chaque « Repens-toi ». Harry, le visage écrasé contre le mur, regarda ses baskets par terre en rêvant de les enfiler et de courir loin, libre et loin.

Libre et loin, très loin.

Appartement de la famille Dicanti

Via della Croce, 12

Mercredi 6 avril, 1 : 59

— Gardez la monnaie.

— Vous êtes trop bonne, *grazie tante*.

Paola fit peu de cas des sarcasmes du chauffeur de taxi. Mais c'était quoi, cette ville de merde où le taxi se plaignait parce que le pourboire était seulement de soixante cents. En lires, cela aurait fait... Ouf. Beaucoup. C'est sûr. Et pour comble, le grossier personnage démarra en accélérant. Il aurait dû attendre qu'elle fût entrée. Il était deux heures du matin, et la rue était vide, quand même.

Il faisait chaud pour cette époque de l'année, et pourtant elle frissonna en ouvrant la porte. Avait-elle vu une ombre au bout de la rue ? Non, c'était son imagination, évidemment.

Elle ferma rapidement derrière elle, se sentant ridicule d'avoir peur. Elle monta les trois étages en courant. Elle faisait un bruit terrible sur les marches en bois, mais elle ne s'entendait pas, le sang frappait à ses oreilles. Elle arriva à son étage hors d'haleine et stoppa net :

La porte était entrouverte.

Lentement, avec précaution, elle ouvrit sa veste et posa sa main sur son étui. Elle sortit le pistolet et se mit en position d'assaut, le coude en angle droit avec le corps. Elle poussa la porte d'une main, et entra doucement dans l'appartement. Le vestibule était allumé. Elle fit un pas, l'arme pointée en avant, puis referma brusquement la porte.

Personne derrière.

— Paola ?

— Maman ?

— Viens, je suis dans la cuisine.

L'inspectrice poussa un soupir de soulagement et rangea son arme. Elle ne l'avait jamais dégainée en situation réelle, juste lors de séances d'entraînement au FBI. Décidément, cette affaire la rendait nerveuse.

Lucrecia Dicanti était occupée à tartiner quelques biscuits de beurre. Le micro-ondes sonna, elle en sortit deux tasses de lait chaudes qu'elle mit sur la petite table de Formica. Paola regarda autour d'elle, le cœur encore battant. Tout était à sa place. Le petit cochon de plastique avec les cuillères de bois, la peinture brillante appliquée par elles-mêmes, une odeur d'origan dans l'air. Elle sut que sa mère avait fait des *cannoli*, qu'elle les avait tous mangés et, prise de remords, les remplaçait par des biscuits.

— Cela te suffira ? Si tu veux, j'en prépare d'autres...

— Maman, enfin ! Tu m'as fait une de ces peurs ! On peut savoir pourquoi tu as laissé la porte ouverte ?

Elle criait presque. Sa mère la regarda d'un air soucieux. Elle sortit un mouchoir en papier de sa robe de chambre, et s'essuya le bout des doigts.

— J'étais réveillée et j'écoutais les informations sur la terrasse. Toute la ville est en ébullition avec la chapelle ardente du pape, la radio ne parle que de ça... J'ai décidé de t'attendre, et je t'ai vue descendre du taxi. Je suis désolée.

Paola regretta aussitôt son emportement, et s'excusa à son tour.

— Ce n'est rien, allez, ma chérie, mange un peu.

— Merci, maman.

Elle s'assit à côté de sa mère qui ne la quittait pas des yeux. Depuis que Paola était petite, Lucrecia avait appris à deviner tout de suite quand sa fille avait un problème, et lui donnait de nombreux conseils. Mais cette fois, le problème qui tracassait Paola était trop grave, trop complexe, trop *trop*. Elle ne savait même pas si cette expression existait.

— C'est à cause de ton travail ?

— Tu sais que je ne peux pas en parler.

— Je sais, et je sais aussi que, quand tu fais cette tête comme si on t'avait écrasé un cor, tu passes la nuit à te retourner dans ton lit sans trouver le sommeil. Tu es sûre que tu ne veux rien me raconter ?

Paola regarda son verre de lait et versa plusieurs cuillères de sucre dedans tout en parlant.

— C'est juste une nouvelle affaire. Une histoire de fous. J'ai l'impression d'être ce verre de lait dans lequel on n'arrête pas de verser du sucre. Le sucre ne se dissout pas et cela sert juste à faire déborder la tasse.

Lucrecia posa sa main sur le verre avec un geste plein de tendresse, et Paola renversa le sucre dessus.

— Parfois, ça aide de partager ses soucis.

— Je ne peux pas, maman, je regrette.

— Ce n'est pas grave, ma colombe. Tu veux un autre biscuit ? Je suis sûre que tu n'as pas dîné, dit-elle en changeant soudain de sujet.

— Non, c'est parfait, merci. J'ai des fesses comme le stade de Rome.

— Ma fille, tu es très jolie comme tu es.

— Oui, c'est pour ça que je suis encore célibataire.

— Non, ma chérie. Ça, c'est parce que tu as très mauvais caractère. Tu es belle, tu prends soin de toi, tu fais de la gym... Tu verras, ce n'est qu'une question de temps, tu finiras bien par trouver un homme que tes cris et ta mauvaise humeur ne feront pas fuir.

— Je ne crois pas que ça arrive jamais, maman.

— Et pourquoi ? Que me dis-tu de ton chef, cet homme charmant ?

— Il est marié, et il pourrait être mon père.

— Tu exagères. Laisse-le-moi alors, je suis sûre qu'il m'irait très bien. Et puis de nos jours, être marié n'a aucune importance.

« Si tu savais », se dit Paola.

— Tu crois, maman ?

— J'en suis certaine. Mais que tu as de jolies mains ! Ah ! Tu m'aurais vue plus jeune...

— Maman, tu pourrais me choquer !

— Depuis que ton père nous a laissées, il y a dix ans, je n'ai pas passé un seul jour sans penser à lui. Mais je ne veux pas être comme ces veuves siciliennes tout habillées de noir qui prennent racine sur la tombe de leur mari. Allez, un dernier biscuit et on va se coucher.

Paola s'exécuta en calculant mentalement le nombre de calories qu'elle venait d'ingurgiter avec un sentiment de culpabilité. Heureusement, cela ne dura pas.

Extrait de la correspondance entre le cardinal Francis Shaw et Edwina Bloom

Boston, 23-02-1999

Chère Madame,

En réponse à votre lettre du 17 de ce mois, je veux vous dire (…) que je respecte et regrette votre douleur et celle de votre fils, Harry. Je comprends les terribles angoisses et affreuses souffrances qu'il a dû supporter. Je suis d'accord avec vous : qu'un homme de Dieu soit tombé dans l'erreur, comme l'a fait le père Karoski, a de quoi ébranler les fondements de votre foi (…). Je reconnais mon erreur. Je n'aurais jamais dû réassigner le père Karoski (…). J'aurais sans doute dû choisir une voie différente lorsque, pour la troisième fois, d'autres fidèles aussi préoccupés que vous me présentèrent leurs plaintes (…). Mais j'ai cédé, mal conseillé par les psychiatres qui se sont occupés de son cas, comme le docteur Dressler qui a compromis sa réputation professionnelle en affirmant que le père Karoski était apte à exercer son ministère (…).

J'espère que la généreuse indemnisation conclue avec votre avocat permettra de résoudre l'affaire à la satisfaction de tous (…). Puisque c'est plus que ce que nous pouvions offrir (…). Même si évidemment, sans vouloir pallier votre douleur avec de l'argent, je me permets de vous conseiller de garder le silence pour le bien de tous (…). Notre sainte mère l'Eglise a déjà assez souffert des calomnies des scélérats du Satan médiatique (…). Pour le bien de notre petite communauté, pour celui de votre fils, et pour le vôtre, faisons comme si cela ne s'était jamais produit.

Recevez ma bénédiction,

FRANCIS AUGUSTUS SHAW

Cardinal prélat de l'archidiocèse de Boston

Institut Saint Matthew

Silver Spring, Maryland

Novembre 1995

Dr Conroy :	Bonjour, Viktor, on peut entrer ?
N° 3643 :	Je vous en prie, docteur, vous êtes chez vous.
Dr Conroy :	C'est votre chambre.
N° 3643 :	Entrez, entrez.
Dr Conroy :	Vous me paraissez de bonne humeur aujourd'hui. Comment vous sentez-vous ?
N° 3643 :	Très bien.
Dr Conroy :	Je suis content de voir qu'il n'y a pas eu de nouveaux incidents violents depuis votre sortie de l'infirmerie. Et vous prenez vos médicaments et assistez régulièrement aux sessions de groupe. Vous faites des progrès, Viktor.
N° 3643 :	Merci, docteur. Je fais ce que je peux.

DR CONROY : Eh bien, comme nous en avons parlé, c'est aujourd'hui que nous allons commencer la thérapie de régression. Voici monsieur Fanabarzra, un médecin indien, spécialiste de l'hypnose.

N° 3643 : Docteur, je ne sais pas encore si je suis vraiment très à l'aise avec cette idée de me soumettre à cette expérimentation.

DR CONROY : C'est important, Viktor, nous en avons parlé la semaine dernière, vous vous souvenez ?

N° 3643 : Oui.

DR CONROY : Alors, c'est réglé. Monsieur Fanabarzra, où voulez-vous que s'installe le patient ?

M. FANABARZRA : Il sera plus à l'aise sur le lit. Il est important qu'il soit le plus relaxé possible.

DR CONROY : Allonge-toi sur le lit alors, Viktor.

N° 3643 : Comme vous voudrez.

M. FANABARZRA : Bien, Viktor, je vais vous demander de regarder ce pendule... Vous pourriez baisser un peu les volets, docteur ? Parfait, merci. Viktor, regardez le pendule s'il vous plaît.

(Est omise dans cette transcription la procédure d'hypnose utilisée par M. Fanabarzra, à la demande expresse de ce dernier.

Sont également éliminées les pauses pour en faciliter la lecture.)

M. FANABARZRA : Très bien... Nous sommes en 1972. Quels souvenirs avez-vous de cette époque ?

N° 3643 :	Mon père... Il n'était jamais à la maison. Parfois nous allions tous en famille l'attendre à la sortie de l'usine, le vendredi. Maman disait que c'était un bon à rien et qu'ainsi nous évitions qu'il ne dépense toute sa paye dans les bars. Il faisait froid dehors. Un jour, on a attendu longtemps. On tapait le sol des pieds pour ne pas geler. Emil *(le frère cadet de Karoski)* m'a demandé mon écharpe parce qu'il avait froid. Je ne la lui ai pas donnée. Ma mère m'a frappé sur la tête et m'a dit de lui donner. Finalement, on en a eu assez et on est partis.
DR CONROY :	Demandez-lui où était le père.
M. FANABARZRA :	Où était ton père ?
N° 3643 :	On l'avait renvoyé. Il est arrivé à la maison deux jours après, il était malade. Maman a dit qu'il avait bu et était allé avec des filles. On lui donnait un chèque mais il ne durait pas longtemps. On allait à la Sécurité sociale pour l'encaisser. Mais parfois papa nous devançait et dépensait tout en alcool. Emil ne comprenait pas comment on pouvait boire du papier.
M. FANABARZRA :	Vous avez demandé de l'aide ?
N° 3643 :	On nous donnait des vêtements parfois à la paroisse. D'autres enfants allaient à l'Armée du Salut. Eux, ils étaient toujours mieux. Mais maman disait que c'était des hérétiques et des païens et qu'il valait mieux porter des vêtements chrétiens honorables. Beria *(le frère aîné de Karoski)* disait que ces vête-

ments chrétiens étaient pleins de trous. Je le détestais pour ça.

M. FANABARZRA : Tu as été content quand Beria est parti de la maison ?

N° 3643 : Moi, j'étais couché. Je l'ai vu traverser la chambre dans l'obscurité. Il avait ses bottes à la main. Il m'a offert son porte-clés avec un ours en argent. Il m'a dit que je mette dessus les clés adéquates. Le matin, Emil a pleuré parce qu'il ne lui avait pas dit au revoir. Je lui ai donné le porte-clés. Emil a continué à pleurer et a jeté le porte-clés par terre. Il a pleuré toute la journée. J'ai déchiré un livre de contes à lui pour qu'il se taise. Je l'ai coupé en morceaux avec des ciseaux. Mon père m'a enfermé dans sa chambre.

M. FANABARZRA : Où était ta mère ?

N° 3643 : Elle jouait au bingo à la paroisse. C'était mardi.
Elle jouait au bingo tous les mardis. Chaque carton coûtait un cent.

M. FANABARZRA : Que s'est-il passé dans cette chambre ?

N° 3643 : Rien. J'ai attendu.

M. FANABARZRA : Viktor, tu dois nous raconter.

N° 3643 : Il ne s'est RIEN passé, vous m'entendez, monsieur, RIEN.

M. FANABARZRA : Viktor, tu dois me raconter. Ton père t'a mis dans sa chambre. Et il t'a fait quelque chose, n'est-ce pas ?

N° 3643 : Vous ne comprenez pas. Je le méritais.

M. FANABARZRA : Qu'est-ce que tu méritais ?

N° 3643 : La punition. La punition. Je méritais beaucoup de punitions pour me repentir des mauvaises choses.

132

M. FANABARZRA : Quelles mauvaises choses ?

N° 3643 : Toutes les mauvaises choses. J'étais méchant. L'histoire des chats. J'ai mis un chat dans une poubelle pleine de vieux journaux et j'ai mis le feu dedans. Et il a hurlé. Hurlé avec une voix humaine. Et aussi le livre de contes.

M. FANABARZRA : Comment ton père t'a-t-il puni, Viktor ?

N° 3643 : Mal. J'avais mal et à lui ça lui plaisait. Il me disait que lui aussi avait mal, mais c'était pas vrai. Il le disait en polonais. Il ne savait pas mentir en anglais, il s'embrouillait. Il parlait toujours en polonais quand il me punissait.

M. FANABARZRA : Il te touchait ?

N° 3643 : Il me donnait dans le derrière. Il ne me laissait pas me retourner. Et il me mettait quelque chose dedans. Quelque chose de chaud qui faisait mal.

M. FANABARZRA : Ces punitions étaient fréquentes ?

N° 3643 : Tous les mardis. Quand ma mère n'était pas là.

Parfois quand il avait terminé il restait endormi sur moi. Comme s'il était mort. Parfois il ne pouvait pas me punir et il me frappait.

M. FANABARZRA : Comment ?

N° 3643 : Il me frappait avec sa main jusqu'à ce qu'il se fatigue. Parfois après m'avoir frappé, il pouvait me punir, et d'autres fois non.

M. FANABARZRA : Et tes frères, Viktor ? Ton père les punissait, eux aussi ?

N° 3643 :   Je crois qu'il a puni Beria. Emil jamais. Emil était sage, c'est pour ça qu'il est mort.

M. Fanabarzra : Seuls les gentils meurent, Viktor ?

N° 3643 :   Oui, les méchants ne meurent jamais.

PALAIS DU GOUVERNEUR

Cité du Vatican

Mercredi 6 avril, 10 : 34

Paola attendait Dante en usant la moquette du couloir de ses multiples allées et venues. La journée avait mal commencé. Elle s'était à peine reposée au cours de la nuit et, en arrivant au bureau, une montagne de papiers et de rendez-vous insupportables l'attendaient. Le responsable italien de la Protection Civile, Guido Bertolano, qu'elle avait eu au téléphone, semblait, lui, très préoccupé par le nombre croissant de pèlerins qui commençaient à déborder dans la ville. Tout était complet, les stades, les écoles, toutes les institutions municipales dotées d'un toit et d'espace. Maintenant, ils dormaient dans la rue, sous les portails, sur les places, près des guichets automatiques. Dicanti l'avait appelé pour lui demander de l'aider à rechercher et capturer un suspect, mais Bertolano avait éclaté de rire.

— Chère *ispettora*, même si ce suspect était Ben Laden lui-même, nous ne pourrions rien faire. Il va falloir attendre que tout ce remue-ménage finisse.

— Je ne sais pas si vous vous rendez compte que…

— *Ispettora…* Dicanti, hein, c'est bien ça ? L'avion Air Force One est en ce moment même à Fiumicino. Il n'y a pas un seul hôtel cinq étoiles qui n'héberge une tête couronnée dans sa suite présidentielle. Vous imaginez le cauchemar que c'est de protéger tous ces gens ? Il y a des indices de possibles attentats terroristes et de fausses menaces à la bombe tous les quarts d'heure. J'ai fait appeler tous les carabiniers des villes à deux cents kilomètres à la ronde. Alors, croyez-moi, votre affaire peut attendre. Et maintenant, vous bloquez ma ligne, alors…, dit-il en raccrochant brusquement.

Bon sang ! Pourquoi donc personne ne la prenait-il au sérieux ? Ce cas était un authentique casse-tête, mais le mutisme décrété en haut lieu sur l'affaire ne pouvait que contribuer à ce que toute demande de sa part se heurtât à un mur d'indifférence. Elle avait passé un bon moment au téléphone sans obtenir grand-chose. Entre deux appels, elle avait demandé à Pontiero d'aller interroger le vieux moine carme de Sainte-Marie de Traspontine, tandis qu'elle irait parler avec le cardinal Samalo. Voilà pourquoi elle se retrouvait là, à la porte du bureau du camerlingue, faisant les cent pas comme un fauve shooté à la caféine.

Le père Fowler, tranquillement assis sur un luxueux banc de palissandre, lisait son bréviaire.

— C'est dans des moments pareils que je regrette d'avoir arrêté de fumer, dit-il.

— Vous êtes nerveux, vous aussi ?

— Non, pourtant vous faites tout votre possible pour que je le devienne.

Paola comprit, s'arrêta et s'assit à ses côtés. Elle fit semblant de lire le rapport de Dante sur le premier crime tout en pensant à l'étrange regard que le commissaire avait lancé au père Fowler quelques minutes auparavant quand elle les avait présentés l'un à l'autre. Dante avait ensuite pris Paola à part, et lui avait lancé un bref « Ne faites pas confiance à cet homme » qui l'avait inquiétée et intriguée. Elle décida qu'à la première occasion elle demanderait des explications à Dante.

Elle s'efforça de se concentrer sur sa lecture. Ce rapport était absolument grotesque. Il était évident que Dante n'en écrivait pas souvent... Ce qui pouvait se révéler une chance car ils allaient devoir examiner méticuleusement le lieu où le cardinal Portini avait été retrouvé mort. Qui sait ? Ils dénicheraient peut-être quelque chose. Ils le feraient cet après-midi même. Les photos étaient bonnes, en revanche. Elle referma le dossier d'un geste sec. Elle n'arrivait pas à se concentrer.

Il lui en coûtait de reconnaître qu'elle avait peur. Elle se trouvait au cœur même du Vatican, un édifice isolé du reste de la ville, au centre même de la *Città*. Cette construction abritait plus de mille cinq cents bureaux avec, parmi eux, celui du souverain pontife. Cette profusion de statues et de tableaux qui ornaient les couloirs, dérangeait et troublait Paola. Un résultat escompté par les hommes d'Etat du Vatican au fil des siècles, qui savaient l'effet que produisait leur Cité sur les visiteurs. Mais Paola ne pouvait se permettre aucune distraction dans son travail.

— Père Fowler ?

— Oui.

— Je peux vous poser une question ?

— Je vous en prie.

— C'est la première fois que je vois un cardinal.

— Ce n'est pas vrai.

Paola réfléchit un instant :

— Je veux dire vivant.

— Et alors ?

— Comment s'adresse-t-on à un cardinal ?

— Normalement on s'adresse à lui en disant « Eminence ». (Fowler ferma son bréviaire et la regarda.) Ne vous en faites pas, ce n'est qu'un être humain comme vous et moi. Vous êtes l'inspectrice chargée de cette enquête, et une grande professionnelle. Agissez naturellement.

Paola sourit. Dante ouvrit alors la porte du bureau :

— Entrez, je vous prie.

Le vestibule était occupé par des bureaux où deux jeune prêtres parlaient au téléphone, leur ordinateur allumé devant eux. Ils les saluèrent d'une inclinaison de la tête, et les visiteurs entrèrent sans plus de cérémonie dans le bureau du camerlingue. Une pièce sobre, sans tapis ni tableaux, avec une bibliothèque d'un côté et un canapé de l'autre. Un crucifix de bois constituait sa seule décoration.

Contrastant avec le vide des murs, le bureau d'Edouardo González Samalo, le cardinal qui tenait les rênes de l'Eglise jusqu'à l'élection du nouveau pape, était jonché de papiers. Samalo, vêtu d'une soutane pourpre, se leva et les reçut avec naturel. La fatigue et la lassitude se lisaient sur son visage et semblaient peser sur ses épaules. Il représentait la plus haute autorité de l'Eglise pendant quelques jours, mais de toute évidence n'en profitait pas.

— Je suis désolé de vous avoir fait attendre. J'avais au téléphone un délégué de la commission allemande assez nerveux. Il manque des lits dans toute la ville, c'est le chaos, et tout le monde veut être au premier rang pour les funérailles, après-demain matin.

Paola acquiesça de la tête dans un geste de compréhension :

— J'imagine que tout cela doit être terriblement éprouvant.

Pour toute réponse, Samalo poussa un soupir résigné.

— Vous êtes au courant de ce qui s'est passé, Eminence ?

— Bien sûr. Camilo Cirin m'a tenu informé ponctuellement des faits survenus. C'est un terrible malheur. Je suppose que, dans d'autres circonstances, j'aurais réagi de manière encore pire à ces crimes abominables, mais sincèrement je n'ai pas eu le temps de m'horrifier.

— Comme vous le savez, nous devons penser à la sécurité des autres cardinaux, Eminence.

Samalo fit un geste en direction de Dante.

— La *Vigilanza* a fait un effort spécial pour réunir tout le monde dans la Domus Sanctae Marthae plus tôt que prévu, afin de garantir la sécurité de tous.

— La Domus ?

— Il s'agit d'un édifice réformé à la demande expresse de Jean-Paul II pour servir de résidence aux cardinaux durant le conclave, expliqua Dante.

— Un usage bien spécifique pour un édifice entier, non ?

— Le reste de l'année, il sert à accueillir des invités distingués. Vous-même y avez logé une fois, je crois, n'est-ce pas, père Fowler ? dit Samalo.

Fowler parut gêné. L'espace de quelques instants, il y eut une confrontation sans animosité entre les deux hommes, une lutte de volontés. Fowler baissa la tête le premier.

— En effet, Eminence. J'avais été invité par le Saint-Siège.

— Je crois que vous avez eu un problème avec le Saint-Office[1].

— Je fus amené à répondre de certaines activités auxquelles j'avais pris part, en effet. Rien de plus.

Le cardinal parut satisfait de l'inquiétude visible du prêtre.

— Ah ! bien entendu, père Fowler… Vous n'avez pas besoin de me donner des explications. Votre réputation vous a précédé. Comme je vous le disais, inspectrice Dicanti, je suis tout à fait tranquillisé

1. Le Saint-Office (le nom officiel est Congrégation pour la doctrine de la foi) est l'appellation moderne et politiquement correcte de la sainte Inquisition.

140

quant à la sécurité de mes frères cardinaux grâce à la présence de la *Vigilanza*. Ils sont tous à l'abri à l'intérieur même du Vatican. Certains ne sont pas encore arrivés. En principe, on avait laissé le choix aux cardinaux jusqu'au 15 avril, et beaucoup s'étaient répartis dans leurs congrégations, ou des résidences de prêtres. Mais nous leur avons fait savoir que nous les voulions tous sous le même toit.

— Combien de cardinaux se trouvent actuellement à la Domus ?

— Quatre-vingt-quatre sur cent quinze. Les autres arriveront dans les prochaines heures. Nous avons essayé de les contacter pour leur demander de nous envoyer leur itinéraire afin de leur assurer une plus grande sécurité. Ce sont eux qui nous préoccupent le plus. Mais comme je vous l'ai dit, le commissaire principal Cirin s'occupe de tout. Vous ne devez pas vous inquiéter, ma charmante enfant.

— Parmi ces cent quinze, vous incluez Robayra et Portini ? voulut savoir Paola, énervée par le ton condescendant du camerlingue.

— Eh bien, je suppose qu'en réalité je voulais dire cent treize cardinaux, répondit ce dernier avec embarras.

C'était un homme orgueilleux et il n'aimait pas être corrigé par une femme.

— Je suis certain que Son Eminence a déjà réfléchi à un plan sur cette question, dit Fowler sur un ton conciliant.

— En effet... Nous allons faire courir le bruit que Portini se trouve alité dans la maison de campagne de sa famille, en Corse. La maladie, bien sûr, se terminera tragiquement. Quant à Robayra, quelques affaires liées à sa mission pastorale l'empêchent d'assister au conclave, bien qu'il compte se rendre prochainement à Rome pour se présenter au nouveau pape. Malheureusement, il décédera dans un tragique accident de voiture, comme pourra le certifier la police. Ces informations ne parviendront à la presse qu'une fois le conclave fini.

Paola n'en revenait pas :

— Je vois que vous avez pensé à tout, Eminence, tout est parfaitement bouclé.

Le camerlingue s'éclaircit la voix en toussotant avant de répondre :

— C'est une version comme une autre. Et elle ne fait de mal à personne.

— Elle écorche juste la vérité.

— Nous représentons l'Eglise catholique, *ispettora*. Source d'inspiration et de lumière qui montre le chemin à des millions de personnes. Nous ne pouvons pas nous permettre d'autres scandales. Que vaut la vérité à côté ?

Paola fit une grimace tout en reconnaissant la logique implicite contenue dans les paroles du cardinal. De nombreuses ripostes lui vinrent à l'esprit, mais elle comprit qu'elles ne serviraient à rien. Elle préféra poursuivre :

— Je suppose que l'on n'a pas encore communiqué aux cardinaux le motif de leur réunion prématurée ?

— Non, en effet. On leur a demandé expressément de ne pas quitter la Cité sans une escorte de la *Vigilanza* ou de la Garde suisse, sous le prétexte qu'il y avait à Rome un groupe radical qui avait proféré des menaces contre la hiérarchie catholique. Je crois que tous ont très bien compris.

— Vous connaissiez personnellement les victimes ?

Le visage du cardinal s'assombrit.

— Oui, que le ciel me protège. Je connaissais moins le cardinal Portini bien qu'il fût italien, mais mes affaires ont toujours été centrées sur l'organisation interne du Vatican alors qu'il a consacré sa vie à la doctrine. Il écrivait beaucoup, voyageait énormément... Ce fut un grand homme. Personnellement, je n'étais pas d'accord avec sa politique trop ouverte, trop révolutionnaire.

— Révolutionnaire ? demanda Fowler.

— Très révolutionnaire même. Il s'était fait l'avocat de l'usage du préservatif, de l'ordination des femmes... Il aurait pu être le pape du XXIe siècle. De plus, comme il était relativement jeune, il n'avait que cinquante-neuf ans, s'il s'était assis sur le trône de Pierre, il aurait pris la tête du concile de Vatican II que beaucoup estiment nécessaire pour réformer l'Eglise. Sa mort est un malheur absurde, sans aucun sens.

— Il pouvait compter sur votre vote ? demanda Fowler.

Le camerlingue eut un petit rire :

— Vous ne pensez pas sérieusement que je vais vous dire pour qui je compte voter, n'est-ce pas ?

Paola récupéra les rênes de l'entrevue :

— Et que pensiez-vous de Robayra, Eminence ?

— Un grand homme, lui aussi. Totalement dévoué à la cause des pauvres. Il avait des défauts bien sûr, il aurait beaucoup aimé apparaître habillé de blanc sur le balcon de la place Saint-Pierre, même s'il n'a jamais rendu public son désir, bien sûr. Nous étions très amis. Nous nous sommes souvent écrit. Son unique péché était l'orgueil. Il faisait toujours étalage de sa pauvreté. Il signait ses lettres d'un *beati pauperes*. Et moi, pour le faire enrager, je terminais les miennes d'un *beati pauperes spirito*[1] bien qu'il n'eût jamais voulu reconnaître la plaisanterie. Mais, malgré ses défauts, c'était un homme d'Etat et un homme d'Eglise et il a fait beaucoup de bien tout au long de sa vie. Pourtant, je ne l'ai jamais imaginé chaussant les sandales du Pêcheur[2], en raison de ma grande proximité avec lui, je suppose.

Plus il parlait de son vieil ami, plus le cardinal paraissait rapetisser, le visage gris, la voix triste. Son attitude révélait toute la fatigue accumulée dans son corps de soixante-dix-huit ans. Bien qu'elle ne partageât pas ses idées, Paola eut de la peine pour lui. Elle comprit que, derrière cette épitaphe élogieuse, le vieil Espagnol cachait sa douleur de ne pas avoir un endroit solitaire pour pleurer son ami.

---

1. Robayra fait référence au passage tiré de l'Evangile de Luc, VI, 6 : « Heureux vous les pauvres car le royaume de Dieu est à vous. » Samalo lui répond par le verset de l'Evangile de Matthieu, V, 20 : « Heureux ceux qui ont une âme de pauvre, car le royaume des Cieux est à eux. »

2. Les sandales rouges avec la tiare, l'anneau, et la soutane blanche sont les trois symboles les plus importants du pape.

Maudite dignité. Elle s'aperçut alors qu'elle commençait à oublier le chapeau de cardinal et la soutane pourpre pour voir enfin l'homme qui se cachait en dessous. Elle devait apprendre à cesser de considérer les ecclésiastiques comme des êtres unidimensionnels, car tout préjugé envers la soutane pouvait nuire à son travail.

— Enfin, je suppose que nul n'est prophète en son pays. Comme je vous l'ai dit, nous nous sommes rencontrés plusieurs fois. Ce bon Emilio était avec nous il y a quelques mois seulement. Un de mes assistants l'a pris en photo, ici dans ce bureau. J'ai dû la ranger quelque part.

Le camerlingue s'approcha du meuble et sortit d'un tiroir une enveloppe contenant des photos. Il fouilla dedans et en prit une qu'il tendit à ses visiteurs.

Paola regarda l'image avec beaucoup d'intérêt. Soudain quelque chose attira son regard. Elle écarquilla les yeux, et saisit Dante par le bras.

— Oh, non ! Merde ! Merde !

EGLISE SAINTE-MARIE DE TRASPONTINE

Via della Conciliazione, 14

Mercredi 6 avril, 10 : 41

Pontiero sonna de manière insistante à la porte arrière de l'église, celle qui donnait sur la sacristie. Obéissant aux instructions de la police, le frère Francesco y avait placé un écriteau, aux lettres tremblantes, qui indiquait que l'église était fermée pour travaux. Mais, non content d'être discipliné, le curé devait aussi être un peu sourd, car cela faisait déjà cinq bonnes minutes que Pontiero sonnait sans discontinuer. Derrière lui, une queue de milliers de personnes remplissait la via dei Corridori qui dépassait en nombre la cohue de la via della Conciliazione.

Finalement, il entendit du bruit de l'autre côté de la porte. Les verrous furent tirés et le frère Francesco passa la tête par une fente en clignant des yeux, ébloui par la forte lumière du soleil.

— Oui ?

— Je suis l'inspecteur Pontiero, nous nous sommes vus hier.

Le religieux se contenta de hocher la tête.

— Que voulez-vous ? J'espère que vous êtes venu me dire que je pouvais ouvrir mon église ! Béni soit le Tout-Puissant, avec tous ces fidèles qui attendent dehors... Regardez vous-même, dit-il en désignant la foule dans la rue.

— Non, je regrette, mais j'aimerais vous poser quelques questions. Je peux entrer ?

— Cela ne peut pas attendre ? Je faisais mes prières...

— Ce ne sera pas long, juste un moment, je vous le promets.

— Quelle époque, quelle époque ! La mort de tous les côtés, et en plus il faut se dépêcher. On ne me laisse même pas prier en paix.

La porte s'ouvrit doucement et se referma derrière Pontiero avec fracas.

— Mon père, cette porte est bien lourde.

— Oui, mon fils. Parfois j'ai du mal à l'ouvrir, surtout quand je reviens chargé du supermarché. Plus personne n'aide les vieux à porter les sacs aujourd'hui. Quelle époque, quelle époque !

— Vous devriez prendre un chariot.

L'inspecteur caressa la porte de l'intérieur, et examina attentivement le verrou et les gonds.

— Ce que je voulais dire, c'est qu'il n'y a aucune marque sur la serrure, aucune trace d'effraction.

— Non, mon fils, Dieu merci, c'est une bonne serrure et la porte a été repeinte l'année dernière. Par un paroissien de mes amis, le bon Giuseppe. Il a de l'asthme, vous savez, et les vapeurs de la peinture ne lui font pas...

— Je suis sûr que Giuseppe est un bon chrétien.

— Oh ! oui, mon fils.

— Mais je ne suis pas venu pour parler de lui. Je dois comprendre comment l'assassin est parvenu à entrer dans l'église, s'il n'y a pas d'autres accès. L'inspectrice Dicanti pense qu'il s'agit d'un détail très important.

— Il a pu entrer par une des fenêtres, avec une échelle. Mais je ne crois pas, parce qu'elles seraient cassées. Mon Dieu, quel désastre s'il était arrivé à casser un vitrail !

— Je peux jeter un coup d'œil ?

— Bien sûr, suivez-moi.

Le moine traversa la sacristie en traînant la jambe pour entrer dans l'église qu'éclairaient seulement les nombreux cierges déposés aux pieds des statues de saints et de martyrs. Pontiero fut surpris de voir tant de cierges allumés.

— Toutes ces offrandes ! s'étonna-t-il à voix haute.

— Ah ! mon fils, je suis le seul coupable ! Je voulais prier tous nos saints de conduire l'âme de notre cher Jean-Paul II, vers Dieu.

Pontiero sourit devant l'ingénuité du religieux. Ils se trouvaient alors dans la travée centrale. On voyait la porte de la sacristie, la porte principale et les fenêtres d'en face, les seules de tout l'édifice. Il passa le doigt sur le dossier d'un banc, geste involontaire répété après des milliers de messes, le dimanche. C'était la maison de Dieu, et elle avait été profanée et offensée. Ce jour-là, sous la lueur resplendissante des cierges, l'église avait un aspect très différent de la veille. Pontiero ne put retenir un frisson. L'intérieur de l'édifice froid et humide contrastait avec l'extérieur. Il observa les fenêtres. La plus basse se trouvait à cinq mètres du sol. Elle était couverte par un vitrail coloré qui ne présentait pas une éraflure.

— Il est impossible que l'assassin soit passé par les fenêtres chargé avec un poids de quatre-vingt-douze kilos. Il aurait eu besoin d'une grue. Et tout le monde l'aurait vu de dehors. Non, c'est impossible.

On entendait les chansons des jeunes dans la foule qui faisait la queue pour dire adieu au pape. Toutes parlaient de paix et d'amour.

— Ah ! les jeunes… C'est notre seul espoir pour le futur, n'est-ce pas ?

— Vous avez bien raison.

Pontiero se gratta la tête, songeur. Il ne trouvait aucun point d'accès à l'église. Il fit quelques pas qui résonnèrent dans l'église vide.

— Ecoutez, il n'y a pas une autre personne qui aurait les clés de l'église ? La femme de ménage, par exemple ?

— Ah ! non, pas du tout. Quelques paroissiennes très dévotes viennent m'aider le samedi matin très tôt, et le mercredi après-midi, mais elles viennent toujours quand je suis là. Il y a un seul trousseau de clés que je porte toujours sur moi. Vous voyez, dit-il en indiquant de la main gauche la poche intérieure de son habit marron dans lequel il fit sonner les clés.

— Alors, je me rends… Je ne comprends pas comment il a pu entrer sans être vu.

— Ce n'est rien, mon fils, je regrette de n'avoir pu vous aider.

— Merci.

Pontiero pivota sur ses talons et se dirigea vers la sacristie.

— A moins que... (Le frère carme parut réfléchir, puis il secoua la tête.) Non, c'est impossible.

— Quoi ? Dites-moi. Le moindre détail pourrait se révéler utile.

— Non, laissez.

— J'insiste, père Toma, dites-moi ce que vous pensez.

Le curé se caressa le menton, songeur.

— Eh bien... En fait, il existe un accès souterrain. Un vieux passage secret qui date de la seconde construction de l'église.

— Seconde ?

— Oui, l'église originale fut détruite en 1527 lors du sac de Rome. Elle se trouvait sur la ligne de feu des canons qui défendaient le château Saint-Ange. Et cette église...

— Père, laissez la leçon d'histoire pour une meilleure occasion, s'il vous plaît. Montrez-moi le passage, vite !

— Vous êtes sûr ? Vous allez salir votre beau costume...

— Ce n'est pas grave, montrez-le-moi.

— Très bien, inspecteur, dit le curé d'un ton soumis, comme vous voudrez...

Il trottina vers l'entrée où se trouvait le bénitier. Il indiqua à Pontiero une fente dans une des dalles au sol.

— Vous voyez, là ? introduisez vos doigts dedans et tirez avec force.

Pontiero s'agenouilla et suivit les instructions du curé. Mais il n'obtint aucun résultat.

— Essayez de nouveau en faisant pression vers la gauche.

L'inspecteur s'exécuta. Sans aucun résultat. Maigre et petit, il avait de la force pourtant et surtout de l'obstination. Il essaya une troisième fois, et nota que la pierre se déplaçait ; il la sortit avec facilité. Elle cachait une trappe. Il l'ouvrit d'une seule main et découvrit un petit escalier étroit qui descendait d'à peine quelques mètres. Il prit une lampe de poche, l'alluma et dirigea le faisceau vers l'obscurité. Les marches de pierre paraissaient solides.

— Très bien, dit Pontiero, maintenant, voyons où cela nous mène.

— Inspecteur, ne descendez pas tout seul, je vous en prie !

— Ne vous en faites pas, il n'y a aucun problème, j'ai la situation sous contrôle.

Pontiero imagina la tête de Dante et Dicanti quand il leur raconterait ce qu'il avait découvert. Il se releva et descendit les premières marches.

— Attendez, inspecteur, je vais aller chercher une bougie.

— Ne vous inquiétez pas, avec ma lampe, c'est suffisant, cria Pontiero.

L'escalier conduisait à un couloir aux parois humides qui débouchait sur une salle de quelque six mètres carrés. Pontiero l'éclaira de sa lampe. Le chemin semblait s'arrêter là. Il y avait deux colonnes

151

abîmées au centre ; elles semblaient très anciennes. Il ne put en identifier le style, il n'avait jamais beaucoup écouté en classe. Sur les ruines d'une des colonnes, il vit quelque chose d'incongru, qui n'aurait pas dû se trouver là. On aurait dit du...

Ruban adhésif.

Ce n'était pas seulement un passage souterrain mais une chambre d'exécution.

Oh ! non.

Pontiero se retourna juste à temps pour dévier le coup destiné à lui briser le crâne sur son épaule droite. Il tomba par terre en se tordant de douleur. La lampe de poche avait roulé un peu plus loin et éclairait la base d'une des colonnes. Il se baissa à temps pour éviter un nouveau coup qui le frappa au bras gauche. Il chercha à tâtons le pistolet dans son étui, et parvint à le sortir avec le bras gauche malgré la douleur. L'arme pesait comme du plomb. Il ne sentait plus l'autre bras.

Une barre de fer. Il devait avoir une barre de fer ou quelque chose dans le genre.

Il essaya de viser, mais ne voyait pas sa cible. Il voulut reculer vers la colonne, mais un troisième coup, sur le dos cette fois, l'envoya rouler au sol. Il serrait encore son arme dans sa main comme quelqu'un s'agripperait à sa propre vie.

Un pied sur la main lui fit lâcher son arme. Le pied continua à appuyer, appuyer. Ses os se brisèrent et il entendit une voix qu'il reconnut vaguement, mais avec un timbre très différent :

— Pontiero, Pontiero. Comme je vous le disais, l'église antérieure se trouvait sur la ligne de feu des

152

canons du château Saint-Ange, mais cette église remplaça en son temps un temple païen que le pape Alexandre VI fit détruire. Au Moyen Age, on disait même que Romulus était enterré là.

La barre de fer s'éleva pour s'abattre de nouveau dans son dos.

— Ah ! mais cette histoire passionnante ne s'arrête pas là. Ces deux colonnes que vous voyez sont celles où furent attachés saint Pierre et saint Paul avant d'être martyrisés par les Romains. Vous, les Romains, avez toujours eu tant d'attention pour nos saints.

De nouveau, la barre de fer s'éleva pour briser sa jambe gauche, cette fois. Pontiero hurla de douleur.

— Vous auriez pu apprendre tout cela là-haut si vous ne m'aviez pas interrompu. Mais, ne vous inquiétez pas, vous allez faire plus ample connaissance avec ces colonnes. Vous allez les toucher de très près, même.

Pontiero essaya de bouger et découvrit avec horreur qu'il ne pouvait pas. Il ignorait l'étendue de ses blessures, mais il ne sentait plus ses membres. Des mains puissantes le déplacèrent dans l'obscurité. Il lâcha un hurlement de douleur.

— Vos cris sont inutiles. Personne ne vous entendra. Personne n'a entendu les deux autres non plus. Je prends toutes les précautions nécessaires, vous savez. Je n'aime pas du tout être interrompu.

Pontiero eut l'impression de sombrer dans un puits noir. Comme dans un rêve, il entendit les voix des jeunes dans la rue, à quelques mètres au-dessus

153

de lui. Il crut reconnaître la chanson qu'ils enton-
naient en chœur, un souvenir de son enfance, à un
million d'années dans le passé : « J'ai un ami qui
m'aime, son nom est Jésus. »

— De fait, je déteste être interrompu, dit Karoski.

PALAIS DU GOUVERNEUR

Cité du Vatican

Mercredi 6 avril, 13 : 31

Paola montra à Dante et Fowler la photo de Robayra. Un gros plan parfait sur lequel le cardinal souriait avec affectation, les yeux brillants derrière ses lunettes aux verres épais et à la monture d'écaille. Dante regarda la photo sans comprendre.

— Les lunettes, Dante, les lunettes qui ont disparu.

Paola chercha son portable, composa un numéro, et sortit en trombe du bureau.

— Les lunettes, ce sont celles du curé ! cria-t-elle du couloir.

Et alors le commissaire comprit.

— Vite, père Fowler !

Ils s'excusèrent auprès du camerlingue et sortirent en trombe.

L'inspectrice raccrocha avec rage. Pontiero ne répondait pas. Il devait avoir mis son téléphone en mode silence. Elle descendit en courant l'escalier vers la rue. Elle devait parcourir toute la via del

Governatorato. Une voiture avec l'immatriculation SCV, *Stato Città del Vaticano* passa. Trois religieuses se trouvaient à l'intérieur. Paola leur fit des gestes désespérés pour les arrêter et se plaça devant le véhicule. Le pare-chocs s'arrêta à quelques centimètres de ses genoux.

— *Santa Madonna*, mais vous êtes folle, mademoiselle !

La criminologue s'approcha de la portière du chauffeur, et dit en montrant sa plaque :

— Je n'ai pas le temps de vous expliquer. Conduisez-moi à la porte Sainte-Anne.

Les religieuses la regardèrent comme si elle était dérangée. Paola monta à l'arrière de la voiture.

— D'ici, c'est impossible, il faudrait traverser à pied la cour du Belvédère, dit celle qui était au volant. Si vous voulez, je peux vous rapprocher de la place du Saint-Office, c'est la sortie la plus rapide de la Cité en ce moment. Les Gardes suisses ont mis des barrières partout à cause du conclave.

— Comme vous voudrez, mais dépêchez-vous.

La religieuse passa la première, et dut stopper net.

— Mais tout le monde est devenu fou ou quoi ! cria-t-elle.

Fowler et Dante s'étaient avancés devant la voiture à leur tour et avaient posé tous les deux les mains sur le capot. Ils montèrent à bord du véhicule. Les religieuses firent le signe de la croix.

— Démarrez, ma sœur, pour l'amour de Dieu ! s'écria Paola.

La petite voiture ne mit pas vingt secondes pour parcourir le demi-kilomètre qui les séparait de leur destination. La bonne sœur devait sans doute avoir très envie de se débarrasser de son étrange et gênante cargaison. Elle n'était pas encore au point mort que Paola courait déjà vers la grille de fer noir qui protégeait cette entrée du Vatican, le téléphone à la main. Elle composa rapidement le numéro de la police et une opératrice répondit :

— Inspectrice Paola Dicanti, code de sécurité 13 897. Un agent en danger, je répète, un agent en danger. L'inspecteur Pontiero se trouve au 14 via della Conciliazione, dans l'église Sainte-Marie de Traspontine. Je répète, 14, via della Conciliazione, église Sainte-Marie de Traspontine. Envoyez toutes les unités. Possible suspect à l'intérieur. Procédez avec la plus grande précaution.

Paola courait, la veste au vent laissant voir son arme en hurlant comme une possédée au téléphone. Les deux Gardes suisses qui surveillaient l'entrée, alertés, s'avancèrent pour l'arrêter, elle voulut les esquiver, mais l'un d'eux réussit à saisir le pan de sa veste. Paola lança les bras en arrière, le téléphone tomba par terre, et la veste resta entre les mains du garde. Il allait se précipiter à sa poursuite quand Dante arriva en courant lui aussi, tenant dans sa main levée son badge d'identification au *Corpo di Vigilanza*.

— Laissez-la, elle est des nôtres.

Fowler les suivait, sa mallette à la main. Paola décida de prendre le chemin le plus court. Elle traverserait la place Saint-Pierre. Au moins, là, la foule était canalisée. La police avait formé une seule file très étroite qui contrastait avec la terrible bousculade dans les rues qui menaient jusqu'à la place. Tout en courant, l'inspectrice exhibait sa plaque pour éviter des problèmes avec ses propres collègues. Après avoir traversé l'esplanade et la colonnade du Bernin sans trop d'encombres, ils parvinrent à la via dei Corridori, hors d'haleine. La masse compacte des pèlerins menaçait leur avancée. Paola colla son bras à son corps pour dissimuler son étui, se plaqua contre les édifices et essaya d'avancer le plus vite possible. Dante se plaça devant elle, et lui servit de bouclier improvisé et efficace tout en coudes et avant-bras. Fowler fermait la marche.

Il leur fallut dix minutes angoissantes pour arriver jusqu'à la porte de la sacristie. Là, les attendaient deux agents qui appuyaient avec insistance sur la sonnette. Dicanti en sueur, l'étui de son arme en vue, fit l'effet d'une apparition aux deux policiers qui la saluèrent néanmoins avec respect quand elle leur montra son badge.

— Nous avons capté l'appel. Personne ne répond à l'intérieur. Il y a des collègues postés de l'autre côté.

— Mais on peut savoir pourquoi vous n'êtes pas entrés ? Vous ne savez pas qu'un de vos collègues se trouve peut-être là-dedans ?

Les agents baissèrent la tête.

— Le directeur Boi a téléphoné. Il nous a demandé d'agir avec discrétion. Il y a beaucoup de monde qui regarde.

Paola s'adossa au mur et prit cinq secondes pour réfléchir.

— Merde ! J'espère qu'il n'est pas trop tard.

— Vous avez apporté la « clé maîtresse[1] » ?

Un des policiers lui tendit le levier d'acier qui se terminait en double pointe. Il le portait collé à la jambe pour le dissimuler aux regards des pèlerins qui commençaient à s'intéresser à la situation. Paola demanda à l'agent qui lui avait montré sa barre d'acier :

— Donnez-moi votre radio.

Le policier lui tendit l'appareil accroché à un câble sur son ceinturon. Paola dicta quelques instructions brèves et précises à l'équipe qui se trouvait devant l'autre entrée. Personne ne devait bouger avant son arrivée, donc ni entrer ni sortir.

— Quelqu'un pourrait-il m'expliquer ce qui se passe ? dit Fowler qui reprenait son souffle entre deux toux.

— Nous pensons que le suspect se trouve à l'intérieur. Je vous raconterai tout en détail. Pour le moment, je veux que vous restiez ici dehors à attendre, dit Paola. (Elle fit un geste en direction de la marée humaine qui les entourait.) Faites votre possible pour les distraire pendant que nous cassons la porte. J'espère que nous arriverons à temps.

Fowler hocha la tête. Il regarda autour de lui et chercha une place. Il n'y avait pas de voitures,

---

1. C'est le nom que donne la police italienne au levier qui sert à briser les serrures et forcer l'entrée dans les lieux suspects.

puisque la rue était interdite à la circulation. Il devait se dépêcher. Il décida d'utiliser une bonne âme pour prendre de la hauteur. Il repéra un jeune homme grand et fort. Il devait mesurer un mètre quatre-vingt-dix. Il s'approcha de lui et lui dit :

— Tu crois que tu peux me porter sur tes épaules ?

Le jeune fit signe qu'il ne parlait pas italien et Fowler lui indiqua avec des gestes ce qu'il voulait. L'autre comprit finalement. Il mit un genou à terre et souleva le prêtre en souriant. Celui-ci entonna alors en latin un chant de communion de la messe des défunts :

In paradisum deducant te angeli
In tuo advente
Suscipiant te martyres[1]...

La foule des pèlerins se retourna pour contempler le spectacle. Fowler indiqua à son porteur de s'avancer jusqu'au milieu de la rue pour détourner leur attention de Paola et de ses collègues. Quelques fidèles, des religieuses et des prêtres en majeure partie, s'unirent à son cantique en l'honneur du défunt pape qu'ils attendaient de voir depuis plusieurs heures déjà.

Profitant de ce mouvement de foule, les deux agents parvinrent à ouvrir la porte avec un crissement. Ils purent entrer discrètement dans l'église.

---

1. « Que les anges te conduisent au paradis, les martyrs te recevront à ton arrivée. »

— Un de vos camarades se trouve à l'intérieur, alors faites bien attention, leur dit Paola.

Ils entrèrent un par un, Paola la première qui sortit aussitôt son arme. Elle laissa les deux policiers examiner la sacristie, et rejoignit l'église. Elle jeta un coup d'œil sur la chapelle de saint Thomas. Elle était vide, fermée par le ruban rouge de la police. Elle parcourut les chapelles latérales, l'arme au poing. Elle fit signe à Dante qui traversa la nef en regardant à son tour chaque recoin. Les visages des saints paraissaient s'animer sous la lueur vacillante des cierges allumés par centaines de tous côtés. Tous deux se retrouvèrent dans la nef centrale.

— Rien ?

Dante secoua la tête.

Alors ils virent, écrit par terre, près de l'entrée, au pied du bénitier, avec de grandes lettres rouges :

VEXILLA REGIS PRODEUNT INFERNI

— « Les étendards du roi des enfers s'avancent », dit une voix derrière eux.

Dante et l'inspectrice se tournèrent aussitôt pour découvrir Fowler qui avait terminé son cantique et les avait suivis à l'intérieur.

— Je croyais vous avoir demandé de rester dehors.

— Cela n'a plus aucune importance, dit Dante en montrant à Paola la petite trappe ouverte par terre. Je vais appeler les autres.

L'émotion altérait les traits de Paola. Son cœur lui disait de descendre, mais elle n'osait pas le faire dans l'obscurité. Dante se précipita vers la porte d'entrée et tira les verrous. Deux agents entrèrent en laissant deux autres postés à l'extérieur. Dante emprunta à l'un d'eux sa petite torche. Dicanti la lui prit des mains et descendit la première, les muscles tendus, l'arme pointée devant elle. Fowler demeura en haut récitant à voix basse une petite prière.

Au bout de quelques instants, Paola réapparut et sortit en courant vers la rue. Dante la suivit d'un pas lent. Il regarda Fowler et secoua la tête.

Paola pleurait tout en vomissant. Quelques jeunes étrangers qui faisaient la queue s'approchèrent d'elle.

— On peut vous aider ?

Paola leur fit signe de s'éloigner. Fowler apparut alors près d'elle. Il lui tendit un mouchoir. Elle l'accepta, s'essuya la bouche, et sécha ses larmes. Elle avait la tête qui tournait. Ce n'était pas possible, ce ne pouvait pas être Pontiero, cette masse sanguinolente qu'elle avait trouvée attachée à une colonne. L'inspecteur Maurizio Pontiero était un homme bon, au mauvais caractère légendaire, brusque mais sympathique. C'était un bon père de famille, un ami, un camarade. Les jours de pluie, il s'agitait, inquiet, dans son costume. C'était un collègue, qui offrait toujours un café, qui était toujours là quand on avait besoin de lui. Ils se connaissaient depuis de nombreuses années déjà. Ce n'était pas possible qu'il se fût arrêté de respirer, transformé en cette masse informe. Elle passa la main sur ses yeux pour essayer d'effacer cette image de sa mémoire.

Son téléphone portable sonna. Elle le sortit de sa poche avec un geste de dégoût, et regarda, paralysée, le numéro d'appel qui s'affichait sur l'écran :

M. PONTIERO

Paola décrocha, terrorisée. Fowler la regarda, intrigué.

— Oui ?

— Bonjour, inspectrice. Comment allez-vous ?

— Qui êtes-vous ?

— Allons, s'il vous plaît. Vous m'avez dit vous-même que je pouvais vous appeler à n'importe quelle heure si je me souvenais de quelque chose. Je viens de me souvenir que j'ai dû éliminer votre compagnon. Je le regrette vraiment. Mais il s'est mis en travers de mon chemin.

— Nous allons vous arrêter, Francesco, ou devrais-je dire Viktor ? dit Paola en crachant ces mots avec rage, les yeux remplis de larmes. Elle s'efforça de garder son calme, pour le frapper là où ça faisait mal, qu'il sache que les masques étaient tombés.

Il y eut une pause. Très brève. Elle ne l'avait pas du tout surpris.

— Ah ! oui, bien sûr, vous savez qui je suis. Transmettez mon meilleur souvenir au père Fowler. Il a perdu des cheveux depuis la dernière fois que je l'ai vu. Et vous, je vous trouve un peu pâlotte.

Paola écarquilla les yeux, atterrée :

— Où es-tu, maudit fils de pute !

— Mais enfin, juste derrière vous.

Paola regarda les milliers de personnes qui remplissaient la rue la tête couverte d'un chapeau ou d'un bonnet, agitant des drapeaux, buvant de l'eau, priant, chantant.

— Pourquoi ne pas t'approcher ? On pourrait discuter un peu.

— Non, Paola, je regrette mais je crains de devoir rester loin de vous un peu plus longtemps. N'allez surtout pas vous imaginer que vous avez fait des progrès en découvrant la véritable identité du bon père Francesco. Sa vie était déjà terminée. Enfin, je dois vous laisser. Vous aurez bientôt de mes nouvelles. Et ne vous inquiétez pas, je vous ai déjà pardonné votre manque de courtoisie, tout à l'heure. Vous savez, vous comptez beaucoup pour moi.

Il raccrocha.

Paola se lança en courant dans la foule. Elle écarta les gens sans égard en cherchant des hommes d'une certaine taille, n'hésita pas à faire pivoter par le bras ceux qui lui tournaient le dos, à soulever leurs chapeaux. Les gens s'écartaient sur son passage. Elle avait perdu la tête. Prise de folie, elle paraissait prête à examiner les pèlerins un par un, si c'était nécessaire.

Fowler s'ouvrit un passage au cœur de la foule, et la retint par le bras.

— C'est inutile, *ispettora*.

— Lâchez-moi !

— Paola, arrêtez. Il est parti.

Elle éclata en sanglots. Fowler la prit dans ses bras. Autour d'eux, le gigantesque serpent humain avançait lentement vers le corps offert de Jean-Paul II. Sans savoir qu'il cachait un assassin en son sein.

INSTITUT SAINT MATTHEW

Silver Spring, Maryland

Janvier 1996

TRANSCRIPTION DE LA SEANCE NUMERO 72 ENTRE LE PATIENT 3 643 ET LE DOCTEUR CANDICE CONROY. SONT PRESENTS : LE DOCTEUR FOWLER ET SALHER FANABARZRA

DR CONROY :	Bonjour, Viktor.
N° 3643 :	Re-bonjour.
DR CONROY :	Séance de thérapie régressive, Viktor.

(NOUS OMETTONS DE NOUVEAU LA PROCEDURE DE MISE SOUS HYPNOSE COMME DANS LES RAPPORTS PRECEDENTS.)

M. FANABARZRA :	Nous sommes en 1973, Viktor. A partir de maintenant tu écouteras seulement ma voix, et aucune autre, d'accord ?
N° 3643 :	Oui.
M. FANABARZRA :	Maintenant il ne peut plus vous entendre, messieurs.
DR CONROY :	L'autre jour, nous lui avons fait passer un test de Rorschach. Viktor a parti-

cipé au test normalement en signalant les habituels fleurs et oiseaux. Deux fois seulement, il a dit qu'il ne voyait rien. Prenez note, docteur Fowler, quand Viktor paraît ne montrer aucun intérêt pour quelque chose, c'est que cela l'affecte profondément. Ce que je veux lors de cette séance, c'est provoquer cette réaction pendant le stade de régression pour en connaître l'origine.

DR FOWLER :   Je suis en désaccord avec le bien-fondé de cette méthode même si elle est empiriquement possible. Dans cet état de régression, le patient ne dispose pas d'autant de mécanismes de défense que dans son état normal. Le risque de provoquer un trauma est trop élevé.

DR CONROY :   Ces mêmes mécanismes rendent son cerveau impraticable. Vous savez que ce patient souffre d'un profond refoulement de certains épisodes précis de sa vie. Nous devons forcer les barrages, découvrir l'origine de son mal.

DR FOWLER :   A n'importe quel prix ?

M. FANABARZRA : Messieurs, je vous en prie... De toute façon, il est impossible de lui montrer ne serait-ce qu'une image puisque le patient ne peut pas ouvrir les yeux.

DR CONROY :   Mais nous pourrons la lui décrire. Procédez.

M. FANABARZRA : A vos ordres. Viktor, nous sommes en 1973. Je veux que nous allions dans un endroit qui te plaît. Lequel choisissons-nous ?

N° 3643 :   L'échelle d'incendie ?

167

M. Fanabarzra : Tu passes beaucoup de temps sur cette échelle ?

N° 3643 : Oui.

M. Fanabarzra : Explique-moi pourquoi.

N° 3643 : Il y a de l'air, ça ne sent pas mauvais. A la maison, il y a une odeur de pourri.

M. Fanabarzra : De pourri ?

N° 3643 : Comme un fruit trop mûr. L'odeur vient du lit d'Emil.

M. Fanabarzra : Ton frère est malade ?

N° 3643 : Il est malade. On ne sait pas de quoi. Personne ne s'occupe de lui. Ma mère dit qu'il est possédé. Il ne supporte pas la lumière, et il se met à trembler. Il a mal à la nuque.

Dr Conroy : Ce sont les symptômes de la méningite. Photophobie, nuque raide, convulsions.

M. Fanabarzra : Personne ne s'occupe de ton frère ?

N° 3643 : Ma mère, quand elle s'en souvient. Elle lui donne des pommes écrasées. Il a la diarrhée et mon père ne veut rien savoir. Je le déteste. Il me regarde et il me dit de nettoyer Emil. Je ne veux pas, ça me dégoûte. Ma mère me dit de faire quelque chose. Je ne veux pas et il me pousse contre le radiateur.

Dr Conroy : Nous avons déjà des preuves des mauvais traitements. Nous allons voir ce que lui rappellent les images du test de Rorschach. Celle-ci m'inquiète particulièrement.

M. Fanabarzra : Revenons à l'échelle d'incendie. Assieds-toi là. Dis-moi ce que tu éprouves.

N° 3643 :	Je sens l'air, le métal sous mes pieds, je sens les odeurs de cuisine des Juifs dans le bâtiment en face.
M. FANABARZRA :	Maintenant je veux que tu imagines quelque chose. Une grande tache noire, très grande. Elle occupe tout l'espace devant toi. Sur la partie inférieure de la tache, il y a une forme ovale blanche. Cela te dit quelque chose ?
N° 3643 :	L'obscurité. Je suis seul dans le placard.
DR CONROY :	Attention, je crois qu'on tient quelque chose.
N° 3643 :	On m'a enfermé. Je suis seul.
DR FOWLER :	Mon Dieu ! Regardez son visage, il souffre.
DR CONROY :	Taisez-vous, Fowler. Nous arriverons là où nous devons arriver. Fanabarzra, je vais écrire mes questions sur cette ardoise. Lisez-les textuellement. D'accord ?
M. FANABARZRA :	Viktor, tu te souviens de ce qui s'est passé avant qu'on ne t'enferme dans le placard ?
N° 3643 :	Beaucoup de choses. Emil est mort.
M. FANABARZRA :	Comment ?
N° 3643 :	On m'a enfermé, je suis seul.
M. FANABARZRA :	Je sais, Viktor, dis-moi comment est mort Emil.
N° 3643 :	Il était dans notre chambre. Papa regardait la télévision, maman n'était pas là. J'étais sur l'échelle. J'ai entendu un bruit.
M. FANABARZRA :	Quel genre de bruit ?

N° 3643 :	Comme un ballon qui se dégonfle. J'ai regardé dans la chambre. Emil était tout blanc. Je suis allé au salon. J'ai parlé à mon père et il m'a lancé une canette de bière.
M. Fanabarzra :	Il t'a fait mal ?
N° 3643 :	A la tête. Je pleure. Mon père se met debout, lève un bras. Je lui parle d'Emil. Il se fâche, il dit que c'est ma faute. Qu'Emil est sous ma responsabilité. Que je mérite une punition. Et il recommence.
M. Fanabarzra :	Toujours la même punition ? Il te touche ?
N° 3643 :	J'ai mal, je saigne à la tête et au cul. Mais il s'arrête.
M. Fanabarzra :	Pourquoi ?
N° 3643 :	J'entends la voix de maman. Elle lui crie des choses terribles. Des choses que je ne comprends pas. Mon père dit qu'elle le savait. Ma mère hurle et appelle Emil en criant. Moi, je sais qu'Emil ne peut pas l'entendre, et je suis très content, alors elle me tire par les cheveux et me jette dans le placard. Je crie, j'ai peur. Je frappe à la porte un bon moment. Elle ouvre et me montre un couteau. Elle me dit que, si je fais encore du bruit, elle me tuera.
M. Fanabarzra :	Que fais-tu alors ?
N° 3643 :	Je me tais. Je suis seul. J'entends des voix dehors. Des voix inconnues. Plusieurs heures. Je suis à l'intérieur.
Dr Conroy :	Ce devait être les services de secours qui venaient chercher le cadavre du frère.

M. Fanabarzra : Combien de temps es-tu resté dans ce placard ?

N° 3643 : Très longtemps. Je suis seul. Ma mère ouvre la porte, elle dit que j'ai été très vilain. Que Dieu n'aime pas les enfants vilains qui provoquent leur père. Que je vais apprendre la punition que Dieu réserve aux enfants qui agissent mal. Elle me donne une vieille boîte de conserve, et me dit de faire mes besoins dedans. Le matin, elle me donne un verre d'eau, du pain et du fromage.

M. Fanabarzra : Mais combien de jours es-tu resté là dedans ?

N° 3643 : Beaucoup de matins.

M. Fanabarzra : Tu n'avais pas de montre ? Tu ne pouvais pas calculer la durée ?

N° 3643 : J'ai essayé, mais ça faisait trop. Si je colle l'oreille au mur, j'entends la radio de la voisine. Elle est un peu sourde. Parfois, il y a du base-ball.

M. Fanabarzra : Combien de matchs as-tu entendus ?

N° 3643 : Onze.

Dr Fowler : Mon Dieu ! ce garçon est resté enfermé presque deux mois.

M. Fanabarzra : Tu ne sortais jamais ?

N° 3643 : Une fois.

M. Fanabarzra : Pourquoi ?

N° 3643 : J'ai fait une bêtise. Je tape la boîte avec le pied et je la renverse. Le placard sent très mauvais. Je vomis. Quand maman vient, elle se fâche. Elle m'enfonce le visage dans la merde. Puis elle me sort du placard pour nettoyer.

M. Fanabarzra : Tu n'essaies pas de fuir ?

N° 3643 :	Je n'ai nulle part où aller. Maman le fait pour mon bien.
M. FANABARZRA :	Et quand t'a-t-elle laissé sortir ?
N° 3643 :	Un jour. Elle m'emmène dans la salle de bains, elle me lave. Elle me dit qu'elle espère que j'ai appris la leçon. Elle dit que le placard c'est comme l'enfer, et que j'irai en enfer si je ne suis pas sage, mais que je n'en sortirai jamais. Elle me donne ses vêtements. Elle dit que j'aurais dû être une fille, et que nous pouvons encore arranger cela. Elle me touche les boules. Elle dit que tout est inutile. Que j'irai en enfer de toute façon ; qu'il n'y a pas de solution pour moi.
M. FANABARZRA :	Et ton père ?
N° 3643 :	Papa n'est pas là. Il est parti.
DR FOWLER :	Conroy, arrêtez ça tout de suite. Regardez son visage. Le patient va très mal.
N° 3643 :	Il est parti, parti, parti...
DR FOWLER :	Conroy !
DR CONROY :	C'est bon. Fanabarzra, arrêtez l'enregistrement et sortez-le de sa transe.

Eglise Sainte-Marie de Traspontine

Via de la Conciliazione, 14

Mercredi 6 avril, 15 : 21

Pour la deuxième fois cette semaine-là, les techniciens de la police scientifique passèrent le portail de l'église. Ils le firent discrètement, habillés en civil pour ne pas alerter les pèlerins. A l'intérieur, l'*ispettora* vociférait des ordres sur son portable et son talkie-walkie. Le père Fowler aborda un des employés de l'UACV :

— Vous avez terminé ?

— Oui, nous allons retirer le cadavre et examiner la sacristie.

Fowler interrogea Dicanti du regard.

— Je vais descendre avec vous.

— Vous êtes sûre ?

— Je ne veux pas manquer un détail. Qu'est-ce que c'est ?

Le prêtre tenait un petit étui noir à la main.

— Ce sont les saintes huiles, pour l'extrême-onction.

— Vous croyez que ça va servir à quelque chose ?

— Pas pour notre enquête, mais à lui, oui, je le crois. C'était un catholique pratiquant, n'est-ce pas ?

— Oui. Ça ne lui a pas servi à grand-chose non plus.

— *Dottora*, avec tout le respect que je vous dois, vous n'en savez rien.

Ils descendirent l'escalier avec précaution pour ne pas marcher sur l'inscription qui se trouvait à l'entrée de la crypte. Ils parcoururent le court passage jusqu'à la salle. Les techniciens de l'UACV avaient installé deux puissants groupes électrogènes qui permettaient d'éclairer le lieu.

Pontiero était suspendu, inerte, entre les deux colonnes au milieu de la salle. Il avait le torse nu. Karoski avait fixé ses bras à la pierre avec du ruban adhésif. Il avait apparemment utilisé le même rouleau pour Robayra. Le cadavre n'avait plus d'yeux ni de langue. Le visage était horriblement défiguré et des lambeaux de peau sanguinolents pendaient sur son thorax, comme des décorations macabres.

Paola baissa la tête tandis que le prêtre administrait au défunt les derniers sacrements. Les chaussures de Fowler, d'un noir immaculé, piétinaient une large flaque de sang épais. Elle déglutit et ferma les yeux.

— Dicanti…

Elle ouvrit les yeux. Dante les avait rejoints. Fowler avait terminé et s'apprêtait à partir.

— Où allez-vous ?

— Je vous attends dehors, je ne veux pas vous gêner.

— Vous ne nous dérangez pas du tout. Si la moitié de ce qu'on dit de vous est vrai, vous êtes un grand professionnel. Vous êtes venu pour nous aider, n'est-ce pas ? Alors, aidez-nous.

— Avec plaisir, *ispettora*.

Paola avala sa salive et prit la parole :

— Pontiero est entré dans l'église par la porte de la sacristie. Il a certainement sonné, et le faux curé a dû lui ouvrir. Ils ont dû parler, et puis Karoski l'a attaqué.

— Mais où ?

— Ici, sinon nous aurions trouvé du sang en haut.

— Mais pourquoi ? Pontiero a certainement flairé quelque chose.

— J'en doute, dit Fowler. Je crois surtout que Karoski a vu une occasion inespérée et en a profité. Je pense qu'il lui a montré le chemin de la crypte, et que Pontiero est descendu en lui tournant le dos.

— Cela paraît vraisemblable. Il ne s'est sans doute pas méfié du curé, ce petit vieillard…

— Sans compter que c'était un moine. Pontiero ne se méfiait pas des moines, n'est-ce pas ? Pauvre illusionné…, se lamenta Dante.

— Commissaire, je vous en prie.

Fowler le rappela à l'ordre avec une expression sévère. Dante détourna les yeux.

— Je regrette. Continuez, Dicanti.

— Une fois dans la crypte, Karoski le frappe avec un objet contondant. Nous pensons qu'il s'agit d'un candélabre de bronze. On l'a trouvé près du cadavre. Les gars de l'UACV l'ont emporté pour l'examiner.

Après, il l'a attaché et il lui a fait... ça. Il a dû terriblement souffrir.

Sa voix se cassa. Les deux autres firent semblant de ne rien voir. Dicanti toussa pour cacher son émotion et reprit :

— Un lieu obscur, très obscur... Est-il en train de répéter le traumatisme de son enfance ? Tout ce temps passé enfermé dans son placard ?

— C'est possible. Vous avez trouvé une piste intentionnelle ?

— Nous pensons qu'il n'y a pas eu d'autre message que celui de dehors : *Vexilla regis prodeunt inferni.*

— « Les étendards du roi des enfers s'avancent », traduisit Fowler.

— Qu'est-ce que ça signifie, Fowler ? demanda Dante.

— Vous devriez le savoir.

— Si vous cherchez à me ridiculiser, c'est inutile, vous n'y arriverez pas.

Fowler sourit tristement.

— Ce n'était pas du tout dans mes intentions. Il s'agit d'une citation d'un de vos ancêtres, Dante Alighieri.

— Ce n'est pas mon ancêtre. Dante est mon nom, lui, c'était son prénom. Je n'ai rien à voir avec le poète.

— Ah ! désolé. Comme tous les Italiens se vantent d'avoir pour ancêtres Dante et Jules César...

— Au moins, nous, nous savons qui sont nos ancêtres.

Tous deux se regardèrent fixement. Paola les interrompit :

— Si vous en avez fini avec vos commentaires xénophobes, on pourrait poursuivre...

Fowler toussa avant de reprendre :

— Comme je vous le disais, cette phrase est tirée de *La Divine Comédie*, au moment où Dante et Virgile s'apprêtent à entrer en enfer. Il s'agit de la paraphrase d'une prière liturgique chrétienne mais dédiée au démon, et non à Dieu. Beaucoup considérèrent cette phrase comme hérétique, en réalité la seule chose que voulait faire Dante, c'était effrayer ses lecteurs.

— C'est ce que veut Karoski, nous faire peur ?

— Il nous prévient que l'enfer est proche. Je ne crois pas que l'interprétation de Karoski aille plus loin. Ce n'est pas un homme cultivé, même s'il aime le paraître. Il n'y avait pas d'autre message ?

— Rien sur le corps, dit Paola. Il savait que nous arrivions, et a dû prendre peur. Et il l'a su à cause de moi, quand j'ai appelé Pontiero sur son portable.

— On a pu le retrouver ?

— On a appelé la compagnie de téléphone. On nous a dit que le système de localisation indiquait que le téléphone était soit éteint soit hors couverture. Le dernier point de couverture se trouve au-dessus de l'hôtel Atlante, à moins de trois cents mètres d'ici, répondit Dicanti.

— Juste là où je loge, dit Fowler.

— Tiens ! Je vous imaginais dans une pension pour les prêtres, quelque chose de plus humble.

Fowler répliqua sans aucune gêne :

— Cher ami, à mon âge on apprend à profiter des choses de la vie. Surtout quand c'est le gouvernement qui vous les offre. J'ai déjà bien donné en ce qui concerne les lieux mal famés.

— J'en suis sûr, père Fowler, j'en suis sûr.

— Qu'est-ce que vous insinuez ?

— Rien du tout. Je suis simplement convaincu que vous avez dormi dans des lieux pires à cause de votre… ministère.

Dante se montrait beaucoup plus hostile que d'habitude, et Fowler paraissait être la cause de ce changement d'attitude. Paola n'en comprenait pas la raison, mais elle se rendit compte que c'était quelque chose que tous deux devaient résoudre rapidement, seuls, en face à face.

— Ça suffit. Sortons d'ici.

Ils suivirent Dicanti qui signala aux techniciens qu'ils pouvaient retirer le corps de Pontiero. L'un d'eux s'approcha d'elle, et l'informa des éléments qu'il avait relevés. Paola acquiesça d'un hochement de tête. Elle se tourna vers Fowler :

— On peut se concentrer maintenant ?

— Bien sûr.

— Dante ?

— Vous pouvez compter sur moi.

— Bien, alors voilà ce que nous avons trouvé. Il a laissé tout un nécessaire de maquillage et, sur une table, les cendres de ce qui correspond selon nous à un passeport. Il l'a fait brûler avec une grande quantité d'alcool, aussi il ne reste pas grand-chose. Les techniciens ont emporté les cendres. Les rares empreintes que l'on ait trouvées ne sont pas celles de Karoski.

Dante, je veux que vous me trouviez qui était le frère Francesco Toma et depuis combien de temps il vivait ici. Interrogez les paroissiens habituels.

— Très bien, *ispettora*. Je vais aller faire une immersion dans le troisième âge.

— Assez de plaisanteries ! Karoski nous a bien eus, mais il doit être nerveux. Il est parti se cacher, et pendant un certain temps, nous ne saurons rien de lui. Si dans les prochaines heures, nous arrivons à trouver où il était, alors peut-être réussirons-nous à découvrir où il compte se rendre.

Paola croisait les doigts dans la poche de sa veste en essayant de se convaincre elle-même de ce qu'elle disait. Les autres affichaient des mines de circonstance, faisant semblant de croire que cette possibilité était autre chose qu'un vœu pieux.

Dante revint au bout de deux heures. Une femme d'âge moyen l'accompagnait. Elle répéta son histoire à Paola. Frère Francesco avait pris la succession du dernier curé de la paroisse, frère Dario, environ trois ans auparavant. Depuis ce jour-là, cette dame s'occupait de l'entretien de l'église. Selon elle, frère Francesco était un modèle d'humilité et de foi chrétienne. Il avait su conduire la paroisse avec fermeté, et personne ne s'était jamais plaint à son sujet.

Dans l'ensemble, même si ce fut une déclaration assez frustrante, ils étaient au moins sûrs d'une chose : le père Basano était mort en novembre 2001, ce qui situait à cette date l'entrée de Karoski dans le pays.

— Dante, s'il vous plaît, j'aimerais que vous interrogiez les frères carmes au sujet de Francesco Toma.

— Je vais passer quelques coups de fil, mais je doute que nous obtenions grand-chose.

Dante sortit par la porte principale et se dirigea vers son bureau de la *Vigilanza Vaticana*. Fowler quitta l'inspectrice à son tour :

— Je vais aller me changer à l'hôtel et je vous retrouve après.

— Je serai à la morgue.

— Rien ne vous oblige à assister à l'autopsie, *ispettora*.

— Je dois y aller.

Il y eut un silence embarrassant entre eux, souligné par le chant religieux qu'un pèlerin entonna soudain, bientôt repris par plusieurs centaines de personnes. Le soleil se cachait derrière les collines et Rome se retrouva peu à peu plongée dans l'obscurité, même si dans ses rues le mouvement était incessant.

Une des dernières choses qu'avait entendues Pontiero avait certainement été un de ces cantiques.

Paola garda le silence. Fowler ne connaissait que trop bien l'épreuve qu'elle traversait en ce moment, alors qu'elle venait de perdre un camarade. La fureur et le désir de vengeance du début cédaient peu à peu la place à l'épuisement et la tristesse alors qu'on réalisait pleinement ce qui s'était produit. Le choc faisait alors payer sa facture au corps. Finalement, il restait un sentiment sourd de colère, de culpabilité, et de rancœur qui ne pourrait se dissiper qu'une fois Karoski enfermé derrière les barreaux ou mort. Et peut-être même pas alors.

Le prêtre voulut poser une main sur l'épaule de l'inspectrice, il se ravisa au dernier moment. Elle n'avait pas pu le voir, puisqu'elle lui tournait le dos, mais dut avoir une intuition. Elle se tourna et le fixa d'un air grave :

— Faites attention, à vous, père Fowler. Il sait maintenant que vous êtes ici, et cela pourrait tout changer. En plus, nous ignorons à quoi il ressemble. Il s'est révélé très habile dans l'art de se camoufler.

— Il aurait tant changé que ça en cinq ans ?

— J'ai vu la photo de Karoski que vous m'avez montrée et j'ai vu le frère Francesco. Les deux hommes ne se ressemblaient pas du tout.

— L'église était dans la pénombre, et vous n'avez pas bien regardé ce vieux carme.

— Croyez-moi, je suis bonne physionomiste. Il avait peut-être une prothèse qui masquait la moitié de son visage, mais il ressemblait à un vieux, vraiment. Il sait très bien se dissimuler, et il est peut-être déjà devenu une autre personne à l'heure où nous parlons.

— Ecoutez-moi, je l'ai eu en face de moi, entre quatre yeux, *dottora*. S'il croise mon chemin, je le reconnaîtrai. Et tous ses subterfuges ne lui serviront à rien.

— Il ne s'agit pas seulement de ses pièges, Fowler. Maintenant, il possède aussi une arme de la police, un 9 mm avec trente balles : l'arme de Pontiero et son chargeur ont disparu.

INSTITUT MEDICO-LEGAL

Jeudi 7 avril, 01 :32

Elle avait assisté, pétrifiée, à l'autopsie. Disparues la fureur, la rage des premiers moments. Elle commençait à se sentir de plus en plus déprimée. Voir le médecin légiste disséquer au scalpel son compagnon se révéla une épreuve au-dessus de ses forces. Le médecin annonça que Pontiero avait été frappé quarante-trois fois avec un objet contondant, probablement le candélabre ensanglanté qu'ils avaient retrouvé sur le lieu du crime. Il demeura réservé sur les causes des entailles sur le corps, celle de la gorge incluse, jusqu'à ce qu'on lui apportât les moulures du laboratoire.

Paola écouta tout cela dans une sorte de brouillard qui n'atténua en aucune façon sa souffrance. Elle eut l'impression de rester là une éternité, s'imposant ainsi un châtiment inhumain. Dante apparut à un moment, posa quelques questions et repartit aussitôt. Boi fit aussi acte de présence, mais ce fut bref. Il repartit rapidement, stupéfié, en mentionnant qu'il avait parlé avec la victime quelques heures seulement auparavant.

Quand le médecin eut terminé, il laissa le cadavre sur la table de métal. Il allait couvrir son visage quand Paola s'interposa :

— Non.

Le médecin comprit et sortit sans un mot.

Le corps avait été lavé mais dégageait encore une légère odeur de sang. La lumière du néon, directe, froide et blanche, le faisait paraître minuscule. Les coups couvraient son corps comme des médailles de douleur, et les blessures semblaient des bouches obscènes.

Paola prit l'enveloppe avec le contenu des poches de Pontiero. Elle y trouva un chapelet, un trousseau de clés, un portefeuille, un stylo, un briquet, un paquet de cigarettes. Elle contempla le cadavre et se sentit soudain très triste et seule. Elle commença alors à admettre enfin que son ami et partenaire était mort. Comme pour nier ce fait, elle prit une cigarette, et l'alluma avec le briquet de Pontiero qui claqua dans le silence de la salle avec une flamme vive.

Paola avait arrêté de fumer après la mort de son père. Elle retint sa toux et tira une bouffée encore plus longue. Elle souffla la fumée sur le panneau d'interdiction ainsi que Pontiero aimait à le faire.

Et elle décida de lui faire ses adieux.

Et merde, Pontiero, putain ! Merde et merde et merde. Comment as-tu pu te montrer aussi maladroit ? Tout ça, c'est ta faute. Regarde-toi. On n'a même pas laissé ta femme voir ton cadavre. Il ne t'a pas raté, putain ! Elle n'aurait pas supporté de te voir ainsi. Mais t'as pas honte ! Ça te paraît normal, à toi, que je sois la dernière personne au monde à te voir nu ? Je te jure que ce n'est pas le genre d'intimité que je voulais partager avec toi. Non. De tous les policiers du monde, tu étais le pire candidat pour un cercueil fermé, et tu as gagné le gros lot. Toi tout seul. Pontiero, idiot, paysan, tu n'aurais pas pu te rendre compte avant ? Bon sang ! comment as-tu pu te fourrer dans ce souterrain ? Je n'arrive pas à comprendre. Toi, tu as toujours couru derrière ce foutu cancer du poumon comme mon maudit père. Bon Dieu, tu n'imagines même pas ce que je voyais chaque fois que tu fumais une de ces merdes ! Je revoyais mon père dans sa chambre d'hôpital, crachant ses poumons sur le drap. Et moi, je venais réviser là, tous les après-midi. Le matin à la fac, l'après-midi à réviser avec cette toux qui n'arrêtait pas. J'ai toujours pensé qu'un jour, je me retrouverais à ton chevet, à te tenir la main pendant que tu partirais pour l'autre monde, avec des *Ave Maria* et des *Pater Noster*, en regardant le cul des infirmières. Voilà ce qui aurait dû se passer, et pas ça. Idiot, tu n'aurais pas pu m'appeler ? Merde, on dirait que tu souris, comme pour t'excuser. A moins que tu ne penses que c'est ma faute. Ta femme et tes enfants ne le disent pas encore, mais ils le penseront un jour. Quelqu'un leur racontera toute l'affaire. Mais tu vois, Pontiero, je n'y suis pour rien. Tout est ta faute, toi tout seul, imbécile. Qu'est-ce que tu es allé foutre dans ce souterrain ? Putain ! C'est ta confiance dans tout ce qui porte soutane qui t'a perdu ! Il nous a bien eus, ce salaud de Karoski. Enfin, il s'est foutu de moi, et c'est toi qui as payé. Cette barbe, ce nez... Tu sais, je ne crois pas que je le reconnaîtrais si je le revoyais. Je sais ce que tu penses. Tu me dis de regarder les photos de la scène du crime de Robayra au cas où il apparaîtrait sur l'une d'elles, même en petit, tout au fond. Et c'est ce que je vais faire. Oui, mais arrête de faire ton malin. Et ne souris pas, merde, ne souris pas ! Je sais, c'est cette putain de *rigor mortis*, bon Dieu ! Même mort, tu veux me faire porter le chapeau. Ne fais confiance à personne, me disais-tu, sois prudente, disais-tu. On peut savoir à quoi ça servait tes putains de conseils si tu ne les suivais pas toi-même ? Bon sang, Pontiero ! Mais qu'est-ce que t'as foutu ! A cause de ta putain d'obstination, je me retrouve seule face à ce monstre. Merde ! quand on est sur la piste d'un prêtre, toutes les soutanes deviennent automatiquement suspectes, Pontiero. Et ne viens pas t'excuser en disant que le père Francesco était vieux et boiteux. Il t'a bien eu. Merde, merde ! Je te déteste, Pontiero. Tu sais ce qu'a dit ta femme en apprenant ta mort ? Elle a dit : « Il ne peut pas mourir, il aime le jazz. » Elle n'a pas dit : « Il a deux enfants » ou « C'est mon mari et je l'aime ». Non, elle a dit que tu aimais le jazz. Comme si Duke Ellington ou Diana Krall étaient des gilets pare-balles. Merde, elle, elle te sent encore, elle te sent vivant, elle sent encore ta voix rauque, et la musique que tu écoutais, elle sent encore les cigarettes que tu fumes. Fumais. Comme je te déteste. Catho de merde... Hein, elles te servent à quoi maintenant, tes prières ? Ces hommes en qui tu avais tellement confiance t'ont tourné le dos. Oui, je me souviens de ce jour où nous avons déjeuné sur la place Colonna où tu m'as dit que les prêtres ne sont que des hommes avec une responsabilité, pas des anges. Que l'Eglise ne s'en rendait pas compte. Je te jure que je le dirai au prochain qui se penchera par le balcon de Saint-Pierre, je te le jure. Je l'écrirai sur une pancarte si grande qu'il sera obligé de la voir, même s'il est aveugle. Pontiero, ce n'est pas possible. C'était pas pour nous, ça. Et merde, j'ai peur, peur. Je ne veux pas finir comme toi. Cette table a l'air si froide… Et si Karoski me suit jusqu'à chez moi ? Pontiero, idiot, ce n'était pas notre combat. C'est un combat entre les curés et l'Eglise. Et ne me dis pas que c'est aussi mon Eglise. Je ne crois pas en Dieu. Pour dire mieux, je crois, je crois que ce n'est pas quelqu'un de bien. J'avais confiance, et Il m'a laissée avec un mort qui aurait dû vivre trente ans de plus. Mon père est parti trop vite, Pontiero. Et maintenant, il ne reste que l'odeur des morts, de tous les morts que nous avons vus au cours de toutes ces années. Des corps qui ont pourri avant l'heure parce que Dieu n'a pas su bien faire certaines de ses créatures. Et ton cadavre pue, c'est même le pire de tous. Ne me regarde pas comme ça. Ne me dis pas que Dieu croit en moi. Un Dieu de bonté ne laisse pas ce genre de choses se produire. Ne laisse pas un des siens se transformer en loup parmi des brebis. Tu as entendu comme moi ce qu'a raconté Fowler. Ils l'ont bien arrangé, le gamin, avec toute la merde qu'ils lui ont fait avaler, et maintenant il cherche des émotions plus fortes encore que le viol d'enfant. Et toi, que me dis-tu de toi ? Quelle sorte de Dieu permet qu'une grenouille de bénitier comme toi se retrouve dans un putain de congélateur avec des blessures assez larges pour que sa femme puisse y glisser sa main entière ? Merde, ce n'était pas mon combat avant, à part me disputer avec Boi et arrêter enfin un de ces dégénérés. Mais il est clair que je ne sers à rien. Non, tais-toi ! Ne dis rien. Arrête de me protéger ! Je ne suis pas une enfant ! Oui, je ne sers à rien. Il n'y a rien de mal à le reconnaître. Je n'ai pas assez réfléchi. Je me suis laissé déborder. Mais c'est fini. Bon sang, ce n'était pas mon combat, mais maintenant ça l'est ! Maintenant, j'en fais mon affaire personnelle, Pontiero. Et je me fous de la pression du Vatican. De Cirin et de Boi. Maintenant, je vais aller fouiner partout, et tant pis si des têtes tombent. Je te le jure, Pontiero, je vais l'attraper. Pour toi et pour moi. Pour ta femme qui attend dehors et tes deux mioches. Mais surtout pour toi, parce que tu es gelé, et que je ne reconnais plus ton visage. Bon Dieu, il t'a vraiment abîmé. Et moi, comme je me sens seule. Je te déteste, Pontiero. Tu vas me manquer. Tu ne sais pas à quel point tu vas me manquer...

Paola sortit dans le couloir. Fowler l'attendait assis sur un banc de bois en regardant fixement le mur en face de lui. Il se leva en la voyant.

— *Dottora*, je...

— C'est bon, père Fowler.

— Non, ce n'est pas bon. Je sais ce que vous éprouvez. Vous avez mal.

— Evidemment que j'ai mal. Merde, Fowler, je ne vais pas retomber encore une fois dans vos bras, effondrée de douleur. Ce genre de truc, ça arrive seulement dans les films.

Elle s'éloignait déjà quand Boi réapparut :

— Dicanti, il faut qu'on parle. Je suis très inquiet pour vous.

— Tiens, vous aussi ? Je regrette, mais je n'ai pas le temps de parler.

Boi lui coupa la route, la dominant de toute sa hauteur.

— Vous ne comprenez pas, Dicanti. Je vous retire l'affaire. Les enjeux sont trop élevés maintenant.

Paola leva les yeux. Elle le regarda fixement et articula très lentement, d'une voix glaciale :

— Ecoute-moi bien, Carlo. Parce que je ne le répéterai pas. Je vais arrêter le salaud qui a fait ça à Pontiero. Rien ne m'en empêchera. Ni toi ni personne. Je me suis bien fait comprendre ?

— Vous semblez oublier qui donne les ordres ici, Dicanti.

— Peut-être. Mais je sais ce que j'ai à faire, alors écarte-toi de mon chemin.

Boi ouvrit la bouche pour répondre mais s'écarta. Paola avança à pas furieux vers la sortie.

Fowler souriait.

— Qu'est-ce qui vous amuse ?

— Vous, bien sûr. Vous ne m'aurez pas, moi. Vous n'avez jamais pensé lui retirer l'affaire, n'est-ce pas ?

Le directeur de l'UACV fit semblant d'être étonné.

— Paola est une femme très forte et indépendante, mais elle a besoin de se centrer. Toute cette rage qu'elle ressent maintenant peut être canalisée.

— J'entends des paroles, pas la vérité.

— Très bien. Oui, je le reconnais. J'ai très peur pour elle. J'avais besoin de m'assurer qu'elle a suffisamment de force intérieure pour continuer. Une autre réponse de sa part, et je lui retirais immédiatement l'affaire. Notre criminel n'est pas quelqu'un de normal.

— Maintenant vous êtes sincère.

Fowler comprit alors qu'un homme de cœur se cachait sous la façade de l'administrateur cynique et machiavélique. Il l'avait sous les yeux, à cette heure matinale, les vêtements froissés, et le cœur brisé par la mort d'un de ses subordonnés. Boi avait peut-être passé beaucoup de temps à s'autopromouvoir, mais il avait toujours protégé Paola. Il ressentait encore une forte attraction envers elle, c'était clair.

— Je dois vous demander un service, père Fowler.

— En réalité, non.

— Comment ?

— Vous n'avez pas besoin de me le demander. Je prendrai soin de la *dottora*. Pour le meilleur ou pour le pire, nous sommes trois sur cette affaire, Dante, Dicanti et moi. On se tiendra les coudes, on ne peut pas faire autrement.

SIEGE CENTRAL DE L'UACV

Via Lamarmora, 3

Jeudi 7 avril, 08 : 15

— Vous ne pouvez pas faire confiance à Fowler, Dicanti, c'est un assassin.

Paola leva les yeux du dossier Karoski. Elle avait à peine dormi quelques heures avant de retourner à l'aube à son bureau. Ce qui était tout à fait inhabituel chez elle. Paola était de celles qui aimaient prendre de longs petits déjeuners, et arriver au travail sans se presser pour ensuite ne repartir qu'à la nuit tombée. Pontiero lui reprochait de manquer ainsi les si belles aubes romaines. Elle n'apprécia pas plus celle de ce matin-là, parce qu'elle rendait hommage à son ami d'une manière bien différente, pourtant le bureau à cette heure du jour était inondé d'une lumière magnifique qui traînait, paresseuse, sur les collines de Rome, tandis que les rayons de soleil frappaient les édifices, les corniches, saluant ainsi l'art et la beauté de la Ville éternelle. Les formes et les couleurs du jour apparaissaient délicatement comme si elles demandaient la permission.

Mais celui qui était entré sans rien demander, avec cette accusation surprenante, était Fabio Dante, arrivé une demi-heure avant le rendez-vous prévu. Il avait une enveloppe dans la main et des serpents dans la bouche.

— Dante, vous avez bu ?

— Mais non. Je vous dis que c'est un assassin. Vous vous souvenez, je vous ai déjà prévenue de vous méfier de lui parce que son nom a fait sonner une alarme dans ma tête. Un souvenir lointain. J'ai mené mon enquête sur son supposé passé militaire.

Paola but une gorgée de café. Il avait refroidi. Elle était intriguée maintenant.

— Et ce n'est pas un militaire ?

— Ah ! mais si, il est bien aumônier, mais pas dans l'armée. En fait, il travaille pour la CIA.

— La CIA ! C'est une plaisanterie.

— Non, Dicanti. Fowler n'est pas un homme avec qui on plaisante. Ecoutez plutôt : il est né en 1951 dans une famille fortunée. Le père possédait une industrie pharmaceutique. Fowler a étudié la psychologie à Princeton. Il a terminé sa carrière à vingt ans avec *magna cum laude*.

— Alors il m'a menti. Il a dit qu'il n'avait pas été un étudiant très brillant.

— Il vous a menti sur d'autres choses encore. Il n'est pas allé chercher son titre universitaire. Il s'est disputé avec son père et s'est engagé en 1971. Volontaire en pleine guerre du Viêt-nam. Cinq mois d'instruction en Virginie, et dix mois sur le front comme lieutenant.

— Il n'était pas un peu jeune pour ce grade ?

191

— Vous plaisantez ! Un universitaire volontaire ! A mon avis, ils ont même dû hésiter à le faire général. On ne sait pas ce qui lui est arrivé, car il n'est pas revenu aux Etats-Unis après la guerre. Il est entré au séminaire en Allemagne occidentale, et est devenu prêtre en 1977. Après, on retrouve sa piste dans des endroits différents : Cambodge, Afghanistan, Roumanie, on sait aussi qu'il s'est rendu en Chine et a dû en sortir à toute vitesse.

— Tout ça ne prouve pas qu'il travaille pour la CIA.

— Dicanti, tout est là.

Il lui montra des photos noir et blanc. On y voyait un Fowler curieusement jeune qui commençait à perdre ses cheveux. Fowler sur une pile de sacs dans la jungle, entouré de soldats, avec les galons de lieutenant. Dans une infirmerie, près d'un soldat souriant. Le jour de son ordination, recevant le sacrement à Rome des mains du pape Paul VI. Sur une grande esplanade avec des avions au fond, habillé en clergyman, entouré de jeunes soldats.

— Elle date de quand, celle-là ?

Dante consulta ses notes.

— De 1977. Une fois devenu prêtre, Fowler est retourné en Allemagne sur la base aérienne de Spangdahlem. Comme aumônier militaire.

— Ensuite son histoire concorde.

— Presque, mais pas tout à fait. Un rapport qui ne devrait pas être ici, et qui l'est néanmoins, dit : « John Abernathy Fowler, fils de Marcus et Daphné Fowler, lieutenant de la USAF, reçoit une promotion et une augmentation de salaire après avoir passé avec succès les épreuves d'entraînement sur le terrain et de techniques de contre-espionnage. » En Allemagne de l'Ouest, en pleine guerre froide.

Paola fit un geste ambigu. Elle ne parvenait pas à y voir clair.

— Attendez, Dicanti, ce n'est pas encore fini. Comme je vous l'ai dit, il a beaucoup voyagé. En 1983, il disparaît pendant plusieurs mois. La dernière personne qui sait quelque chose de lui est un prêtre en Virginie.

Paola s'avoua vaincue. Un militaire qui disparaît en Virginie ne peut aller qu'à un seul endroit : le siège de la CIA à Langley.

— Poursuivez, Dante.

— En 1984, Fowler réapparaît brièvement à Boston. Ses parents sont morts dans un accident de voiture en juillet. Il se rend chez le notaire, et demande qu'on donne toute sa fortune aux pauvres. Il signe les papiers nécessaires, et s'en va. Selon le notaire, la somme était de quatre-vingts millions de dollars.

Dicanti poussa un sifflement aigu et désaccordé.

— C'est beaucoup, encore plus en 1984.

— Il a tout donné. Dommage que vous ne l'ayez pas connu avant, hein ?

— Que voulez-vous insinuer ?

— Rien, rien. Bien, pour comble de folie, Fowler part au Mexique, et de là se rend au Honduras. Il est nommé à la base militaire de El Aguacate, avec le rang de major maintenant. Et, là, il devient un assassin.

Les photos suivantes laissèrent Paola pétrifiée de stupeur. Des piles de cadavres dans des fosses communes. Des travailleurs avec des pelles et des masques qui dissimulaient à peine leur expression d'horreur. Des corps exhumés pourrissant au soleil. Des hommes, des femmes, des enfants.

— Mon Dieu !

— Où en sont vos connaissances en histoire ? Les miennes sont lamentables. Alors je suis allé regarder sur Internet. Donc, il y a eu au Nicaragua une révolution appelée sandiniste. Le mouvement d'opposition, appelé la Contra, voulait remettre au pouvoir un gouvernement de droite. Ronald Reagan a appuyé en cachette ce mouvement de guérilleros rebelles qui mériteraient plutôt le nom de terroristes. Devinez qui était ambassadeur au Honduras à cette époque ?

— John Negroponte.

— Bravo ! Fondateur de la base aérienne de El Aguacate à la frontière du Nicaragua, base pour l'entraînement de milliers de guérilleros de la Contra. Selon le *Washington Post*, c'était « un centre de détention et de torture, et non une base militaire dans un pays démocratique ». Ces photos si parlantes ont été prises il y a dix ans. Cent quatre-vingt-cinq cadavres, hommes femmes et enfants, se trouvent dans ces fosses. Et l'on pense qu'il y en a encore beaucoup d'autres, certains disent trois cents, qui seraient enterrés dans les montagnes.

— Mon Dieu ! c'est horrible. (Paola fit un effort pour accorder le bénéfice du doute à Fowler :) Mais cela ne prouve rien contre Fowler.

— Il était là-bas. Aumônier dans un camp de concentration, bon sang ! A votre avis, à qui parlaient les détenus avant de mourir ? Il était forcément au courant !

Dicanti le regarda en silence.

— D'accord. Vous voulez d'autres preuves ? Je n'en manque pas. Un rapport du Saint-Office daté de 1993. Cette année-là, Fowler fut convoqué à Rome pour répondre de l'assassinat de trente-deux religieuses commis sept ans avant. Elles fuyaient le Nicaragua et atterrirent à El Aguacate. Elles furent violées, emmenées en hélicoptère et jetées dans le vide. Il fit aussi une déclaration sur douze missionnaires catholiques disparus. Il était accusé d'avoir été au courant, et de ne pas avoir dénoncé ces cas flagrants de violation des droits de l'homme. Il était aussi coupable que les pilotes de l'hélicoptère.

— Et qu'a conclu le Saint-Office ?

— En fait, ils n'avaient pas suffisamment de preuves pour le condamner. Il s'en est sorti de justesse. Mais il est tombé en disgrâce. Je crois qu'il a quitté la CIA de son propre chef. Il a passé un temps à rouler sa bosse avant de se retrouver à Saint Matthew.

Paola demeura un bon moment à contempler les photos.

— Dante, je vais vous poser une question très sérieuse. Vous, en tant que citoyen du Vatican, diriez-vous que le Saint-Office est une institution négligente ?

— Non, inspectrice.

— On peut penser qu'elle est totalement indépendante ? Dante hocha la tête pour acquiescer à contrecœur. Il voyait où Dicanti voulait en venir.

— Alors, commissaire, si l'institution la plus rigoureuse de l'Etat du Vatican a été incapable de trouver des preuves de la culpabilité de Fowler, comment osez-vous entrer dans mon bureau en vociférant que c'est un assassin, et que je dois me méfier de lui ?

Dante se leva comme une furie et se pencha sur le bureau de Dicanti :

— Ecoutez-moi, ma jolie… Ne croyez pas que je n'ai pas deviné votre petit manège avec ce pseudo-prêtre. Par un tour malheureux du destin, nous devons capturer un monstre avec son aide, mais je ne veux pas que vous pensiez avec vos jupes. J'ai déjà perdu un camarade et je ne veux pas confier ma vie à cet Américain quand on se retrouvera face à Karoski. Je ne sais pas comment il réagira. Apparemment, il est très loyal envers son pays… Qui sait ? Il pourrait se mettre du côté de son compatriote.

Paola se leva, et très calmement lui assena deux gifles. Deux claques bien senties, de celles qui font bourdonner les oreilles. Dante fut si surpris et humilié qu'il ne sut comment réagir. Il demeura immobile, la bouche ouverte, les joues rouges.

— Maintenant, c'est vous qui allez m'écouter, Dante. Si nous ne sommes que trois à mener cette putain d'enquête, c'est parce que votre Eglise ne veut pas qu'on sache qu'un monstre qui violait des enfants, et fut castré dans un de ses bouges, se promène en toute liberté et tue des cardinaux à sa guise à quelques jours seulement de l'élection du pape. Voilà pourquoi Pontiero est mort, c'est la seule et unique raison. Je vous rappelle que c'est vous qui êtes venu nous demander de l'aide. Apparemment, vos services fonctionnent parfaitement pour récolter des informations sur un prêtre dans une jungle du tiers-monde, mais sont incapables de contrôler un délinquant sexuel récidiviste qui a agi pendant dix ans au vu et au su de ses supérieurs dans un pays démocratique. Alors tirez-vous d'ici, vous et votre pathétique dossier, avant que je ne commence à penser que votre problème, c'est que vous êtes jaloux de Fowler. Et ne revenez pas tant que vous ne serez pas disposé à travailler en équipe. C'est compris ?

Dante récupéra assez d'orgueil pour lui tourner le dos sans répondre. Fowler entra dans le bureau à cet instant, et le commissaire italien déchargea sa rage contre lui en lui jetant à la figure les photos qu'il tenait encore à la main. Dante était si furieux qu'il sortit en oubliant de claquer la porte.

L'inspectrice se sentit terriblement soulagée pour deux raisons : un, elle avait enfin eu l'occasion de faire ce dont elle rêvait depuis un moment déjà. Et deux, elle l'avait fait en privé. Si cette situation s'était produite devant des témoins, Dante n'aurait jamais pu oublier la gifle. Aucun homme ne pardonnait ce genre de choses. Mais il y avait encore moyen de canaliser la situation et de rétablir un peu de paix là-dedans. Elle regarda Fowler. Ce dernier était resté immobile près de la porte, les yeux fixés sur les photos qui jonchaient le sol.

Paola s'assit, but une gorgée et déclara :

— Je crois que vous avez beaucoup de choses à me raconter, père Fowler.

Institut Saint Matthew

Silver Spring, Maryland

Avril 1997

Transcription de la onzième séance entre le patient 3 643 et le docteur Fowler

Dr Fowler :	Bonjour, père Karoski.
N° 3643 :	Entrez, entrez.
Dr Fowler :	Je suis venu vous voir parce que vous avez refusé de parler au docteur Conroy.
N° 3643 :	Son attitude était insultante et je lui ai demandé de sortir, en effet.
Dr Fowler :	Insultante dans quel sens exactement ?
N° 3643 :	Le père Conroy remet en question des vérités immuables de la foi.
Dr Fowler :	Donnez-moi un exemple.
N° 3643 :	Il affirme que le diable est un concept surévalué. J'aimerais bien voir ce concept lui planter une fourche dans les fesses.
Dr Fowler :	Vous pensez être là pour le voir ?
N° 3643 :	C'est une façon de parler.
Dr Fowler :	Vous croyez que l'enfer existe, n'est-ce pas ?

N° 3643 :	De toutes mes forces.
DR FOWLER :	Vous pensez mériter d'y aller ?
N° 3643 :	Je suis un soldat du Christ.
DR FOWLER :	Cela ne veut rien dire.
N° 3643 :	Depuis quand ?
DR FOWLER :	Un soldat du Christ n'a ni le paradis ni l'enfer garanti, père Karoski.
N° 3643 :	Si c'est un bon soldat, si.
DR FOWLER :	Mon père, je vais vous laisser un livre qui devrait vous être d'une grande aide, je pense. Il est de saint Augustin. Il parle d'humilité et de lutte intérieure.
N° 3643 :	Je serai ravi de le lire.
DR FOWLER :	Vous croyez que vous irez au ciel après votre mort ?
N° 3643 :	J'en suis sûr.
DR FOWLER :	Eh bien, vous en savez plus que moi.
N° 3643 :	…
DR FOWLER :	J'aimerais vous soumettre une hypothèse. Supposons que vous vous trouvez devant les portes du Ciel. Dieu soupèse vos bonnes et mauvaises actions, et le fléau de la balance est équilibré. Il vous propose alors d'appeler un témoin de votre choix pour que cette personne l'aide à se débarrasser de ses doutes. Qui appelleriez-vous ?
N° 3643 :	Je ne sais pas.
DR FOWLER :	Je peux vous suggérer quelques prénoms : Léopold, Jamie, Lewis, Arthur…
N° 3643 :	Ces noms ne me disent rien.
DR FOWLER :	… Harry, Michael, Johnnie, Grant…
N° 3643 :	Taisez-vous !
DR FOWLER :	… Paul, Sammy, Patrick.
N° 3643 :	Je vous dis de vous taire !
DR FOWLER :	… Jonathan, Aaron, Samuel…

N° 3643 :   Ça suffit !

(On entend un bruit confus de lutte.)

DR FOWLER :   Ce que je tiens là, entre le pouce et l'index, c'est votre trachée artère, père Karoski. Cela risque d'être encore plus douloureux si vous ne vous calmez pas. Faites un signe de la main gauche pour dire que vous avez compris... Bien. Maintenant, recommencez si vous vous sentez plus calme. On a tout notre temps. Ça y est ? Bien. Tenez, buvez un peu d'eau.

N° 3643 :   Merci.

DR FOWLER :   Asseyez-vous, je vous prie.

N° 3643 :   Je me sens mieux. Je ne sais pas ce qui m'a pris.

DR FOWLER :   Nous le savons très bien, tous les deux. Comme nous savons très bien qu'aucun des enfants que je viens de citer ne parlerait en votre faveur devant le Tout-Puissant.

N° 3643 :   ...

DR FOWLER :   Vous ne dites rien ?

N° 3643 :   Vous ne savez rien de l'enfer.

DR FOWLER   C'est ce que vous croyez ? Vous vous trompez, je l'ai vu de mes propres yeux. Maintenant je vais éteindre ce magnétophone, et je vais vous raconter quelque chose qui vous intéressera, j'en suis certain.

Siege central de l'UACV

Via Lamarmora, 3

Jeudi 7 avril, 8 : 32

Fowler détourna les yeux des photos éparpillées au sol. Il ne fit pas un geste pour les ramasser, il se contenta de marcher dessus, avec élégance. Paola se demanda si c'était sa façon de répondre implicitement aux accusations de Dante, en les foulant aux pieds. Au cours des prochains jours, Paola ne manquerait pas d'éprouver ce sentiment pénible de se trouver devant un homme aussi insondable que courtois, aussi équivoque qu'intelligent. Fowler était une contradiction et un hiéroglyphe indéchiffrable. Mais à cette occasion, ce sentiment était accompagné d'une sourde colère qui se manifestait par un léger tremblement des lèvres.

Fowler s'assit devant Paola en posant sa mallette noire à côté de sa chaise. Il tenait de la main gauche un sac en papier avec trois cafés. Il lui en offrit un :

— Un cappuccino ?

— Je déteste, ça me rappelle le vomi d'un chien que j'avais, mais merci quand même.

Fowler garda le silence. Paola cessa de faire semblant de lire le dossier Karoski et décida d'affronter son partenaire. Elle devait savoir.

— Alors ? Vous n'allez rien...

Elle s'interrompit. Elle n'avait pas regardé son visage depuis qu'il était entré. Fowler paraissait se trouver à des kilomètres. Ses mains tremblaient légèrement. De petites gouttes de sueur perlaient à son front malgré la fraîcheur matinale. Et ses yeux verts proclamaient qu'ils avaient contemplé des horreurs indélébiles et qu'ils les revoyaient de nouveau.

Paola se tut en comprenant enfin que l'apparente élégance avec laquelle Fowler avait piétiné les photos était une simple façade. Elle attendit. Il fallut plusieurs minutes à Fowler pour récupérer ! Ensuite, il prit la parole d'une voix éteinte et distante :

— C'est dur. On croit qu'on a surmonté mais cela revient comme un bouchon de liège qu'on essaye inutilement d'enfoncer dans l'eau. Il flottera toujours.

— Parler vous aidera.

— Oh ! non, vous pouvez me croire, cela ne sert à rien. Cela n'a jamais servi à rien. Tous les problèmes ne trouvent pas leur solution en parlant.

— Drôle de constat pour un prêtre. Incroyable pour un psychologue. Mais parfaitement approprié pour un agent de la CIA habitué à tuer.

Fowler réprima une moue triste :

— On ne m'a pas entraîné à tuer, pas plus qu'un autre soldat. J'ai appris les techniques de contre-espionnage. Dieu m'a donné le don pour faire un excellent tireur, c'est vrai, mais je ne l'ai pas demandé. Et, pour anticiper votre question suivante, sachez que je n'ai tué personne depuis 1972. J'ai tué onze soldats du Viêt-cong, mais ce furent des morts au combat.

— Vous vous êtes porté volontaire.

— *Dottora*, avant que vous ne me jugiez hâtivement, permettez que je vous raconte mon histoire. Je n'en ai jamais parlé à personne, alors je vous demande, s'il vous plaît, d'accepter simplement mes paroles. Je ne vous demande ni de me croire, ni de m'accorder votre confiance, car je sais que c'est trop exiger de vous. Mais acceptez mes paroles.

Paola acquiesça d'un hochement de tête.

— Je suppose que tout cela, vous l'avez appris grâce au commissaire Dante. S'il s'agit du rapport du Saint-Office, vous n'aurez eu qu'une version très approximative de mon histoire. Je me suis engagé en 1971, à cause de certains... désaccords avec mon père. Je ne veux pas vous faire un récit d'horreur de ce que la guerre a signifié pour moi, parce que aucune parole ne peut décrire ça. Vous avez vu le film *Apocalypse now* ?

— Oui, à sa sortie. Mais je me souviens encore de sa cruauté.

— Il n'avait qu'une pâle ressemblance avec la réalité, une ombre, c'est tout. La douleur et la cruauté dont j'ai été témoin suffiraient à remplir plusieurs vies. C'est là qu'est née ma vocation. Ce ne fut pas dans une tranchée en pleine nuit, avec les balles de l'ennemi sifflant à mes oreilles. Ni en regardant face à face ces enfants de dix ans portant des colliers d'oreilles humaines. Ce fut lors d'un tranquille

204

après-midi à l'arrière-garde, passé en compagnie de l'aumônier de mon régiment. C'est là que j'ai su que je devais consacrer ma vie à Dieu et à ses créatures. Et c'est ce que j'ai fait.

— Et la CIA, alors ?

— N'allez pas trop vite... Je ne voulais pas revenir aux Etats-Unis. A cette époque, mes parents étaient encore en vie. Alors je suis parti aussi loin que j'ai pu, près du rideau de fer. J'ai appris beaucoup de choses là-bas, mais vous ne pourriez pas toutes les comprendre. Vous n'avez que trente-quatre ans. Pour bien saisir ce que signifiait le communisme pour un catholique allemand dans les années 70, il faut l'avoir vécu. Nous nous levions tous les jours sous la menace d'une guerre nucléaire. La haine entre mes compatriotes était devenue une religion. Chaque jour, le danger que quelqu'un, eux ou nous, saute le Mur se faisait plus oppressant. Et alors tout aurait été fini, je vous le jure. Avant ou après, quelqu'un aurait appuyé sur le bouton et déclenché la guerre.

Fowler fit une pause et but une gorgée de café. Paola alluma une cigarette. Fowler tendit la main vers le paquet de Pontiero, mais Paola secoua la tête :

— Ce sont les miennes, je dois les fumer seule.

— Ah ! ne vous inquiétez pas, je ne voulais pas en prendre une. Je me demandais juste pourquoi vous aviez recommencé.

— Si ça ne vous ennuie pas, je préfère que vous continuiez. Je ne veux pas en parler.

Le prêtre respecta la douleur de Paola et poursuivit son histoire :

— Bien... Je voulais garder un lien avec la vie militaire. J'aime le compagnonnage, la discipline, le sens de la vie du soldat. Si vous y réfléchissez, vous verrez qu'elle n'est pas très différente de la prêtrise : il s'agit dans les deux cas de donner sa vie pour les autres. L'armée en soi n'est pas mauvaise, ce sont les guerres qui le sont. J'ai donc demandé à être aumônier sur une base américaine, et comme j'étais un prêtre diocésain, mon évêque a cédé.

— Que signifie « diocésain » ?

— Plus ou moins que je suis un agent libre. Je ne dépends d'aucune congrégation. J'ai le choix, je peux demander à mon évêque qu'il me confie une paroisse comme je peux commencer ma pastorale là où je le juge opportun, toujours avec son accord.

— Je vois.

— J'ai vécu sur cette base avec plusieurs membres de la CIA qui participaient à un programme de formation aux activités de contre-espionnage destiné à des militaires qui n'appartenaient pas à la CIA. Ils m'ont invité à les rejoindre quatre heures par jour, cinq jours par semaine, pendant deux ans. Ce n'était pas incompatible avec mon travail, et j'ai donc accepté. Je me suis montré un bon élève. Un soir, après le cours, un des instructeurs s'est approché de moi, et m'a proposé d'entrer dans la Compagnie, comme on dit. Je lui ai répondu qu'en tant que prêtre, c'était impossible. J'étais déjà débordé de travail avec la centaine de jeunes catholiques de la base. Leurs supérieurs passaient beaucoup d'heures à leur apprendre à détester les communistes, et je consacrais une heure par semaine à leur rappeler que nous sommes tous des enfants de Dieu.

— Une bataille perdue d'avance.

— Presque toujours, mais le sacerdoce est une course de fond.

— Je crois que j'ai déjà lu cette phrase dans une de vos entrevues avec Karoski.

— C'est possible. Nous nous limitons à gagner des points ici et là. De petites victoires. De temps en temps, on en obtient de grandes, mais les occasions sont rares. Nous semons des petites graines avec l'espoir que la récolte sera fructueuse. Parfois on ne récolte même pas soi-même les fruits, et c'est démoralisant.

— J'imagine.

— Un jour, un roi se promenait dans une forêt et vit un pauvre vieillard qui travaillait dans un champ. Il s'approcha de lui et vit qu'il plantait des noyers. Il lui demanda pourquoi, et le vieux lui répondit : « J'adore les noix. » Et le roi lui dit : « Vieil homme, ne fatigue pas ton dos courbé sur ce sillon. Tu ne vois pas que, lorsque le noyer aura poussé, tu ne seras plus là pour recueillir ses fruits ? » Et le vieillard lui répondit : « Si mes ancêtres avaient pensé comme vous, Majesté, je n'aurais jamais eu l'occasion de goûter une noix. »

Paola sourit, surprise par la vérité absolue que contenait cette morale.

— Savez-vous ce que nous apprend cette anecdote ? Qu'on peut toujours aller de l'avant avec de la volonté, l'amour de Dieu, et un petit coup de Johnny Walker.

Paola tiqua. Elle n'arrivait pas à imaginer le père Fowler si droit et austère, en train de boire du whisky, mais il était évident qu'il avait été très seul toute sa vie.

— Quand l'instructeur m'apprit que les jeunes de la base pourraient être aidés par un autre prêtre, mais que, personne, absolument personne ne pouvait aider les milliers de jeunes qui se trouvaient derrière le rideau de fer, je compris qu'il avait raison. Des milliers de chrétiens languissaient sous le communisme en priant cachés dans les toilettes, en allant écouter des messes clandestines dans des caves obscures. Je pouvais donc servir les intérêts de mon pays et de mon Eglise lorsque les deux coïncidaient sur des points particuliers. Sincèrement, à cette époque, je pensais que nous avions beaucoup de points communs.

— Et maintenant ? Vous avez changé d'avis puisque vous êtes retourné au service actif ?

— Je vais vous répondre tout de suite. On m'a proposé d'être un agent libre, ce qui signifiait que je pouvais refuser les missions qui me semblaient injustes. J'ai ainsi beaucoup voyagé. Parfois comme prêtre, parfois comme simple citoyen. J'ai mis ma vie en péril plusieurs fois, mais cela valait presque toujours la peine. J'ai aidé des gens qui en avaient besoin d'une manière ou d'une autre. Parfois par un conseil ponctuel, la remise d'une enveloppe ou d'une lettre. Parfois par la mise en place d'un réseau d'information ou en tirant quelqu'un d'embarras. J'ai appris des langues étrangères, et je me suis même senti suffisamment bien pour retourner aux Etats-Unis. Jusqu'à cette histoire du Honduras...

— Attendez, vous avez sauté un moment important, le décès de vos parents.

Fowler fit une grimace :

— Je n'ai pas pu me rendre à leur enterrement. J'ai juste réglé quelques détails juridiques.

— Vous m'étonnez, quatre-vingts millions, je n'appelle pas ça un détail.

— Donc, vous savez cela aussi... Eh bien, oui, j'ai renoncé à cet héritage, mais je ne l'ai pas donné aux pauvres comme beaucoup le croient. Je m'en suis servi pour créer une fondation à but non lucratif qui travaille sur plusieurs champs d'action sociale à l'intérieur et à l'extérieur des Etats-Unis. Elle porte le nom de Howard Eisner, l'aumônier qui fut mon inspiration au Viêtnam.

— Vous avez créé la fondation Eisner ? s'étonna Paola. Mais alors vous êtes très vieux !

— Je ne l'ai pas créée. Je lui ai juste donné de plus larges moyens économiques. En fait, ce sont les avocats de mon père qui sont à l'origine de la fondation, contre sa volonté, je dois dire.

— Bien, racontez-moi le Honduras, et prenez tout le temps qui vous sera nécessaire.

Le prêtre regarda Paola avec curiosité. Son attitude avait changé subtilement. Elle était disposée à le croire maintenant. Il se demanda ce qui avait pu provoquer ce changement.

— Je ne veux pas vous ennuyer avec des détails, *ispettora*. L'histoire de El Aguacate remplirait un livre entier, mais je vais aller à l'essentiel. L'objectif de la CIA était de favoriser une révolution. Le mien d'aider les catholiques qui souffraient de la répression du régime sandiniste. On forma et on entraîna une équipe de volontaires qui devaient entreprendre une guérilla pour déstabiliser le gouvernement. Des soldats furent recrutés parmi la frange de la population la plus pauvre du pays. Les armes achetées à un ancien allié du gouvernement américain – peu savaient que cet homme allait devenir Oussama Ben Laden. Et la direction de la Contra tomba entre les mains d'un professeur de lycée, Bernie Salazar, un fanatique, comme nous l'apprîmes plus tard. Au cours des mois d'entraînement, je l'ai accompagné de l'autre côté de la frontière, pour des incursions chaque fois plus risquées. J'ai aidé à sortir des religieux compromis, mais mon désaccord avec les méthodes de Salazar devenait chaque jour plus grand. Il voyait des communistes partout, sous chaque pierre se cachait un coco, disait-il.

— D'après ce que j'ai lu dans un ancien manuel de psychiatrie, la paranoïa aiguë se développe très vite chez les leaders fanatiques.

— Ce cas corrobore votre livre. J'ai eu un accident – plus tard, j'ai appris qu'il avait été provoqué. Je me suis cassé la jambe, et n'ai pu continuer à participer aux incursions. Les guérilleros commençaient à revenir chaque fois plus tard. Ils ne dormaient plus dans les baraquements du camp, mais dans la jungle, sous des tentes. La nuit, ils prétendaient s'exercer au tir, en fait, ils se livraient à des exécutions sommaires. J'étais coincé dans mon lit, cependant le soir où Salazar captura les religieuses, et les accusa de communisme, un soldat vint me prévenir. C'était un bon garçon, comme beaucoup de ceux qui suivaient Salazar, mais il avait un peu moins peur de lui que les autres. Il me raconta tout, sous le secret de la confession. Il savait qu'ainsi je ne pourrais rien révéler à personne, mais que je ferais tout pour aider les religieuses. Et nous avons fait ce que nous avons pu...

Fowler était terriblement pâle. Il s'interrompit. Il ne regardait plus Paola, il fixait un point dans le ciel par la fenêtre.

— ... Mais ce ne fut pas suffisant. Aujourd'hui Salazar et le garçon sont morts tous les deux, mais tout le monde sait que les guérilleros prirent un hélicoptère et jetèrent les religieuses sur un village sandiniste. Il firent trois voyages.

— Pourquoi ?

— Le message était clair : nous tuerons toute personne suspectée d'alliance avec les sandinistes. Et peu importe de qui il s'agit.

Paola garda le silence en réfléchissant à ce qu'elle venait d'apprendre.

— Et vous vous sentez responsable ?

— Ce serait difficile de ne pas l'être. Je n'ai pas réussi à sauver ces femmes. Et je n'ai pas réussi à changer ces hommes qui ont tué leurs propres concitoyens. J'ai été entraîné là-bas par le désir d'accomplir le bien, et j'ai horriblement échoué. Je n'ai été qu'un rouage de plus dans la fabrique des monstres. Mon pays est tellement habitué à tout ça, qu'il ne s'étonne plus quand l'un de ceux que nous avons entraîné, aidé et protégé se retourne contre nous.

Malgré le soleil qui éclairait à présent son visage, Fowler ne cligna pas des yeux. Il se contenta de les fermer à demi, le regard toujours perdu par-dessus les toits.

— La première fois que j'ai vu les photos des fosses communes, je me suis souvenu du tir des mitraillettes dans la nuit tropicale. L'entraînement ! Je m'étais habitué à ce bruit. Au point qu'une nuit, à moitié endormi, j'ai cru entendre des cris de douleur entre les coups de feu, et je n'y ai pas prêté attention. Le sommeil m'a vaincu. Le lendemain, je me suis dit que ce devait être mon imagination. Si à cet instant, j'avais parlé avec le commandant du camp, si j'avais enquêté de plus près sur Salazar, on aurait pu sauver beaucoup de vies. Voilà pourquoi je suis responsable de ces morts, pourquoi j'ai quitté la CIA, et fus appelé à témoigner devant le Saint-Office.

— Vous savez, mon père, je ne crois pas en Dieu. Maintenant, je sais qu'après la mort, c'est fini. Je crois que nous redevenons tous poussière, après un bref trajet à travers les entrailles d'un ver de terre. Mais si vous avez vraiment besoin d'une absolution, je vous offre la mienne. Vous avez sauvé ceux que vous avez pu, avant qu'on ne vous tende un piège.

Fowler s'autorisa un sourire.

— Merci, vous ne savez pas à quel point vos paroles sont importantes pour moi, même si je regrette le profond déchirement que l'on sent dans une affirmation aussi dure chez une ancienne croyante.

— Mais vous ne m'avez pas encore donné la raison de votre retour.

— C'est très simple. Un ami me l'a demandé. Et je ne refuse jamais rien à un ami.

— Alors, voilà ce que vous êtes devenu... Un espion de Dieu.

Fowler sourit.

— Si vous voulez.

Paola se leva et se dirigea vers les étagères de livres.

— Ecoutez, cela va un peu à l'encontre de mes principes, mais comme dit ma mère, on ne vit qu'une fois.

Elle prit un gros volume d'analyse criminelle et le tendit à Fowler qui le saisit et l'ouvrit. Il ne contenait pas de pages, juste un creux permettant d'abriter une bouteille de Dewar's et deux petits verres.

— Il est à peine neuf heures du matin, *dottora*...

— Vous faites les honneurs ou on attend la nuit ? Je serais très fière de trinquer avec l'homme qui a créé la fondation Eisner, entre autres parce que cette fondation a payé ma bourse d'études à Quantico.

Ce fut au tour de Fowler de s'étonner, mais il ne dit rien. Il servit deux mesures égales de whisky et leva son verre :

— A qui allons-nous trinquer ?

— A ceux qui ne sont plus là.

— A ceux qui ne sont plus là, alors.

Ils vidèrent d'un trait leur verre. Paola qui ne buvait jamais eut l'impression d'avaler des clous trempés d'ammoniaque. Elle savait qu'elle le regretterait toute la journée, mais se sentit fière d'avoir vidé son verre avec cet homme. Il y avait certaines choses qu'il fallait faire, c'était tout.

— Maintenant, le plus important, c'est de récupérer l'aide du commissaire. Comme vous le supposiez justement, c'est bien à Dante que vous devez cette conversation. Je me demande pourquoi il a agi ainsi. Il a une dent contre vous ?

Fowler éclata de rire. Ce qui surprit Paola qui n'avait jamais entendu rire plus triste et plus amer.

— Allons, ne me dites pas que vous n'avez pas remarqué.

— Je ne comprends pas.

— *Dottora*, pour une psychologue, vous faites preuve d'un manque de discernement étonnant dans cette occasion. Il est évident que Dante s'intéresse particulièrement à vous. Et, pour une raison que j'ignore, il pense que je pourrais lui faire de l'ombre.

Paola demeura pétrifiée. Bouche bée. Une rougeur subite lui monta aux joues, et elle n'était pas due à la boisson. C'était la deuxième fois que cet homme la faisait rougir. Elle ne savait pas ce qu'elle ressentait exactement, mais désirait l'éprouver de nouveau, comme un enfant à l'estomac fragile veut parcourir de nouveau une montagne russe.

Le téléphone sonna alors, la tirant de manière providentielle de cette situation gênante. Elle décrocha immédiatement. Ses yeux s'illuminèrent d'émotion.

— J'arrive tout de suite.

Fowler la regarda, intrigué.

— Vite ! Parmi les photos que les techniciens de l'UACV ont prises hier sur la scène du crime de Robayra, il y en a une sur laquelle on voit le frère Francesco. On tient peut-être une piste, là.

Siege Central de l'UACV

Via Lamarmora, 3

Jeudi 7 avril, 9 : 15

L'image apparaissait floue sur l'écran. Le photographe avait pris une vue générale depuis l'intérieur de la chapelle. Mais l'on voyait au fond Karoski déguisé en frère carme. Le technicien avait été obligé d'agrandir cette partie de l'image à 1 600 %, et le résultat n'était pas fameux.

— On ne voit pas grand-chose, fit remarquer Fowler à juste titre.

— Patience, lui dit Boi qui venait d'entrer dans la salle avec un tas de feuilles dans les mains. Angelo est notre sculpteur légiste. C'est un expert en optimisation d'images. Je suis sûr qu'il va réussir à nous donner une perspective différente, n'est-ce pas, Angelo ?

Angelo Biffi, un des techniciens de l'UACV, quittait rarement sa place devant l'ordinateur. La trentaine, il avait des lunettes aux verres épais et les cheveux gras. Son bureau spacieux et peu éclairé était imprégné d'odeurs de restes de pizza, d'effluves d'eau de Cologne bon marché, et de plastique chaud. Une dizaine de moniteurs dernière généra-tion lui servaient de fenêtres. En regardant autour de lui, Fowler en déduisit que ce garçon préférait sûrement dormir sur place plutôt que de rentrer chez lui. Angelo avait tout à fait l'aspect d'un rat de bibliothèque, mais ses traits étaient agréables et il arborait toujours un sourire timide.

— Vous allez comprendre, mon père, nous, c'est-à-dire, le service, c'est-à-dire moi...

— Ne t'étouffe pas, Angelo, prends un café, dit Paola en lui tendant celui que Fowler avait apporté pour Dante.

— Merci, *dottora*. Eh ! il est froid !

— Ne te plains pas. Il fera bientôt très chaud. Et quand tu seras plus âgé, tu pourras dire : « Il fait chaud pour un mois d'avril, mais pas aussi chaud que l'année où le pape Wojtyla est mort. » Tu ver-ras, crois-moi.

Fowler regarda, surpris, Paola qui avait posé tran-quillement sa main sur l'épaule d'Angelo. Elle essayait de plaisanter malgré sa tourmente inté-rieure. Elle avait à peine dormi, arborait d'énormes cernes, son cœur était confus, endolori et plein de rage, pas besoin d'être psychologue ou prêtre pour le voir, et pourtant, elle essayait d'aider ce garçon à reprendre confiance en lui, devant cet homme inconnu qui l'intimidait un peu. Il tomba amoureux d'elle à cet instant précis, même s'il chassa rapide-ment cette pensée de son esprit. Il n'oubliait pas la honte qu'elle lui avait fait subir quelques instants plus tôt dans son bureau.

— Explique ta méthode au père Fowler, dit Paola. Je suis sûre que cela va beaucoup l'intéresser.

Le jeune homme prit son courage à deux mains et se lança :

— Regardez l'écran. Nous avons, enfin, j'ai fabriqué un *software* spécial d'interposition d'images. Comme vous le savez, une image est composée de points de couleur appelés pixels. Si une image normale a, disons, 2 500 x 1 750 pixels, mais que nous voulons nous concentrer sur une partie seulement de la photo, nous n'obtiendrons que de petites taches de couleur. Ou cette image floue que vous avez sur l'écran. Quand un programme normal essaye d'agrandir une image, il le fait en suivant une méthode bicubique, c'est-à-dire en prenant en compte la couleur des huit pixels adjacents à celui qu'il essaye de multiplier. Ce qui vous donne la même tache, mais en plus grand. Avec mon programme…

Paola observait discrètement Fowler qui se penchait sur l'écran avec intérêt. Il s'efforçait de suivre, très concentré, les explications d'Angelo, malgré le terrible moment passé quelques minutes avant. Revoir ces photos avait été pour lui une épreuve très dure qui l'avait forcément affaibli. Pas besoin d'être psychiatre ou criminologue pour s'en rendre compte. Et malgré tout, il essayait de se montrer aimable envers ce garçon timide qu'il ne reverrait jamais plus de sa vie. Elle tomba amoureuse de lui à cet instant précis, mais chassa rapidement cette pensée de son esprit.

— ... En considérant les variables des points de lumière, on apporte au programme une information tridimensionnelle qu'il peut intégrer. Ce programme est fondé sur un logarithme complexe qui met plusieurs heures à restituer une image.

— Bon sang, Angelo ! et tu nous as fait descendre pour ça ?

— C'est que...

— Ne t'en fais pas, Angelo. *Dottora*, je pense que ce garçon intelligent veut nous dire que cela fait plusieurs heures que le programme travaille, et qu'il est sur le point de nous donner les résultats.

— Exactement. D'ailleurs, ils sont en train de sortir sur l'imprimante.

Avec un bourdonnement, celle-ci, située près de Paola, livra une feuille où apparaissaient des traits anciens et des yeux sous ombre. Le visage était plus précis que sur l'image originale.

— Tu as fait du bon travail, Angelo, cela ne permet pas encore une identification digne de ce nom, mais c'est un bon point de départ. Regardez, père Fowler.

Le prêtre étudia attentivement le visage sur la photo. Boi, Paola et Angelo attendaient en silence.

— Je jurerais que c'est lui. Mais c'est compliqué sans les yeux. La forme des orbites et quelque chose d'indéfinissable me disent que c'est bien lui, mais si je l'avais croisé dans la rue, je ne l'aurais même pas vu.

— Donc, on est dans une nouvelle impasse ?

— Pas nécessairement, dit Angelo. J'ai un programme capable de créer une image tridimensionnelle à partir de certaines données. Je pense que ce que nous avons déjà est une bonne base de départ. J'ai commencé à travailler sur la photo de l'ingénieur.

— L'ingénieur ? s'étonna Paola.

— Oui, celle de l'ingénieur Karoski qui se fait passer pour un frère carme. Mais vous en faites une tête, inspectrice…

Boi écarquilla les yeux en faisant de grands signes derrière Angelo. Paola finit par comprendre que ce dernier n'avait pas été mis au courant des détails de l'affaire. Elle se souvint que le directeur avait interdit aux quatre techniciens de l'UACV, qui avaient travaillé à recueillir des indices dans l'affaire Robayra et Pontiero, de rentrer chez eux. Il les avait autorisés à appeler leurs familles pour leur expliquer la situation, et les avait mis en quarantaine dans une des salles de repos. Boi pouvait se montrer très dur quand il le voulait, mais c'était aussi un homme juste et il avait promis de payer leurs heures supplémentaires au triple.

— Bien sûr ! Où avais-je la tête ? Poursuivez, Angelo.

Boi avait certainement fragmenté l'information à tous les niveaux pour que personne ne puisse posséder toutes les pièces du puzzle. Personne ne devait savoir qu'on enquêtait sur la mort de deux cardinaux. Ce qui compliquait évidemment le travail de Paola. Elle se demanda si elle-même possédait toutes les pièces du puzzle…

— Comme je vous le disais, j'ai travaillé sur la photo de l'ingénieur. Je crois que, dans une demi-heure, je pourrai vous fournir une image tridimensionnelle de son visage en 1995 et on pourra la comparer avec celle-ci. Si vous revenez tout à l'heure, j'espère vraiment pouvoir vous montrer quelque chose de plus solide.

— Parfait. Mon père, *ispettora*... J'aimerais que nous fassions un récapitulatif de l'affaire en salle de réunion. A tout à l'heure, Angelo.

Tous trois se dirigèrent vers la salle située deux étages plus haut. En entrant, Paola se souvint aussitôt que, la dernière fois qu'elle s'était trouvée là, Pontiero l'accompagnait.

— On peut savoir ce que vous avez fait de Dante ?

Paola et Fowler se regardèrent et secouèrent la tête en même temps.

— Rien, absolument rien.

— Tant mieux. J'espère que ce n'est pas parce que vous avez eu un problème avec lui que je l'ai vu partir comme une furie. Je préférerais que ce soit à cause des résultats du *calcio* du dimanche, parce que je ne veux pas avoir Cirin ou le ministre de l'Intérieur sur le dos.

— Je ne pense pas que vous ayez de quoi vous inquiéter. Dante est parfaitement intégré à l'équipe, mentit Paola.

— Et pourquoi est-ce que je ne vous crois pas ? Hier soir, vous aviez du mal à accepter sa collaboration, Dicanti. Pouvez-vous me dire où est Dante ?

Paola se tut. Elle ne pouvait parler à Boi des problèmes internes de son équipe. Elle allait répondre quand une voix connue l'interrompit :

— J'étais parti chercher des cigarettes.

Dante apparut sur le seuil avec sa veste de cuir, et son sourire moqueur. Boi l'observa d'un air incrédule.

— Quel terrible vice, Dante.

— On doit tous mourir un jour ou l'autre, alors...

Paola l'observa tandis qu'il s'asseyait à côté de Fowler comme si de rien n'était. Mais il suffit d'un échange de regards entre eux pour lui faire comprendre que les choses n'allaient pas aussi bien qu'ils voulaient le laisser entendre. S'ils se comportaient de manière civilisée pendant quelques jours, cela suffirait. Ce qu'elle ne saisissait pas, c'était comment la colère de son collègue avait pu se dissiper aussi vite. Il avait dû se passer quelque chose...

— Bien, dit Boi. Cette maudite affaire se complique. Nous avons perdu hier, en plein jour, alors qu'il était en mission, un des meilleurs éléments que j'aie connus en de nombreuses années, et personne ne sait qu'il est à la morgue. Nous ne pouvons même pas lui offrir des funérailles officielles, en tout cas tant que nous n'aurons pas une explication valable de sa mort à donner. J'aimerais qu'on réfléchisse ensemble. Dites-moi tout ce que vous savez, Paola.

— Depuis quand ?

— Depuis le début. Faites-nous un résumé sommaire des événements.

Paola se mit debout et se dirigea vers le tableau noir. Elle pensait mieux debout, avec un feutre entre les mains :

— Voyons : Viktor Karoski, un prêtre accusé d'abus sexuel, et récidiviste, s'est échappé d'une institution privée où il avait été soumis à des doses excessives d'un produit qui l'a castré chimiquement, et a augmenté son agressivité. On ne sait rien de ses activités entre juin 2000 et fin 2001. En 2001, il remplace illicitement, sous un faux nom, un frère carme déchaussé de l'église Sainte-Marie de Traspontine.

Paola commença à tracer un calendrier sur le tableau :

— Vendredi 1er avril, vingt-quatre heures avant la mort de Jean-Paul II, Karoski séquestre le cardinal italien Enrico Portini dans la résidence Madri Pie. Au fait, on a reçu confirmation des traces de sang des deux cardinaux dans la crypte ? (Boi hocha la tête.) Karoski transporte sa victime à Sainte-Marie, la torture et la remet au dernier endroit où elle a été vue en vie : la chapelle de la résidence. Samedi 2 avril, le cadavre de Portini est découvert la nuit même où le pape meurt. La *Vigilanza* décide d'effacer toutes traces du crime en croyant avoir affaire à l'acte isolé d'un fou. Par pure chance, aucune information ne filtre, grâce, en bonne partie, aux responsables de la résidence. Dimanche 3 avril, le cardinal argentin Emilio Robayra atterrit à Rome, muni d'un aller simple. Nous pensons que quelqu'un l'a abordé à l'aéroport ou sur le chemin de la résidence Saint-Ambroise où on l'attendait, ce soir-là. Il n'est jamais arrivé. D'ailleurs, on a visionné les films des caméras de l'aéroport ?

— Personne n'a rien vérifié. On manque de personnel, s'excusa Boi.

— Ce n'est pas vrai !

— Je ne peux pas mêler mes inspecteurs à cette affaire, vous le savez, Dicanti. Le plus important pour le moment, c'est de maintenir le secret, selon les souhaits du Saint-Siège. On se débrouillera comme on pourra, Paola. Je m'occupe de demander moi-même les enregistrements.

Paola esquissa un geste de déception, mais c'était la réponse qu'elle espérait.

— On continue. Dimanche 3 avril, Karoski kidnappe Robayra, et le conduit dans la crypte. Il le torture pendant plus d'une journée, inscrit des messages sur son corps et sur la scène du crime. Nous avons pu déchiffrer le « Mt 16, Undeviginti », la phrase tirée de l'Evangile selon Matthieu, au sujet des clés du royaume du ciel qui fait référence à l'élection du premier pontife de l'Eglise catholique. Cela, ajouté aux graves mutilations du cadavre, laisse penser que l'assassin vise le conclave. Mardi 5 avril, le suspect dépose le corps dans une des chapelles de l'église, puis appelle tranquillement la police en se faisant passer pour le père Francesco Toma. Pour se moquer encore plus de nous, il chausse les lunettes de sa victime, le cardinal Robayra. La police prévient l'UACV, et le directeur Boi prévient Camilo Cirin.

Paola marqua une pause, puis regarda Boi :

— Quand vous appelez Cirin, ce dernier connaît déjà le nom du criminel, même s'il ignore encore qu'il pourrait s'agir d'un tueur en série. J'ai beaucoup réfléchi là-dessus, et je crois qu'il connaît l'identité du criminel depuis dimanche. Il a probablement eu accès à la base de données du VICAP, et l'entrée « mains coupées » n'a pas dû lui fournir beaucoup de cas. Son réseau d'influence active le nom du major Fowler qui arrive à Rome dans la nuit du 5 avril. Le plan original ne nous impliquait sans doute pas, Boi. C'est Karoski qui nous a mis dans le jeu, délibérément. Pourquoi ? Cela reste une des grandes questions de cette affaire.

Paola tira un nouveau trait :

— Mercredi 6 avril, tandis que Dante, Fowler et moi essayons de trouver des renseignements sur les victimes dans le bureau du camerlingue, l'inspecteur Maurizio Pontiero est tué par Viktor Karoski dans la crypte de Sainte-Marie de Traspontine.

— On a retrouvé l'arme du crime ? demanda Dante.

— Il n'y a aucune empreinte dessus, mais nous l'avons, répondit Boi. Karoski s'est sans doute servi d'un couteau de cuisine très affûté et l'a frappé à plusieurs reprises avec un candélabre qui a été trouvé sur le lieu du crime. Mais je crains que cela ne nous serve pas à grand-chose.

— Pourquoi ?

— C'est très éloigné de nos méthodes habituelles, Dante. Nous, nous nous consacrons à chercher *qui* est l'assassin et une fois le nom trouvé, notre travail est terminé. Alors que dans cette affaire, nous devons appliquer nos connaissances à trouver *où* est l'assassin. La certitude du nom a été notre de point de départ. Voilà pourquoi le travail de Paola est très important.

— Je voudrais en profiter pour la féliciter. C'était une chronologie brillante.

— Tout à fait, se moqua Dante.

Paola put entendre le ressentiment dans son ton mais elle décida de l'ignorer pour le moment.

— Un bon résumé, Dicanti, la félicita Boi à son tour. Quelle est la prochaine étape ? Vous êtes entrée dans l'esprit de Karoski ? Vous avez étudié les similitudes ?

La criminologue réfléchit quelques instants avant de répondre :

— Toutes les personnes saines d'esprit se ressemblent, mais chacun de ces fils de pute de cinglé l'est à sa façon, unique et différente.

— Et cela démontre quoi, à part que vous avez lu Tolstoï et venez de nous faire une paraphrase du début d'*Anna Karénine* : « Les familles heureuses se ressemblent toutes, et les familles malheureuses le sont chacune à leur manière. »

— Eh bien, que nous commettrions une erreur en pensant que les tueurs en série se ressemblent. On peut essayer de trouver des équivalences, tirer des conclusions de certaines similitudes, mais au moment de passer à l'acte, chacun de ces pauvres types est un esprit solitaire qui vit à des millions d'années-lumière du reste de l'humanité. Il n'y a rien là. Ce ne sont pas des êtres humains. Ils n'ont aucune empathie. Leurs émotions sont anesthésiées. Ce qui les fait tuer, ce qui les conduit à penser que leur égoïsme est plus important que la personne qu'ils ont en face d'eux, les raisons dont ils se servent pour excuser leur folie, rien de tout cela ne compte pour moi. Je ne cherche pas à les comprendre au-delà de ce qui m'est nécessaire pour parvenir à les arrêter.

— Voilà pourquoi nous devons savoir quel sera son prochain pas.

— Recommencer à tuer, évidemment. Il va sans doute chercher une nouvelle identité ou bien en a déjà une prédéfinie. Mais elle ne peut pas être aussi travaillée que celle du frère Francesco à laquelle il a consacré plusieurs années. Fowler pourrait peut-être nous donner un coup de main sur ce point.

Le prêtre secoua la tête d'un air préoccupé.

— Tout ce que je sais de Karoski se trouve dans son dossier. Cependant je voudrais vous montrer quelque chose.

Une carafe d'eau et des verres avaient été posés sur une petite table. Fowler en remplit un à moitié et jeta un crayon dedans.

— J'ai beaucoup de mal à penser comme lui. Regardez ce verre. Il est clair comme de l'eau mais, lorsque j'y introduis un crayon apparemment droit, ce dernier m'apparaît brisé. De la même façon, l'attitude monolithique de Karoski varie sur des points fondamentaux comme une ligne droite qui se brise et se termine dans un lieu inconnu.

— Ce point de faille est la clé.

— Peut-être... Je n'envie pas votre travail, *dottora*. Karoski est un homme que dégoûte l'iniquité et qui la minute suivante commet des injustices encore plus grandes. La seule chose qui me paraît bien claire, c'est que nous devons le chercher auprès des cardinaux. Il va essayer de tuer de nouveau, et très vite. Le conclave est chaque jour plus proche.

Ils retournèrent au laboratoire d'Angelo, un peu troublés. Le jeune technicien se présenta à Dante qui fit à peine attention à lui. Paola ne put éviter de le remarquer. Cet homme si séduisant était une mauvaise personne au fond. Ses plaisanteries acerbes ne cachaient rien, c'était même le meilleur de ce qu'il pouvait donner.

Angelo les attendait avec les résultats promis. Il pianota sur son clavier et deux images apparurent sur l'écran, composées de minces fils verts sur fond noir.

— Tu peux leur incorporer de la texture ?

— Oui. Là, vous avez une peau. Rudimentaire mais une peau.

L'écran de gauche montra un modèle tridimensionnel de la tête de Karoski en 1995. A droite, on voyait la moitié supérieure de la tête telle qu'elle apparaissait sur la photo de l'église Sainte-Marie de Traspontine.

— Je n'ai pas modélisé la partie inférieure parce que, avec la barbe, c'est impossible. Les yeux non plus n'étaient pas très clairs, il marchait courbé sur la photo que vous m'avez laissée.

— Tu peux copier la mâchoire du premier modèle et la coller sur le modèle actuel ?

Angelo répondit par un mouvement rapide sur le clavier, et des clics de souris. En deux minutes, la demande de Fowler fut exécutée.

— Dis-moi, Angelo, dans quelle mesure juges-tu ce second modèle fiable ?

Le jeune homme se vexa :

— C'est que… Sans pouvoir juger des conditions adéquates d'illumination *in situ*…

— C'est hors de question, Angelo, nous en avons déjà discuté, dit Boi.

Paola prit la parole sur un ton calme et conciliateur :

— Personne ne juge ton modèle, on veut juste savoir dans quelle mesure il est fiable ?

— Je dirais entre 75 et 85 %, pas plus.

Fowler regarda attentivement l'écran. Les deux visages étaient très différents. Trop. Le nez paraissait plus ample, les pommettes plus fortes. Mais s'il s'agissait du maquillage ?

— Angelo, s'il te plaît, tourne les images sur un plan horizontal et fais une mesure des pommettes. Voilà, très bien. C'est ce que je craignais.

Les autres le regardèrent en attendant une explication.

— Quoi ?

— Ce n'est pas le visage de Viktor Karoski. Ces différences de taille sont impossibles à reproduire par simple maquillage. Un professionnel de Hollywood aurait pu y parvenir avec un moule en latex, mais il aurait été visible de près. Il n'aurait jamais pu tromper les gens aussi longtemps.

— Alors ?

— Je ne vois qu'une explication. Karoski est passé entre les mains d'un chirurgien, et s'est soumis à une reconstruction faciale complète… L'homme que nous cherchons est un fantôme.

Institut Saint Matthew

Silver Spring, Maryland

Mai 1998

*Transcription de la quatorzieme seance entre
le patient 3 643 et le docteur Fowler*

Dr Fowler :	Bonjour, père Karoski, vous permettez ?
N° 3643 :	Entrez, père Fowler.
Dr Fowler :	Alors, vous avez aimé le livre que je vous ai prêté ?
N° 3643 :	Ah ! bien sûr. *Les Confessions*, de saint Augustin. Je l'ai terminé. Il m'a paru très intéressant. C'est incroyable jusqu'où peut aller l'optimisme humain.
Dr Fowler :	Je ne comprends pas.
N° 3643 :	Et pourtant, vous êtes le seul ici à pouvoir me comprendre, père Fowler. Le seul qui ne m'appelle pas par mon prénom avec une familiarité vulgaire et injustifiée qui dénigre la dignité des deux interlocuteurs.
Dr Fowler :	Vous voulez parler du père Conroy.
N° 3643 :	Ah ! cet homme. Il s'obstine à soutenir encore et encore que je suis un patient

comme un autre qui a besoin d'une cure. Mais je suis un prêtre, identique à lui, même s'il refuse de me donner ce titre et insiste pour que je l'appelle docteur.

DR FOWLER : Je croyais que ce point avait été réglé la semaine dernière, père Karoski. Il est bon que la relation avec le docteur Conroy soit exclusivement médicale. Vous avez besoin d'aide pour surmonter certaines failles de votre psyché maltraitée.

N° 3643 : Maltraitée ? Par qui ? Alors vous aussi, vous voulez tester mon amour pour ma sainte mère ? Je vous supplie de ne pas emprunter le même sentier que le père Conroy. Il a osé affirmer qu'il me ferait écouter certains enregistrements qui m'enlèveraient tout doute.

DR FOWLER : Des enregistrements ?

N° 3643 : C'est ce qu'il a dit.

DR FOWLER : Je ne crois pas que vous devriez les écouter, père Karoski. Ce ne serait pas sain pour vous. J'en parlerai au père Conroy.

N° 3643 : Comme vous voulez, mais je n'ai aucune crainte.

DR FOWLER : Ecoutez, j'aimerais profiter au maximum de cette séance, et il y a quelque chose qui m'a beaucoup intéressé dans ce que vous avez dit tout à l'heure sur l'optimisme de saint Augustin. A quoi faisiez-vous allusion ?

N° 3643 : « Et même si je suis ridicule à tes yeux, tu te tourneras vers moi, plein de miséricorde. »

DR FOWLER : Je ne vois pas ce qu'il y a de si optimiste dans cette phrase. Vous ne croyez pas en la bonté et la miséricorde divines ?

N° 3643 :	Ce Dieu de miséricorde est une invention du XXe siècle, père Fowler.
DR FOWLER :	Saint Augustin vivait au IVe siècle.
N° 3643 :	Il était horrifié par son propre passé de pécheur, et s'est mis à écrire une série de mensonges optimistes.
DR FOWLER :	Mais le pardon de Dieu est la base même de notre foi.
N° 3643 :	Pas toujours. Certains vont à la confession comme on va laver sa voiture... Pouah ! ils me dégoûtent.
DR FOWLER :	C'est ce que vous ressentez quand vous administrez la confession ? Du dégoût ?
N° 3643 :	De la répugnance. J'ai souvent vomi à l'intérieur du confessionnal du dégoût que provoquait en moi le pénitent. Les mensonges, la fornication, l'adultère, la pornographie, la violence, le vol, tous entraient dans cet habitacle étroit remplis de saletés. Lâchant tout, déversant tout sur moi... !
DR FOWLER :	Mais ils ne s'adressent pas à nous, ils parlent à Dieu. Nous ne sommes que les intermédiaires. Quand nous mettons notre étole, nous devenons le Christ.
N° 3643 :	Ils lâchent tout. Ils arrivent sales et croient repartir propres. « Bénissez-moi, mon père, parce que j'ai péché. J'ai volé dix mille dollars à mon associé. » « Bénissez-moi, mon père, parce que j'ai péché. J'ai violé ma petite sœur. » « Bénissez-moi, mon père, parce que j'ai péché. J'ai versé du liquide vaisselle dans l'assiette de mon mari pour qu'il cesse de faire usage de son droit conjugal, parce que j'en ai assez de son odeur d'oignon et de trans-

piration. » Voilà ce qu'on entend, jour après jour.

DR FOWLER : Mais la confession est quelque chose de merveilleux s'il y a un repentir et une volonté véritable d'amélioration.

N° 3643 : Ce qui ne se produit jamais. Toujours, toujours, ils me jettent leurs péchés à la figure. Ils me laissent seul face au visage impassible de Dieu. Je suis le seul qui s'interpose entre leurs iniquités et la vengeance du Très-Haut.

DR FOWLER : Vraiment, vous voyez Dieu comme un être de vengeance ?

N° 3643 : « Quand il se dresse, les flots prennent peur, et les vagues de la mer se retirent. Son cœur est dur comme le roc, résistant comme la meule de dessous. L'épée l'atteint sans le fixer. De même lance, javeline ou dard. Il regarde en face les plus hautains. Il est roi sur tous les fils de l'orgueil[1]. »

DR FOWLER : Je dois reconnaître, père Karoski, que votre connaissance de la Bible en général, et de l'Ancien Testament en particulier, est surprenante. Mais le livre de Job est obsolète face à la vérité de l'Evangile du Christ.

N° 3643 : Jésus n'est que le Fils, c'est le Père qui réalise le Jugement. Et le Père a un visage de pierre.

DR FOWLER : Je regrette que vous vous accrochiez à vos seules convictions, et que vous preniez tout de haut. La chute est forcément

---

1. Livre de Job, 41, 17. (N.d.T.)

mortelle, père Karoski. Et si vous écoutez les enregistrements de Conroy soyez certain qu'elle ne manquera pas de se produire.

HOTEL RAPHAEL

Largo Febo, 2

Jeudi 7 avril, 14 : 25

— Résidence Saint-Ambroise.

— Bonjour, j'aimerais parler au cardinal Robayra, dit une jeune femme dans un italien exécrable.

La voix à l'autre bout du fil hésita :

— De la part de qui, s'il vous plaît ?

Ce ne fut rien, à peine un changement d'octave dans le ton, mais suffisant pour alerter la journaliste.

Andrea Otero travaillait depuis quatre ans pour le journal *El Globo*. Quatre ans au cours desquels elle avait piétiné des salles de presse de quatrième ordre, interviewé des personnes de quatrième ordre et écrit des articles de quatrième ordre. Elle avait commencé à vingt-cinq ans, et obtenu ce travail par piston. Elle avait débuté à la rubrique « Culture » mais son supérieur ne l'avait pas prise au sérieux. Elle était alors passé au service « Société » mais son supérieur ne lui avait jamais fait confiance. Elle travaillait maintenant à l'international et son supérieur ne la jugeait pas à la hauteur. Mais elle n'était pas d'accord. Les notes n'étaient pas tout. Ni le CV. Il y avait aussi le bon sens, l'intuition, le flair journalistique. Si Andrea Otero avait eu réellement ne serait-ce que dix pour cent des qualités qu'elle pensait avoir, elle aurait mérité le Pulitzer. Elle ne manquait pas de confiance en elle, avec son mètre soixante-dix, ses traits angéliques, ses cheveux châtains et ses yeux bleus. Néanmoins, derrière tout cela, se cachait une femme intelligente et résolue. Ainsi, quand la journaliste qui devait couvrir la mort du pape eut un accident de voiture alors qu'elle se rendait à l'aéroport, et en sortit les deux jambes cassées, Andrea ne manqua pas de courage pour accepter la proposition de son chef de la remplacer au pied levé. Elle arriva à l'aéroport de justesse, avec son ordinateur portable pour seul équipage.

Heureusement il y avait quelques boutiques charmantes près de la piazza Navona à une trentaine de mètres de l'hôtel. Et Andrea se constitua, sur le compte du journal, une garde-robe pratique, lingerie et téléphone portable compris. C'était celui qu'elle utilisait à cet instant pour obtenir une interview avec ce cardinal qui pouvait très bien devenir le prochain pape.

— Je suis Andrea Otero du journal *El Globo*. Je devais voir le cardinal aujourd'hui. Mais son portable ne répond pas, malheureusement. Pourriez-vous me passer sa chambre ?

— Je suis désolé, mademoiselle Otero, mais cela ne va pas être possible, le cardinal n'est pas encore arrivé.

— Et quand doit-il arriver ?

— Eh bien, en fait, il ne vient pas.

— Comment ça ? Il n'est pas arrivé ou il ne vient pas ?

— Il n'est pas arrivé parce qu'il ne vient pas.

— Il a décidé de loger ailleurs ?

— Je ne crois pas. Je veux dire, je suppose, oui.

— A qui ai-je l'honneur ?

— Je dois raccrocher.

La tonalité intermittente annonçait deux choses : la communication avait été coupée et son interlocuteur était nerveux. Et mentait par-dessus le marché. Andrea en était certaine. Elle était elle-même suffisamment bonne menteuse pour détecter un mensonge lorsqu'elle en entendait un.

Il n'y avait pas de temps à perdre. Il lui fallut dix minutes seulement pour obtenir le bureau du cardinal à Buenos Aires. Il était presque dix heures du matin là-bas, une heure convenable. Elle se réjouit de la facture de téléphone qu'allait devoir payer le journal. Il lui versait un salaire de misère, mais elle allait se rattraper sur les frais.

Le téléphone sonna pendant une minute puis la communication fut coupée.

C'était bizarre. Elle réessaya. Rien. Elle composa le numéro du standard. Une femme lui répondit aussitôt :

— Archevêché, bonjour.

— Le cardinal Robayra, je vous prie, demanda-t-elle en espagnol.

— Ah ! mademoiselle, il est parti.

— Où est-il allé ?

— Assister au conclave, à Rome.

— Vous savez où je peux le joindre ?

— Non, mais je vous passe le père Serafín, son secrétaire.

— Merci.

On la fit patienter sur un air des Beatles. Comme c'était approprié ! Andréa décida de mentir un peu pour changer. Le cardinal avait de la famille en Espagne. Voyons si cela marchait.

— Allô ?

— Oui, bonjour, je voudrais parler au cardinal, je suis sa nièce Asunción, d'Espagne.

— Asunción, enchanté. Je suis le père Serafín, le secrétaire du cardinal. Mais Son Eminence ne m'a jamais parlé de vous. Vous êtes la fille d'Angustias ou de Remedios ?

Cela ressemblait à un piège. Andréa croisa les doigts. Cinquante pour cent de chances de se tromper. Andréa était experte en gaffes aussi. La liste en était longue, bien plus que ses jambes sveltes.

— Remedios.

— Bien sûr, que je suis bête. Angustias n'a pas d'enfants, je m'en souviens maintenant. Je suis désolé, le cardinal n'est pas là.

— Quand pourrais-je lui parler ?

Une pause. La voix du curé se fit prudente. Andréa l'imaginait à l'autre bout du fil, serrant le combiné et enroulant le fil autour de l'index :

— C'est à quel sujet ?

— Eh bien, je vis à Rome depuis deux ans, et il avait promis qu'il viendrait me voir lors de son prochain voyage.

La voix se fit encore plus prudente. Il parlait lentement comme s'il avait peur de se tromper :

— Il est parti à Cordoue pour régler une affaire

urgente du diocèse. Il ne pourra pas assister au conclave.

— Pourtant la standardiste m'a dit qu'il était parti pour Rome.

Le père Serafín fit une réponse rapide et évidemment fausse :

— Ah ! mais c'est une nouvelle, elle ne connaît pas encore bien le fonctionnement de l'évêché. Je suis désolé.

— Ce n'est pas grave. Vous pourrez dire à mon oncle que j'ai appelé ?

— Bien sûr. Vous n'avez qu'à me laisser votre numéro de téléphone, Asunción, je vais le noter dans l'agenda du cardinal. Au cas où nous devrions vous contacter…

— Il l'a déjà. Excusez-moi, mon mari m'appelle, au revoir.

Elle raccrocha aussitôt. Elle en était sûre maintenant, quelque chose clochait. Mais elle devait en avoir confirmation. Heureusement, l'hôtel disposait d'une connexion Internet. Elle tarda quelques minutes pour trouver les numéros de téléphone des trois principales compagnies aériennes argentines. Elle eut de la chance dès le premier coup de fil.

Elle s'efforça de prendre un accent argentin passable :

— Bonjour. Je vous appelle de la part de l'archevêché. A qui ai-je l'honneur ?

— Verona.

— Très bien, Verona, moi c'est Asunción et j'appelle pour confirmer le vol de retour du cardinal Robayra à Buenos Aires.

— A quelle date ?

— Le 19 du mois.

— Vous pouvez me donner son nom complet ?

— Emilio Robayra.

— Un instant, je vous prie.

Andréa mordilla nerveusement le stylo qu'elle avait dans la main, vérifia sa coiffure dans le miroir de la chambre, agita nerveusement les orteils.

— Alors... Le cardinal a acheté un aller simple. Mais vous pouvez prendre un retour avec dix pour cent de réduction. Vous avez son numéro de compte « fréquence voyageur » ?

— Un instant...

Andrea raccrocha en retenant son fou rire. L'hilarité céda la place à un sentiment de triomphe. Le cardinal avait bien pris l'avion pour Rome, mais il n'apparaissait nulle part. Il avait peut-être changé de logement. Dans ce cas, pourquoi lui mentait-on à la résidence et à l'archevêché ?

— Ou je suis folle ou je tiens une bonne histoire, lança-t-elle à son reflet dans le miroir.

Dans quelques jours seulement, un homme devait monter sur le trône de Pierre. Et le grand candidat de l'Eglise des pauvres, le leader du tiers-monde, l'homme qui flirtait honteusement avec la théologie de la libération[1] avait disparu.

---

1. Courant de pensée selon lequel Jésus-Christ symbolise l'humanité dans la lutte des classes et la libération de l'oppression. Courant dénoncé par l'Eglise comme une interprétation marxiste dans les années 80, bien que l'idée de défendre les plus faibles fût attrayante.

Domus Sanctae Marthae

Piazza Santa Marta, 1

Jeudi 7 avril, 16 : 14

Paola fut surprise, avant d'entrer dans l'édifice, par le nombre important de voitures qui attendaient leur tour à la station essence. Dante lui expliqua que les prix pratiqués étaient trente pour cent plus bas qu'en Italie, car le Vatican ne prenait pas de taxes. Mais il fallait disposer d'une carte spéciale pour pouvoir utiliser l'une des sept stations-service de la Cité. Même ainsi, les queues étaient interminables. Ils durent attendre plusieurs minutes, le temps pour les Gardes suisses qui surveillaient la porte d'entrée d'informer quelqu'un à l'intérieur de leur présence. Paola eut le loisir de penser aux événements de la matinée. Deux heures auparavant à peine, alors qu'ils se trouvaient encore au siège de l'UACV, elle avait pris Dante à part.

— Commissaire, je veux vous parler.

Dante avait fui son regard, mais l'avait suivie jusqu'à son bureau.

— Je sais ce que vous allez me dire, ce n'est pas la peine, j'ai compris, on est ensemble là-dedans, c'est bon ?

— Ça, je le savais. J'ai noté aussi que, comme Boi, vous m'appelez *ispettora* et non *dottora* parce que *ispettora* est un rang inférieur à commissaire. Alors écoutez, je me fous de votre petit complexe de supériorité, tant qu'il ne vient pas croiser mes compétences. Comme de votre petit numéro de tout à l'heure avec les photos.

Dante rougit.

— Je voulais juste vous informer. Il n'y a rien de personnel là-dedans.

— Vous vouliez me mettre au courant pour Fowler ? C'est fait. J'ai été assez claire ou je dois mettre les points sur les i ?

— C'était parfaitement lumineux, *ispettora*, dit-il avec un ton moqueur, tout en passant la main sur sa joue. Mes implants ont bougé. Je ne sais pas comment vous ne vous êtes pas cassé la main.

— Moi non plus, parce que vous avez la tête dure, Dante.

— Je suis un type dur à plus d'un égard.

— Je ne souhaite pas en savoir plus. J'espère que, ça aussi, c'est clair.

— C'est un « non » de femme ça, *ispettora* ?

— Comment ?

— Un « non » qui veut dire « oui ».

— Un non qui veut dire non, putain de macho.

— Du calme, inutile de s'exciter, ma chère.

Elle se maudit intérieurement. Elle était tombée dans le piège de Dante en le laissant jouer avec ses émotions. Mais c'était fini. Elle adopterait désormais un ton plus formel pour marquer clairement son mépris. Elle décida d'imiter Boi qui se tirait toujours très bien de ce genre de situation.

— Bien, maintenant que nous avons éclairci ce point, je dois vous dire que j'ai parlé avec notre collègue, le père Fowler. Il m'a expliqué ce que je voulais savoir de manière tout à fait convaincante, suffisamment pour que nous ayons confiance en lui. Je voulais vous remercier d'avoir pris la peine de réunir toutes ces informations sur le père Fowler.

Dante fut surpris par le ton glacial de Paola. Il garda le silence. Il avait perdu la partie.

— En tant que responsable de cette enquête, je dois vous demander officiellement si vous êtes prêt à nous donner tout votre appui pour arrêter Viktor Karoski.

— Evidemment, *ispettora*, répondit Dante en articulant ce mot comme s'il s'agissait d'un clou brûlant.

— Il me reste à vous demander le motif de votre retour rapide.

— J'ai appelé mes supérieurs pour me plaindre mais on ne m'a pas laissé le choix. On m'a donné l'ordre de passer au-dessus des petites rancœurs personnelles.

Cette dernière phrase inquiéta Paola. Fowler avait nié avoir un rapport avec Dante, mais ce dernier était en train d'affirmer le contraire. Elle avait déjà eu l'occasion de remarquer qu'ils semblaient se connaître, même s'ils faisaient tout pour prétendre le contraire. Elle décida de poser franchement la question à Dante :

— Vous connaissiez le père Anthony Fowler ?

— Non, dit Dante d'une voix ferme.

— Son rapport est apparu très rapidement.

— Nous sommes très organisés à la *Vigilanza*.

Paola décida d'en rester là. Alors qu'elle s'apprêtait à sortir, Dante lui lança :

— Une dernière chose, *ispettora*. Si vous ressentez de nouveau le besoin de me rappeler à l'ordre, je préfère la méthode des claques. Je déteste ce genre de formalisme.

Paola avait demandé à Dante de visiter personnellement la résidence des cardinaux. Elle se trouvait donc avec ce dernier et Fowler devant la Domus, à l'ouest de la basilique Saint-Pierre, mais toujours entre les murs du Vatican.

C'était un édifice d'apparence austère. Des lignes droites et élégantes sans moulures ni décors, ni statues. Comparée aux merveilles architecturales qui les entouraient, la Domus ressortait aussi peu qu'une balle de golf dans la neige. Une construction passe-partout qui n'attirait nullement les regards des touristes (même s'il n'y en avait pas dans cette partie d'accès restreint).

Quand l'autorisation arriva enfin, et que les Gardes suisses les laissèrent passer, Paola constata à sa grande surprise que l'intérieur était très différent. On aurait dit un hôtel très moderne avec son sol de marbre et ses boiseries. Une légère odeur de lavande flottait dans l'air. Tandis qu'ils attendaient dans le vestibule, elle regarda autour d'elle. Sur les tableaux accrochés aux murs, elle crut reconnaître le style des grands maîtres italiens et hollandais du XVIᵉ siècle. Tous semblaient être des originaux.

Fowler remarqua sa stupéfaction.

— Cela fait un effet incroyable, n'est-ce pas ? dit-il.

Elle se souvint alors qu'il avait résidé à la Domus dans des circonstances peu agréables.

— C'est très différent du reste des bâtiments du Vatican, du moins ceux que je connais. Le contraste entre l'ancien et le moderne est choquant.

— Vous connaissez l'histoire de cette résidence, *dottora* ? Comme vous le savez, en 1978 il y eut deux conclaves successifs séparés par quelques mois à peine.

— J'étais toute jeune, mais j'ai quelques images de ces jours-là, répondit Paola.

Un *gelato* sur la place Saint-Pierre. Au citron pour maman et papa, au chocolat et à la fraise pour Paola. Les pèlerins chantent, il y a de la joie dans l'air. La main de papa forte et rugueuse. J'aime la prendre et marcher alors que le soir tombe. On regarde la cheminée d'où sort une fumée blanche. Papa me hisse sur ses épaules, et rit, et j'adore son rire. Ma glace tombe, je pleure, mais papa rit de plus belle et promet de m'en acheter une autre. « On la mangera à la santé de l'évêque de Rome », me dit-il.

— On dut élire en très peu de temps deux papes, car le successeur de Paul VI, Jean-Paul Iᵉʳ, mourut subitement trente-trois jours après son élection. A cette époque, les cardinaux résidaient dans les petites chambres autour de la chapelle Sixtine. Sans confort, et sans air conditionné. Avec l'été romain comme convive, certains cardinaux vécurent un véritable enfer. On dut même hospitaliser l'un d'eux en urgence. Après son élection, Wojtyla se jura qu'il laisserait le terrain prêt pour qu'après sa mort, rien de tout cela ne se reproduise. Et voilà le résultat. *Dottora*, vous m'écoutez ?

Paola sortit de sa rêverie avec une expression coupable.

— Je regrette, j'étais perdue dans mes souvenirs.

A cet instant, Dante revint. Il était parti chercher le responsable de la Domus. Paola nota qu'il fuyait le père Fowler, pour éviter une confrontation, sup-posa-t-elle. Tous deux se parlaient sur un ton faus-sement normal, mais elle avait de sérieux doutes sur ce que Fowler lui avait dit quand il avait suggéré que leur rivalité se limitait à la jalousie de Dante. Pour le moment, et bien que l'équilibre de leur trio ne tînt qu'à un fil, le mieux était de s'unir à la farce, et d'ignorer le problème. Choses qu'elle n'avait jamais très bien réussies.

Dante venait accompagné d'une religieuse de petite taille, toute souriante et transpirante dans son habit noir. Elle se présenta comme sœur Helena Tobina, d'origine polonaise. Directrice du centre, elle leur fit un résumé rapide des travaux de restau-ration qui avaient eu lieu en plusieurs tranches, la dernière s'étant terminée en 2003. Puis ils emprun-tèrent un ample escalier aux marches brillantes.

L'édifice était constitué de plusieurs étages aux larges couloirs et épaisses moquettes. Les chambres étaient distribuées de chaque côté.

— Nous avons cent six suites et vingt-deux chambres simples, se vanta la religieuse en arrivant au premier étage. Tout le mobilier date des siècles passés, il s'agit souvent de meubles de valeur donnés par des familles italiennes et allemandes.

Elle ouvrit la porte d'une des chambres. La pièce devait faire environ vingt mètres carrés. Le parquet était recouvert d'un beau tapis. Le lit de bois avait un dosseret travaillé. Armoire, bureau et salle de bains complétaient la chambre.

— C'est ici que doit loger l'un des six cardinaux qui n'est pas encore arrivé. Tous les autres sont là, et occupent leur chambre.

Paola se dit que, parmi ces six-là, deux n'auraient jamais la chance de profiter de ce luxe.

— Vous garantissez la sécurité des cardinaux ici, sœur Helena ? dit-elle avec précaution.

Elle ne savait pas jusqu'à quel point la responsable était au fait des dangers que couraient les cardinaux.

— Absolument. Il n'y a qu'un seul accès à l'édifice, et il est surveillé en permanence par deux Gardes suisses. On a donné l'ordre de retirer tous les téléphones et postes de télévision des chambres.

Paola la regarda, interloquée.

— Les cardinaux n'ont pas le droit de communiquer pendant le conclave. Pas de téléphone, pas de journaux, de radio ou Internet. Rien. Aucun contact avec l'extérieur sous peine d'excommunication, lui expliqua Fowler. Ce sont les ordres de Jean-Paul II avant de mourir.

— Mais ce ne sera pas facile de les isoler complètement, n'est-ce pas, Dante ?

Ce dernier bomba le torse. Il adorait se vanter des prouesses de son organisation comme s'il en était lui-même l'auteur.

— Nous comptons sur le dernier cri technologique en matière d'inhibiteurs de signaux.

— Je ne suis pas familière avec le jargon des espions, expliquez-vous.

— Nous disposons d'un équipement électronique qui crée deux champs magnétiques. Un ici et l'autre à la chapelle Sixtine. En gros, ils agissent comme deux parapluies invisibles. Et empêchent le fonctionnement de tout dispositif nécessitant un contact avec l'extérieur. Un microphone directionnel ne peut pas le traverser non plus, ni aucun appareil espion. Vérifiez votre portable.

Paola lui obéit, effectivement l'appel ne passait pas. Ils sortirent dans le couloir. Toujours rien.

— Et pour les repas ?

— On les prépare sur place. Dans nos propres cuisines, répondit sœur Helena avec orgueil. Le personnel comprend dix religieuses qui s'occupent des différents services de la Domus. Le jour. Le soir, il ne reste que le personnel de la réception au cas où il y aurait une urgence. Personne n'est autorisé à demeurer à l'intérieur de la Domus, à part les cardinaux.

Paola ouvrit la bouche pour poser une question mais on entendit soudain un cri horrible à l'étage au-dessus.

DOMUS SANCTAE MARTHAE

Piazza Santa Marta, 1

Jeudi 7 avril, 16 : 31

Gagner sa confiance pour entrer dans sa chambre avait été facile. Maintenant, le cardinal avait le temps de regretter son erreur. Et ses regrets s'écrivaient en lettres de douleur. Karoski fit une nouvelle entaille au couteau sur sa poitrine nue.

— Allons, Eminence, c'est bientôt fini.

La victime se débattait avec des mouvements de plus en plus faibles. Le sang qui coulait sur les draps et le tapis emportait ses forces. Mais il ne perdit jamais conscience. Il sentit tous les coups et toutes les incisions.

Karoski termina son œuvre avec l'orgueil d'un artisan fier du travail accompli. Il contempla ce qu'il avait écrit. Il prit l'appareil photo d'une main ferme et captura l'instant. Il lui fallait garder un souvenir. Il n'avait pu utiliser sa caméra, mais l'appareil jetable au fonctionnement purement mécanique remplissait parfaitement sa fonction. Il se moqua de sa victime.

— Un petit sourire, Eminence. Ah ! oui, c'est vrai, vous ne pouvez pas. Je vais vous enlever le bâillon, puisque j'ai besoin de votre « don des langues ».

Il rit tout seul à sa blague macabre. Il posa l'appareil et montra au cardinal le couteau tout en tirant sa propre langue d'un geste moqueur. Ce fut sa première erreur. Il commença à retirer le bâillon. Le cardinal était terrorisé, mais moins exsangue que les autres victimes. Il rassembla ses dernières forces et poussa un hurlement épouvantable qui résonna dans tous les couloirs de la Domus.

Domus Sanctae Marthae

Piazza Santa Marta, 1

Jeudi 7 avril, 16 : 31

En entendant ce cri, Paola réagit immédiatement. Elle fit signe à la religieuse de ne pas bouger et monta les marches quatre à quatre tout en dégainant son arme. Fowler et Dante la suivaient de près. En arrivant à l'étage supérieur, il s'arrêtèrent, déconcertés. Le couloir était rempli de portes.

— Laquelle ? cria Fowler.

— Merde, je n'en sais rien. Restez ensemble. C'est peut-être lui et ce salaud est dangereux.

Paola choisit une porte à gauche, du côté opposé à l'ascenseur. Elle crut entendre un bruit dans la chambre 56. Elle colla l'oreille à la porte, mais Dante lui fit signe de s'écarter. Il appela Fowler et tous deux enfoncèrent la porte. Ils entrèrent d'un coup, Dante avec l'arme au poing, Paola protégeant les côtés. Fowler était resté sur le seuil.

Un cardinal était allongé sur son lit. Très pâle, et mort de peur, mais indemne. Il les regarda, terrorisé, en levant les mains :

— Ne me faites pas mal.

Dante baissa son arme.

— C'était où ?

— A côté, je crois.

Ils se ruèrent aussitôt dans le couloir. Paola se mit sur un côté de la chambre 57, Dante et Fowler à leurs places respectives. La première fois, leurs épaules en prirent un bon coup, mais la porte ne céda pas. La deuxième, elle céda.

Là encore, ils trouvèrent un cardinal très pâle aussi mais mort, cette fois. Il était seul. Dante se précipita dans la salle de bains. Il secoua la tête. Un autre cri.

— Au secours ! A l'aide !

Ils sortirent en trombe de la chambre. Au fond du couloir près de l'ascenseur, un cardinal gisait à terre, les vêtements soulevés. Ils se précipitèrent vers lui. Paola arriva la première et s'agenouilla à ses côtés, mais le cardinal se relevait déjà.

— Cardinal Shaw ! s'exclama Fowler en reconnaissant son compatriote.

— Je n'ai rien, je n'ai rien. Il est parti par là, dit-il en indiquant une porte métallique.

— Restez avec lui, père Fowler.

— Ne vous inquiétez pas, je vais bien. Attrapez ce prêtre imposteur, dit le cardinal Shaw.

— Retournez dans votre chambre et fermez à clé, lui cria Fowler.

Ils ouvrirent la porte et empruntèrent l'escalier de service. Mal éclairé, il sentait l'humidité. La peinture s'écaillait sur les murs.

« Un endroit parfait pour une embuscade, se dit Paola. Karoski a encore l'arme de Pontiero. Il pourrait nous attendre dans n'importe quel recoin, et tuer deux d'entre nous avant que nous ne nous puissions réagir. »

Ils descendirent jusqu'à la cave située à un niveau au-dessous de la rue. Là, la porte était fermée par un lourd cadenas.

— Il n'a pas pu s'échapper par cette issue.

Ils rebroussèrent chemin et entendirent des bruits à l'étage. Ils ouvrirent une porte et débarquèrent de plain-pied dans les cuisines. Dante passa le premier, la main sur la gâchette et le canon pointé devant lui. Trois religieuses interrompirent leur activité et les regardèrent, les yeux écarquillés.

— Vous avez vu quelqu'un passer par là ? cria Paola.

Elles ne répondirent pas. Elles les fixaient avec un air bovin. L'une d'elles continua à éplucher ses haricots.

— Quelqu'un est-il passé par là, un prêtre ? répéta Paola.

Elles haussèrent les épaules. Fowler posa une main sur son bras.

— Laissez. Elles ne parlent pas italien.

Dante alla au fond de la cuisine et trouva une autre porte métallique de deux mètres de largeur. Elle avait un aspect solide. Il essaya en vain de l'ouvrir. Il désigna la porte à une religieuse en sortant sa carte du Vatican. Elle s'approcha de lui, et introduisit une clé dans une serrure dissimulée au mur. Devant eux apparut le palais Saint-Charles.

— Merde ! La responsable avait dit qu'il n'y avait qu'un seul accès.

— Eh bien, vous voyez, finalement, il y en a deux, dit Dante.

Ils remontèrent les marches en courant jusqu'au dernier étage. Là, un escalier menait au grenier. Mais la porte était fermée à double tour.

— Il n'a pas pu s'échapper par là non plus.

Epuisés, ils s'assirent par terre dans l'escalier étroit et poussiéreux en reprenant leur souffle.

— Il a dû se cacher dans une des chambres, dit Fowler.

— Je ne crois pas. Il s'est certainement enfui, répliqua Dante.

— Mais par où ?

— Par la cuisine en profitant d'un moment d'inattention des religieuses. Il n'y a pas d'autre explication. Toutes les issues ont des cadenas ou sont protégées. Par les fenêtres, c'est impossible, trop de risques, les agents de la *Vigilanza* patrouillent le secteur et on est en plein jour, bon sang !

Paola était furieuse. Si elle n'avait pas été aussi fatiguée après toutes ces montées et ces descentes, elle aurait lancé des coups de pied dans le mur.

— Dante, demandez de l'aide. Qu'on ferme la place par un cordon.

Il secoua la tête, désespéré. Des gouttes de sueur tombaient sur son blouson de cuir ; se cheveux étaient trempés.

— Comment voulez-vous que j'appelle, ma jolie ? Rien ne passe dans ce putain d'édifice. Pas de caméras dans les couloirs, pas de téléphones, pas de talkies-walkies. Rien de plus compliqué qu'une simple ampoule. A moins d'envoyer un pigeon…

— Cela ne sert à rien, c'est trop tard de toute façon. Au Vatican, un curé n'attire pas l'attention, Dicanti, lui rappela Fowler.

— Vous pouvez m'expliquer alors comment il est sorti de cette putain de chambre ? On est au troisième étage, les fenêtres sont fermées, et nous avons dû enfoncer la porte. Tous les accès sont bloqués ou surveillés, dit Paola en donnant des coups de poing rageurs sur la porte de la terrasse dans un nuage de poussière.

— Nous étions si près…, regretta Dante.

— Merde ! Merde et merde, on le tenait !

Mais comme le constata amèrement Fowler, et ses paroles résonnèrent dans les oreilles de Paola comme une pelle frottant une pierre :

— La seule chose que nous tenons maintenant, c'est une nouvelle victime, *dottora*.

Domus Sanctae Marthae

Piazza Santa Marta, 1

Jeudi 7 avril, 17 : 15

— Il faut agir avec discrétion, recommanda Dante.

Paola était livide de rage. Si elle avait eu Cirin devant elle à cet instant, elle n'aurait pu se contenir. C'était la troisième fois qu'elle avait envie de voler dans les plumes de ce salaud et de voir s'il gardait encore son attitude calme et sa voix neutre.

Après s'être heurtés à l'obstacle de la terrasse, ils étaient redescendus, tête basse. Dante dut se rendre de l'autre côté de la place pour pouvoir enfin utiliser son téléphone portable. Il appela Cirin et demanda des renforts ainsi que des techniciens afin d'examiner le lieu du crime. Ce dernier lui répondit que seule pouvait venir une équipe de l'UACV habillée en civil. Les instruments devaient être placés dans une valise ordinaire.

— Nous ne pouvons permettre que cette affaire s'ébruite, vous comprenez, Dicanti ?

— Non je ne comprends pas. Nous devons arrêter un assassin ! Il faut vider le bâtiment, vérifier comment il est entré, rassembler des indices...

Dante la regarda comme si elle était devenue folle. Fowler secouait la tête sans vouloir s'immiscer entre eux. Paola savait qu'elle perdait tout contrôle, et laissait ce cas la déborder, empoisonner ses capacités de raisonnement. Consciente de la sensibilité de son caractère, elle essayait toujours de se montrer très rationnelle. Quand elle avait une chose en tête, sa mission devenait une obsession. Elle se dit soudain que cette colère qui obscurcissait son esprit agissait comme une goutte d'acide qui tomberait à intervalles réguliers sur un morceau de viande crue.

Ils se trouvaient dans le couloir du troisième étage. La chambre 56 était vide à présent. Son occupant, le cardinal belge Petfried Haneels, âgé de soixante-treize ans, avait été bouleversé par ce qui s'était passé. Le médecin de la résidence l'examinait au même moment à l'étage supérieur où il serait désormais logé.

— Par chance, la majeure partie des cardinaux se trouvaient réunis dans la chapelle pour la méditation de l'après-midi. Cinq d'entre eux seulement avaient entendu les cris. On leur avait expliqué qu'un perturbateur était entré qui hurlait dans les couloirs.

— Et c'est tout ? C'est ça votre contrôle des dommages ? demanda Paola, furieuse. Faire en sorte que les cardinaux eux-mêmes ne se doutent pas qu'un des leurs a été tué ?

— C'est facile, on dira qu'il se trouvait mal et qu'on l'a emmené à l'hôpital Gemelli avec une gastro-entérite.

— Et voilà, c'est si simple, tout est résolu, se moqua-t-elle.

— Il y a autre chose encore, vous ne devez parler avec aucun des cardinaux sans mon autorisation, et la scène du crime doit être limitée à la chambre.

— Ce n'est pas possible, vous n'êtes pas sérieux. On doit chercher des empreintes sur toutes les portes, tous les couloirs.

— Vous préférez qu'une collection de voitures patrouille devant la maison ! Que des milliers de flashes et des hordes de photographes entrent ici ! C'est sûr que crier la nouvelle aux quatre vents est le moyen le plus utile pour prendre ce dégénéré ! ricana Dante. Mais vous voulez peut-être agiter devant les caméras votre titre de Quantico ! Puisque vous êtes si bonne, vous n'avez qu'à le démontrer.

Paola ne céda pas à la provocation. Dante soutenait la thèse de l'occultation. Elle devait choisir : ou elle perdait du temps contre ce mur de granit ou elle cédait, et se dépêchait de profiter au maximum des maigres moyens dont elle disposait.

— Appelez Cirin. Dites à Boi d'envoyer son meilleur technicien, et que ses hommes surveillent l'apparition d'un frère carme au Vatican.

Fowler toussa pour attirer l'attention de Paola. Il la prit à l'écart. Il lui parla à voix basse. Elle ne put réprimer un frisson et se réjouit de porter une veste pour dissimuler sa chair de poule. Elle se souvenait encore de leur dernier contact quand elle s'était lancée comme une démente dans la foule, et qu'il l'avait retenue, ancrée à la réalité. Elle aurait aimé sentir de nouveau ses bras autour d'elle, mais ce désir était déplacé étant donné les circonstances. Les choses étaient déjà assez compliquées comme ça.

— Ces ordres ont certainement déjà été dictés et sont en cours d'exécution, *dottora*. Oubliez toutes les procédures policières habituelles. Au Vatican, elles ne vous serviront à rien. Nous devons nous résigner à jouer avec les cartes que le destin nous a données, aussi mauvaises soient-elles. Dans cette situation, ce proverbe de mon pays s'applique parfaitement : « Au pays des aveugles, le borgne est roi[1]. »

Paola comprit immédiatement ce qu'il voulait dire.

— C'est vrai, je reconnais que, cette fois, nous avons au moins un témoin.

Fowler baissa encore la voix.

— Parlez avec Dante. Montrez-vous diplomate pour une fois. Qu'il nous laisse la voie libre au moins jusqu'à Shaw. Grâce à lui nous obtiendrons peut-être une description fiable.

— Mais sans dessinateur légiste…

— On verra plus tard, *dottora*. Si le cardinal l'a vu, nous aurons de quoi faire un portrait-robot. Le plus important pour l'instant, c'est de recueillir son témoignage.

---

1. *One-eyed Pete is the marshall of Blindville* est le proverbe auquel se réfère le père Fowler.

— Ce nom me dit quelque chose. Ce Shaw, c'est lui qui apparaît dans le dossier de Karoski ?

— Lui-même. Un homme dur et intelligent. J'espère qu'il pourra nous aider. Ne mentionnez pas le nom de notre suspect. On va voir s'il l'a reconnu.

Paola acquiesça et retourna voir Dante.

— Alors, les tourtereaux, c'est fini les messes basses ?

Elle décida d'ignorer son commentaire ironique.

— Le père Fowler m'a conseillé le calme et je crois que je vais l'écouter.

Dante la regarda du coin de l'œil, surpris par ce changement d'attitude. Décidément, cette femme était bien étrange.

— C'est très sage de votre part, *ispettora*.

— *Noi abbiamo dato nella croce*[1], n'est-ce pas, Dante ?

— C'est une façon de voir les choses. Une autre consisterait à considérer que vous êtes invitée dans un pays qui n'est pas le vôtre. Ce matin, on travaillait à votre façon, *ispettora*, maintenant, on suit la nôtre, il n'y a rien de personnel là-dedans.

Paola prit une profonde inspiration.

— Très bien, Dante. Je dois parler avec le cardinal Shaw.

— Il se trouve dans sa chambre et se remet de ses émotions. Refusé.

---

1. Dicanti cite *Don Quichotte* en italien : « Nous avons affaire à l'Eglise. »

— S'il vous plaît, pour une fois, une seule, faites ce qu'il faut. C'est notre seule chance d'attraper Karoski.

Le policier tourna le cou en faisant craquer ses os. D'abord à gauche puis à droite. Il était clair qu'il réfléchissait à la question.

— D'accord, à une seule condition.

— Laquelle ?

— Que vous disiez le mot magique.

— Allez vous faire foutre.

Paola se retourna pour se trouver face au regard réprobateur de Fowler qui écoutait leur conversation à une certaine distance. Elle se tourna de nouveau vers Dante.

— S'il vous plaît.

— S'il vous plaît, qui, *ispettora* ?

Le salaud s'amusait à l'humilier. Mais elle était coincée.

— S'il vous plaît, commissaire Dante, je sollicite votre permission pour parler avec le cardinal Shaw.

Dante sourit ouvertement. Il se régalait franchement. Soudain, il reprit son sérieux.

— Cinq minutes, cinq questions, c'est tout. Moi aussi, je prends des risques, Dicanti.

Deux membres de la *Vigilanza*, tous deux en complets et cravates noires, sortirent de l'ascenseur et se placèrent des deux côtés de la chambre 56. A l'intérieur, gisait le cadavre de la dernière victime de Karoski. Ils garderaient l'entrée jusqu'à l'arrivée du technicien de l'UACV. Paola décida de profiter de ce temps d'attente pour interroger le témoin.

— Quel est le numéro de la chambre de Shaw ?

Elle se trouvait au même étage. Dante les conduisit jusqu'au numéro 42, la dernière avant la porte ouvrant sur l'escalier de service. Dante frappa délicatement à la porte.

Sœur Helena leur ouvrit. Elle avait perdu son sourire. En les voyant, elle eut une expression soulagée.

— Ah ! heureusement que vous êtes tous sains et saufs. Je sais que vous avez poursuivi ce salaud dans les escaliers. Vous avez pu l'attraper ?

— Malheureusement, non, ma sœur, lui répondit Paola, nous pensons qu'il s'est enfui par la cuisine.

— Ah ! par l'entrée des livraisons, sainte Vierge, quel désastre !

— Ma sœur, vous nous aviez bien dit qu'il y avait un seul accès ?

— Oui, un seul, la porte principale. Mais ça, ce n'est pas un accès, c'est une porte cochère. Elle est épaisse et il faut une clé spéciale.

Paola commençait à comprendre qu'elles ne parlaient pas tout à fait la même langue. La religieuse avait un usage précis des substantifs.

— Le… Je veux dire, l'assaillant a pu entrer par là, ma sœur ?

La religieuse secoua la tête.

— Je suis seule à posséder la clé avec la sœur économe, et elle parle seulement le polonais comme bon nombre de religieuses qui travaillent ici.

Paola douta que cette sœur était celle qui avait ouvert la porte à Dante dans la cuisine. Seulement deux clés. Le mystère s'épaississait.

— Nous aimerions voir le cardinal.

— Impossible, il est... Comment dit-on ? *zdene-rwowany*. En état de choc.

— Juste un instant, dit Dante.

La religieuse prit un air sévère :

— *Zaden*. Non.

On aurait dit qu'elle préférait utiliser sa langue natale pour marquer son refus. Elle allait fermer la porte quand Fowler avança son pied dans le cadre pour empêcher qu'elle ne se bloque complètement. Il lui dit en articulant distinctement :

— *Sprawia przyjemno potrzebujemy eby widzie kardynalny Shaw, siostra Helena.*

La religieuse écarquilla les yeux :

— *Wasz jçzyk polski nie jest dobry*[1].

— Je sais, je devrais visiter plus souvent votre beau pays. Mais je n'y suis pas retourné depuis l'époque de Solidarnosc[2].

Elle secoua la tête, mais il était évident que le prêtre avait gagné sa confiance. A contrecœur, elle ouvrit la porte en s'écartant légèrement.

— Depuis quand parlez-vous polonais ? lui demanda Paola à voix basse.

— Je n'ai que quelques notions, voyager ouvre l'esprit, vous savez.

---

1. Le père Fowler lui demande la permission d'aller voir le cardinal Shaw, et la religieuse lui répond que son polonais est un peu rouillé.

2. Nom du syndicat polonais créé en 1980 par Lech Walesa, prix Nobel de la paix. La relation entre Walesa et Jean-Paul II fut toujours étroite et on pense que le financement de la création du syndicat provient en partie des caisses du Vatican.

Paola s'accorda un instant pour le regarder, un peu étonnée, puis elle concentra toute son attention sur l'homme allongé sur son lit. La chambre était plongée dans la pénombre car les volets étaient presque complètement fermés. Le cardinal avait un mouchoir ou une serviette mouillée sur le front, on ne voyait pas bien. Quand ils s'approchèrent du pied du lit, il se leva sur un coude en poussant un grand soupir, et la serviette glissa sur le drap. C'était un homme aux traits fermes, à la constitution assez épaisse. Ses cheveux tout blancs était ramassés sur son front.

— Excusez-moi, je…

Dante se pencha pour baiser l'anneau du cardinal, mais ce dernier l'arrêta :

— Non, je vous en prie, pas maintenant.

L'inspecteur fit un pas en arrière, un peu surpris. Il dut s'éclaircir la voix avant de prendre la parole :

— Cardinal, nous sommes désolés de vous déranger mais nous devons vous poser quelques questions. Vous vous sentez assez bien pour nous répondre ?

— Bien sûr, mes enfants, je ne faisais que me reposer quelques instants. Cela a été terrible d'être attaqué dans ce lieu saint. Mais j'ai un rendez-vous pour régler quelques affaires. Soyez brefs, je vous prie.

Dante regarda la religieuse puis Shaw. Ce dernier comprit. Sans témoins.

— Sœur Helena, s'il vous plaît, veuillez prévenir le cardinal Pauljic que je serai légèrement en retard, si cela ne vous ennuie pas.

La religieuse quitta la pièce en grommelant des malédictions fort mal assorties à son habit.

— Pouvez-vous nous raconter ce qui s'est passé ? demanda Dante.

— J'étais monté dans ma chambre pour prendre mon bréviaire quand j'ai entendu un cri terrible. Je suis resté paralysé quelques secondes, je suppose, en me disant que j'avais sans doute imaginé tout ça. J'ai cru entendre des bruits de pas pressés dans l'escalier et un crissement. Alors je suis sorti dans le couloir voir ce qui se passait. J'ai aperçu un frère carme caché dans un coin. Je l'ai regardé. Il s'est tourné et m'a regardé, lui aussi. Il y avait tant de haine dans ses yeux, sainte mère de Dieu ! Alors, le moine a foncé sur moi. Je suis tombé par terre et j'ai crié. Le reste, vous le savez.

— Vous avez pu voir son visage ? demanda Paola.

— Il était presque entièrement caché par une barbe épaisse. Je ne me souviens pas de grand-chose.

— Vous pourriez nous le décrire ?

— Je ne crois pas. Je ne l'ai aperçu qu'une seconde et ma vue n'est plus ce qu'elle était. Mais je me souviens qu'il avait des cheveux gris-blanc. J'ai su tout de suite que ce n'était pas un moine.

— Comment l'avez-vous déduit, Eminence ? demanda Fowler.

— A sa façon d'agir, bien sûr. Là, collé à la porte de l'ascenseur, il ne ressemblait pas du tout à un serviteur de Dieu, je vous assure.

La sœur revint à cet instant et toussa nerveusement.

— Eminence, le cardinal Pauljic dit que la commission chargée de préparer les messes de neuvaines vous attend. Je vous ai préparé la salle de réunion du premier étage.

— Merci, ma sœur, allez-y la première avec Anton car je dois prendre encore certaines choses. Je vous rejoins dans cinq minutes.

Dante comprit que l'entrevue était terminée.

— Merci, Eminence. Nous allons vous laisser maintenant.

— Vous ne savez pas comme je le regrette. Ces messes doivent avoir lieu dans toutes les églises de Rome et du monde, pour l'âme de notre Saint-Père. C'est un travail difficile, et je ne dois pas me laisser retarder pour une simple bousculade.

Paola s'apprêtait à dire quelque chose, mais Fowler serra discrètement son coude et elle se tut. Alors qu'ils étaient sur le point de quitter la chambre, le cardinal leur fit une question des plus compromettantes.

— Cet homme a-t-il quelque chose à voir avec les disparitions ?

Dante se tourna très lentement et répondit sur un ton suave :

— Pas du tout, Eminence, il s'agissait seulement d'un provocateur. Un de ces jeunes antiglobalisation. Ils ont l'habitude de se déguiser pour attirer l'attention, vous savez.

Le cardinal se redressa encore et s'adressa à la religieuse :

— Une rumeur circule selon laquelle certains de mes frères cardinaux et, parmi eux, deux des plus prééminents, n'assisteront pas au conclave. J'espère que tous les deux vont bien.

— Où avez-vous entendu cela, Eminence ?

Paola, surprise, n'avait jamais écouté Dante parler d'une voix aussi suave, douce et humble que celle qu'il avait prise à cet instant.

— Ah ! mes enfants, à mon âge on oublie tant de choses, quelqu'un a dû en parler à table, entre le dessert et le café. Mais je peux vous assurer que je ne suis pas le seul au courant.

— Il s'agit d'une rumeur sans fondement. Si vous voulez bien nous excuser, maintenant, nous devons nous occuper de trouver le perturbateur.

— J'espère que vous l'arrêterez rapidement, cela fait trop de désordre au Vatican. C'est peut-être le signe qu'il faut changer notre politique de sécurité.

La menace voilée de Shaw proférée d'un ton aussi mielleux que les paroles de Dante ne passa pas inaperçue. Paola sentit son sang se glacer dans les veines, et pourtant elle détestait tous les membres de la *Vigilanza* qu'elle avait eu l'occasion de rencontrer.

Sœur Helena quitta la chambre en même temps qu'eux et les suivit dans le couloir. Dans l'escalier, l'attendait un cardinal corpulent, sûrement Pauljic, avec lequel la sœur s'éloigna.

Paola se tourna aussitôt vers Dante avec une moue amère :

— On dirait que votre contrôle des dégâts ne marche pas aussi bien que prévu.

— Je vous jure que je ne comprends pas. Espérons au moins qu'ils ne connaissent pas la véritable raison. Mais ce n'est pas possible. Et à l'allure où vont les choses, même Shaw pourrait être notre prochain pape.

— En tout cas, les cardinaux savent que des choses bizarres se sont produites, dit Paola. Sincèrement, j'aimerais que cette maudite affaire leur explose à la figure pour que nous puissions travailler dans des conditions normales.

Dante allait répliquer, fâché, quand quelqu'un apparut sur les marches de l'escalier de marbre. Carlo Boi avait décidé d'envoyer le meilleur et le plus discret technicien de la UACV, c'est-à-dire lui-même.

— Bonjour à tous.

— Bonjour, directeur, répondit Paola.

L'heure d'affronter la nouvelle mise en scène macabre de Karoski avait sonné.

ACADEMIE DU FBI

Quantico, Virginie

22 août 1999

— *Entrez, entrez. Je suppose que vous savez qui je suis, n'est-ce pas ?*

Pour Paola, se trouver face à Robert Weber, c'était comme si Ramsès II invitait un égyptologue à prendre un café. Elle entra dans la salle de réunion où le fameux criminologue décernait leur diplôme aux quatre étudiants qui avaient suivi le cursus. Il avait pris sa retraite depuis dix ans, mais ses analyses rigoureuses inspiraient encore un immense respect dans les couloirs du FBI. Cet homme avait révolutionné les enquêtes criminelles en créant une nouvelle méthode pour identifier le coupable : le profil psychologique. Lorsque le FBI avait ouvert un cours réservé à une élite pour former de nouveaux spécialistes dans le monde entier, on lui avait demandé de décerner les diplômes. Les élèves rêvaient de ce moment où ils pourraient enfin rencontrer cet homme qu'ils admiraient tant.

— Bien sûr que je vous connais, monsieur. Je dois vous dire...

— Oui, je sais, c'est un honneur, etc., etc. Si on m'avait donné un dollar chaque fois que j'ai entendu cette phrase, je serais un homme riche aujourd'hui.

L'homme avait le nez plongé dans un épais dossier. Paola glissa une main dans la poche de son pantalon, et en sortit un papier froissé qu'elle lui remit.

— C'est un honneur de vous rencontrer, monsieur.

Weber regarda le bout de papier et éclata de rire. C'était un billet d'un dollar. Il tendit la main, le prit et le rangea dans la poche de sa veste après l'avoir lissé.

— Ne froissez pas les billets, Dicanti. Ils appartiennent au Trésor des Etats-Unis d'Amérique, dit-il en souriant, ravi de la riposte de la jeune fille.

— Je ne l'oublierai pas, monsieur.

Weber afficha alors une expression plus dure. L'heure de vérité avait sonné. Ses mots résonnèrent comme des coups de massue :

— Vous êtes faible, Dicanti. Vous frôlez les notes minimales dans les épreuves physiques, et au tir. Et vous manquez de caractère. Vous vous effondrez tout de suite. Vous vous bloquez trop facilement devant l'adversité.

Paola l'écouta, estomaquée. Qu'une légende vivante vous critique est déjà un moment difficile à passer, mais c'était encore pire quand, dans sa voix trépidante, on ne décelait aucune trace de sympathie.

— Vous ne raisonnez pas, Dicanti. Vous êtes douée, mais vous devez sortir ce que vous avez à l'intérieur. Inventez, Dicanti. Cessez de suivre les manuels au pied de la lettre. Improvisez, et vous verrez. Soyez plus diplomate. Tenez, voici votre relevé de notes finales. Vous le lirez plus tard.

Paola prit l'enveloppe que lui tendait Weber d'une main tremblante et ouvrit la porte, heureuse de pouvoir sortir de là.

— Une dernière chose, Dicanti. Quel est le véritable motif d'un tueur en série ?

— Son envie de tuer, insatiable.

Le profileur fit la moue.

— Vous n'êtes pas loin, mais vous n'y êtes pas encore. Vous pensez de nouveau avec vos livres. Est-ce que vous comprenez cette envie de tuer ?

— Non, monsieur.

— Parfois, il faut oublier les traités de psychiatrie. Le véritable motif, c'est le corps. Analysez son œuvre, et vous connaîtrez l'artiste. Que ce soit votre première pensée quand vous entrerez sur le lieu d'un crime.

Dicanti courut jusqu'à sa chambre et s'enferma dans la salle de bains. Quand elle eut retrouvé son calme, elle ouvrit l'enveloppe. Elle mit un bon moment à comprendre ce qu'elle lisait.

Elle avait obtenu les meilleures notes dans toutes les matières, et avait reçu une leçon profitable : les apparences sont trompeuses.

Domus Sanctae Marthae

Piazza Santa Marta, 1

Jeudi 7 avril, 17 : 49

L'assassin s'était échappé de cette chambre à peine une heure auparavant. Paola sentait encore sa présence, comme on respire une fumée pénétrante et invisible. Elle se montrait toujours très froide et rationnelle sur les meurtres en série, et cela semblait facile quand elle donnait son avis à l'abri dans son bureau calfeutré.

C'était une tout autre affaire quand il s'agissait de pénétrer sur le lieu du crime en faisant attention à ne pas mettre les pieds dans une flaque de sang. Pour ne pas contaminer la scène du crime, bien sûr mais aussi parce que les taches de sang abîmaient les chaussures de manière irrémédiable.

Et votre âme aussi.

Cela faisait presque trois ans que Boi n'avait pas procédé personnellement à une analyse scientifique de ce genre. Paola le soupçonnait d'être parvenu à cet étrange compromis pour gagner des points vis-à-vis des autorités du Vatican. On ne pouvait en tout cas le soupçonner de vouloir se faire bien voir de ses supérieurs italiens puisque cette maudite affaire devait rester secrète.

Il était entré le premier, suivi de Paola. Les autres attendaient dans le couloir, en regardant devant eux, gênés. Elle entendit Dante et Fowler échanger quelques mots. Elle aurait même pu jurer avoir saisi quelques insultes, mais elle fit un effort pour concentrer toute son attention sur ce qui se trouvait dans la chambre et non à l'extérieur.

Elle resta près de la porte pour laisser Boi opérer librement. Il prit d'abord des photos de la chambre, puis du cadavre sous tous les angles, sans oublier le moindre détail susceptible de servir à l'enquêteur. En définitive, plus de soixante éclats de flash illumi-nèrent la scène de tons irréels blanchâtres et intermittents.

Paola essaya de faire abstraction du bruit et de la lumière pour se concentrer. Elle prit une profonde inspiration, tenta d'ignorer l'odeur du sang, et le goût métallique qu'il laissait dans la gorge. Elle ferma les yeux, et compta de cent à zéro très lente-ment en s'efforçant de suivre les battements de son cœur. Le galop à cent n'était plus qu'un trot à trente, puis un tambour précis à zéro.

Elle ouvrit les yeux.

Le cardinal Geraldo Cardoso était allongé sur le lit. Agé de soixante et onze ans, ses mains avaient été attachées à la tête du lit par deux serviettes fortement nouées. Il portait son chapeau de cardinal de guingois, ce qui lui donnait un air étrangement comique.

Paola se récita lentement le mantra de Weber : *Si tu veux connaître l'artiste, analyse son œuvre.* Elle le répéta plusieurs fois en bougeant les lèvres jusqu'à effacer le sens des paroles mais en les imprimant dans son cerveau comme un sceau.

— On peut commencer, dit Paola à voix haute en sortant son magnétophone.

Boi ne lui accorda même pas un regard. Il était occupé à recueillir des indices et à étudier la forme des éclaboussures de sang.

Elle alluma l'appareil et commença l'enquête, comme on le lui avait appris à Quantico, en faisant une observation suivie d'une déduction immédiate. Le résultat de ces conclusions devait ressembler à une reconstruction de la manière dont tout s'était passé.

Observation : Le cadavre est attaché par les mains dans sa propre chambre sans aucun signe de violence sur le mobilier.

Inférence : Karoski est entré avec un subterfuge, et a capturé sa victime rapidement et sans bruit.

Observation : Il y a une serviette avec du sang par terre. Elle semble froissée.

Inférence : Selon toute probabilité, Karoski a bâillonné la victime puis a retiré le bâillon

pour procéder à son macabre *modus operandi :* couper la langue.

Observation : Nous avons entendu un hurlement.
Inférence : Il semble probable qu'en se voyant déli-
vré du bâillon, Cardoso a trouvé le moyen de
crier. La langue est la dernière chose qu'il
coupe avant de passer aux yeux.

Observation : La victime a encore ses yeux ; sa
gorge est sectionnée. La coupure paraît avoir
été faite rapidement ; il y a beaucoup de
sang. Les mains sont là.
Inférence : Karoski a commencé par torturer sa
victime et n'a pas eu le temps de procéder
aux mutilations rituelles : langue, yeux et
mains.

Paola ouvrit la porte de la chambre et demanda à
Fowler d'entrer un instant. Ce dernier fit une grimace en contemplant le spectacle horrible qui
l'attendait, mais il ne détourna pas les yeux. Elle
rembobina la bande du magnétophone et tous deux
écoutèrent sa dernière observation.

— Vous croyez que l'ordre qui préside à son rituel
a une importance particulière ?

— Je ne sais pas, *dottora.* La parole est le plus
important chez un prêtre, c'est avec sa voix qu'il
administre les sacrements. Les yeux ne définissent
en rien la fonction sacerdotale, puisqu'ils n'inter-
viennent dans aucune de ses actions. Mais les
mains, oui. Elles sont sacrées puisqu'elles touchent

le corps du Christ lors de l'eucharistie. Et le sont toujours, indépendamment de ce qu'il fait.

— Que voulez-vous dire ?

— Même les mains d'un monstre comme Karoski sont sacrées. Sa capacité à administrer les sacrements est la même que celle du plus saint et du plus pur des prêtres. C'est un contresens, mais c'est ainsi.

Paola frissonna. L'idée qu'un être aussi abject puisse avoir un contact direct avec Dieu lui paraissait répugnante et horrible. Elle avait pourtant renié sa foi, et considérait Dieu comme un tyran insupportable dans son ciel cotonneux. Néanmoins, en se retrouvant plongée dans l'horreur, dans la dépravation d'hommes qui, comme Karoski, étaient supposés réaliser Son œuvre, elle eut le sentiment qu'on trahissait Dieu. Elle pensa à Maurizio et regretta qu'il ne fût pas là pour essayer de mettre du sens dans toute cette maudite folie.

— Dieu tout-puissant !

Fowler haussa les épaules sans savoir très bien quoi dire. Il quitta la chambre. Paola alluma son magnétophone :

Observation : La victime porte une soutane ouverte. En dessous, une chemise de coton, et un caleçon de type boxer. La chemise a été déchirée, sans doute avec un instrument aiguisé. On note plusieurs incisions sur le torse qui forment la phrase EGO TE ABSOLVO.

Inférence : Le rituel de Karoski a commencé par la torture. La phrase *Ego te absolvo* a été trouvée dans l'affaire Portini, selon les photos présentées par Dante, et l'affaire Robayra. La variation dans ce cas est étrange.

Observation : On observe une grande quantité de taches de sang sur le mur. Ainsi qu'une empreinte de pied, par terre près du lit. On dirait du sang.

Inférence : Tout dans cette scène paraît très étrange. On ne peut en déduire que son style a évolué ou qu'il se soit adapté. Son *modus operandi* est anarchique et...

Elle arrêta l'enregistrement. Quelque chose clochait là-dedans...

— Comment ça va, directeur ?

— Mal. Très mal. J'ai pu prendre des empreintes sur la porte, la table de nuit et la tête du lit, mais rien de plus. Elles sont différentes, mais je crois que l'une d'entre elles correspond à celle de Karoski.

Il tenait une feuille de plastique sur laquelle était dessinée assez clairement l'empreinte de l'index qu'il venait d'obtenir sur la tête du lit. Il l'approcha de la lumière pour la comparer avec celle que Fowler avait apportée. Elle figurait dans le dossier de ce dernier, Fowler l'avait demandée après la fugue de Karoski, et son crime, car ce n'était pas une pratique habituelle à Saint Matthew de prendre les empreintes des patients.

— C'est une première impression, mais je crois qu'il y a des coïncidences sur plusieurs points. Cette petite fourche descendante est assez caractéristique, et cette queue deltique…, disait Boi, plus pour lui-même que pour Paola.

Elle savait que, lorsque son patron jugeait valide une empreinte digitale, c'était qu'elle l'était. Boi était un expert avisé. En le voyant travailler ainsi, elle ne put que regretter la lente dégradation de cet excellent professionnel en bureaucrate.

— Rien d'autre ?

— Non. Ni cheveux, ni fibres, ni rien. Cet homme a vraiment tout d'un fantôme. S'il avait utilisé des gants, j'aurais fini par croire que Cardoso avait été tué par un esprit.

— Il n'y a rien de fantomatique dans cette gorge coupée.

Boi regarda le cadavre en réfléchissant peut-être à ce que venait de dire Paola, avant de répondre :

— Non, en effet.

Elle sortit de la chambre et le laissa finir son travail. Même si elle savait qu'il ne trouverait plus rien. Karoski était terriblement intelligent, et malgré sa précipitation, n'avait rien laissé derrière lui. Elle regarda autour d'elle. Camilo Cirin était arrivé accompagné d'un autre homme, petit, mince et frêle en apparence, mais dont le regard trahissait un esprit incisif. Cirin s'approcha de Paola. et lui présenta Gianluigi Varone, juge unique de la Cité du Vatican. Le nouveau venu, le visage sévère et émacié, ne fit pas bonne impression à Paola. Dans son complet veston, il faisait penser à un vautour.

Le magistrat était venu rédiger le certificat pour l'enlèvement du cadavre qui devait avoir lieu dans le plus grand secret. Les deux agents de la *Vigilanza* chargés de garder la porte avaient changé de tenue. Ils portaient des combinaisons noires et des gants de latex. Ils devaient nettoyer et sceller la chambre après le départ de Boi. Fowler, assis sur un banc au bout du couloir, lisait calmement son bréviaire. Quand Paola fut libérée par Cirin et le magistrat, elle s'approcha de Fowler et s'assit à côté de lui. Il ne put éviter une sensation de *déjà vu*.

— Bon, *dottora*. Maintenant, vous connaissez quelques cardinaux de plus.

Paola sourit tristement. Combien de choses avaient changé en vingt-quatre heures à peine, depuis qu'ils avaient attendu ensemble d'être reçus par le camerlingue ! Pourtant, elle n'était pas plus près d'attraper Karoski.

— Je croyais que les blagues morbides relevaient du domaine du commissaire Dante.

— Ah ! elles le sont, *dottora*, moi, je ne fais que passer.

Paola ouvrit la bouche et la referma. Elle aurait voulu lui parler de ce qui la tracassait dans le rituel de Karoski, mais elle n'arrivait pas encore à mettre le doigt sur ce qui la préoccupait tant. Elle décida d'attendre et de prendre le temps d'y réfléchir.

Comme elle aurait l'occasion de le vérifier amèrement plus tard, cette décision allait se révéler une terrible erreur.

Domus Sanctae Marthae

Piazza Santa Marta, 1

Jeudi 7 avril, 19 : 53

Dante et Paola montèrent dans la voiture de Boi. Le directeur devait les déposer à la morgue avant de se rendre à l'UACV pour essayer de déterminer quelle avait été l'arme du crime. Fowler s'apprêtait à monter lui aussi, quand une voix l'interpella :

— Père Fowler !

Il se retourna. C'était le cardinal Shaw. Il lui faisait signe de la main et Fowler s'approcha de lui.

— Eminence, j'espère que vous vous sentez mieux.

Le cardinal sourit avec affectation.

— Nous acceptons avec résignation les épreuves que nous envoie le Seigneur. Cher père Fowler, je voulais vous remercier personnellement de votre opportun sauvetage.

— Mais vous étiez déjà sain et sauf quand nous sommes arrivés.

— Qui sait, qui sait ce que ce cinglé aurait pu faire s'il était revenu ? Acceptez toute ma reconnaissance. Je me chargerai personnellement d'informer la Curie de votre action.

— Vraiment, ce n'est pas nécessaire, Eminence.

— Mon fils, on ne sait jamais quand on peut avoir besoin d'un service. Quand on va commettre une bourde. Il est important de marquer des points, vous savez.

Fowler le regarda, impassible.

— Eh oui, mon fils, poursuivit Shaw. La reconnaissance de la Curie à votre égard pourrait être encore plus complète, et nous pourrions même réclamer votre présence ici, au Vatican. Camilo Cirin semble avoir perdu ses réflexes. Quelqu'un pourrait occuper son poste pour s'assurer d'effacer toute trace de ce scandale. Le faire disparaître.

Fowler commençait à comprendre.

— Vous me demandez de perdre un certain *rapport* ?

Le cardinal esquissa un geste de complicité assez infantile et incongru, vu le sujet de leur conversation. Il pensait obtenir ce qu'il voulait.

— Exactement, mon fils, les cadavres ne vengent pas les injures.

Le prêtre sourit malicieusement.

— Tiens, tiens, une citation de Blake. Je n'aurais jamais cru entendre un cardinal réciter les « Proverbes de l'Enfer[1] ».

---

1. William Blake, poète protestant du XVIIIe siècle, écrit avec *Le Mariage du Ciel et de l'Enfer* une œuvre qui use de genres différents, et de classification difficile même si on peut la considérer comme un poème satirique. Les « Proverbes de l'Enfer » sont des aphorismes donnés par le démon à Blake.

Shaw se raidit et durcit le ton. Les sous-entendus de son compatriote ne lui plaisaient guère.

— Les voies du Seigneur sont impénétrables.

— Les voies du Seigneur sont contraires à celles du Malin, Eminence. Je l'ai appris à l'école, tout petit, et c'est toujours valable.

— Les instruments d'un chirurgien se tachent parfois. Vous êtes comme un bistouri bien aiguisé, mon fils. Disons que je sais que vous représentez plus d'un intérêt dans ce cas.

— Je ne suis qu'un humble serviteur de Dieu, répondit Fowler en feignant de s'étonner.

— Je n'en doute pas. Mais dans certains cercles, on parle de vos... talents.

— On y parle aussi sûrement de mes problèmes avec l'autorité ?

— Oui, c'est vrai, cela se dit aussi. Mais je suis certain que, le moment venu, vous agirez comme il le faut. Vous ne permettrez pas que la renommée de l'Eglise soit traînée dans la boue et fasse la une des journaux.

Le prêtre répondit par un silence froid et méprisant. Le cardinal lui donna quelques tapes sur l'épaule dans un geste paternaliste, et baissa le ton pour murmurer :

— Par les temps qui courent, qui n'a pas un petit secret par-ci par-là ? Il se pourrait que votre nom apparaisse dans d'autres papiers. Par exemple dans les rapports du Saint-Office. Une fois encore.

Et sans rien ajouter, il repartit vers la Domus. Fowler monta dans la voiture où l'attendaient ses compagnons.

— Vous avez un air bizarre, dit Paola, ça ne va pas ?

— Si, si, ça va, *dottora*.

Paola l'observa attentivement. Fowler était pâle. Il mentait, de toute évidence.

— Que voulait le cardinal Shaw ?

Fowler essaya un sourire insouciant qui ne la trompa nullement.

— Ah ! rien. Que je transmette son bon souvenir à des amis communs.

MORGUE MUNICIPALE

Vendredi 8 avril, 01 : 25

— Ça commence à devenir une habitude de vous voir tôt le matin, Dicanti.

Paola répliqua d'un ton absent et courtois. Fowler, Dante et le médecin légiste se trouvaient sur un côté de la table d'autopsie. Elle était en face. Tous portaient une blouse bleue et des gants de latex. Se retrouver pour la troisième fois en si peu de jours lui rappela quelque chose qu'elle avait lu, plus jeune. Sur la récurrence de l'enfer. Que celui-ci consistait en fait dans la répétition. A cet instant, ce n'était peut-être pas l'enfer qu'ils avaient devant eux, mais les preuves de son existence en tout cas.

Le cadavre de Cardoso paraissait encore plus effrayant ainsi exposé sur la table. Lavé du sang qui le couvrait, on aurait dit une poupée blanche couverte de terribles blessures. Le cardinal avait été un homme mince, et après avoir perdu tant de sang, son visage n'était plus qu'un masque creux et accusateur.

— Que savons-nous de lui, Dante ? demanda Paola.

Le commissaire sortit le petit cahier qu'il portait toujours dans la poche de sa veste.

— Geraldo Claudio Cardoso, né en 1934, nommé cardinal en 2001. Ardent défenseur des travailleurs, il a toujours été du côté des pauvres et des sans domicile fixe. Avant d'être cardinal, il s'est bâti une grande réputation dans le diocèse de San José. C'est là que se trouvent les usines de construction automobile les plus importantes d'Amérique du Sud – Dante cita deux marques de voiture très connues. Il a toujours agi comme lien entre l'ouvrier et l'entreprise. Les travailleurs l'appréciaient et l'avaient surnommé « l'évêque syndical ». Il était membre de diverses congrégations dans la Curie romaine.

Cette fois, même le médecin légiste garda le silence. Il avait découpé Robayra presque avec le sourire aux lèvres, en se moquant de la faiblesse de Pontiero, pour retrouver ce dernier quelques heures plus tard, sur sa table d'autopsie. Et le lendemain, un autre cardinal apparaissait sous son scalpel. Un homme qui apparemment avait fait beaucoup de bien. Il se demanda s'il y avait une cohérence entre la biographie officielle et officieuse, mais ce fut Fowler qui finalement posa la question à Dante :

— Commissaire, il y a autre chose, à part ce communiqué de presse ?

— Père Fowler, ne commettez pas l'erreur de croire que tous les hommes de notre sainte mère l'Eglise mènent une double vie.

— J'essaierai de m'en souvenir, répondit ce dernier, le visage figé, et maintenant répondez-moi.

Dante prit l'air absorbé, tout en faisant tourner son cou à droite et à gauche, un tic. Paola eut l'impression que soit il connaissait la réponse, soit il s'attendait à cette question.

— J'ai passé quelques coups de fil. Presque tout le monde corrobore la version officielle. Il a commis quelques peccadilles sans importance, rien de notable, à ce qu'il semble. Quelques escarmouches avec la marijuana dans sa jeunesse, avant son ordination. Des affiliations politiques un peu douteuses à la faculté, mais rien de plus. Une fois cardinal, il a eu des disputes violentes avec quelques collègues de la Curie, car il défendait un groupe mal vu : les charismatiques[1]. Bref, c'était un type bien.

— Comme les deux autres victimes, dit Fowler.

— Apparemment.

— Que pouvez-vous nous dire sur l'arme du crime ? demanda Paola.

Le médecin légiste indiqua le cou de la victime et les incisions sur le torse :

— Il s'agit d'un objet courant au bord lisse, sans doute un couteau de cuisine, pas très grand, mais très aiguisé. Jusqu'à maintenant, je n'étais pas sûr,

---

1. Les charismatiques sont un groupe polémique aux rites assez extrêmes. Ils chantent et dansent au son des tambourins, ils tournent et font des sauts parfois mortels ; ils jettent les bancs de l'église ou montent sur eux, ils parlent en langues secrètes… Tout cela est censé se faire grâce à l'Esprit-Saint et dans une grande euphorie. L'Eglise catholique ne les a jamais considérés d'un bon œil.

mais après avoir vu les moulages des incisions, je crois pouvoir affirmer qu'il a utilisé le même instrument pour les trois crimes.

Paola en prit bonne note.

— *Dottora*, dit alors Fowler, à votre avis, Karoski pourrait tenter quelque chose pendant les funérailles ?

— Bon sang, je n'en sais rien ! La sécurité autour de la Domus sera sans doute renforcée...

— Evidemment, se vanta Dante. On va les maintenir enfermés de nuit comme de jour.

— ... Pourtant, les mesures de sécurité étaient déjà importantes et elles n'ont servi à rien. Karoski a démontré l'étendue de ses ressources, et un sang-froid incroyable. Sincèrement, je n'en ai pas la moindre idée. Il pourrait essayer quelque chose, mais j'en doute. Dans cette dernière affaire, il n'a pas pu compléter son rituel ni laisser un message sanglant comme dans les deux autres cas.

— Ce qui nous fait une piste en moins, se plaignit Fowler.

— Oui, mais en même temps, ce contretemps a dû le rendre nerveux, et donc vulnérable. Cela dit, avec ce salaud, on ne sait jamais.

— Nous allons devoir surveiller les cardinaux de très près, dit Dante.

— Et pas seulement pour les protéger, mais pour trouver Karoski. Même s'il ne tente rien, il est là, à nous regarder en se moquant de nous, j'en suis certaine.

PLACE SAINT-PIERRE

Les funérailles de Jean-Paul II se déroulèrent normalement. Enfin aussi normalement que le permettait l'enterrement d'un leader religieux suivi par des millions de personnes, et auquel assistaient des chefs d'Etat et des têtes couronnées, certaines parmi les plus importantes de la planète. Mais il n'y avait pas qu'eux. Des centaines de milliers de personnes se trouvaient sur la place Saint-Pierre. Derrière chacun de ces visages, il y avait une histoire. Certains priaient pleins de ferveur, d'autres assistaient à cette cérémonie pour de tout autres raisons.

Parmi eux, Andrea Otero. Elle eut beau chercher, elle ne vit le cardinal Robayra nulle part. Mais la journaliste découvrit trois choses de la terrasse sur laquelle elle s'était installée : un, au bout d'une demi-heure regarder avec des jumelles donnait très mal à la tête ; deux, les nuques des cardinaux se ressemblaient toutes ; trois, il y avait seulement cent douze cardinaux au lieu des cent quinze prévus sur la liste qu'elle avait sur ses genoux.

Camilo Cirin ne se serait pas du tout senti tranquille s'il avait connu les pensées qui occupaient Andrea Otero, mais il avait ses propres et graves soucis. Viktor Karoski, l'assassin des cardinaux, en était un. Mais si ce dernier ne se manifesta pas pendant l'enterrement, ce ne fut pas le cas d'un avion non identifié qui pénétra dans l'espace aérien du Vatican en pleine célébration. L'angoisse que ressentit Cirin en pensant aux attentats du 11-Septembre n'était pas moins grande que celle des trois pilotes de chasse qui partirent à sa poursuite. Le soulagement fut grand quand on découvrit que le pilote était un Macédonien qui avait commis une erreur. L'épisode mit les nerfs de Cirin à bout. Pour la première fois, en quinze ans, ses subordonnés l'entendirent hausser le ton pour donner ses ordres.

Fabio Dante se trouvait, lui, parmi le public. Il maudissait son sort parce que les gens s'agglutinaient au passage du corbillard du pape, en criant dans ses oreilles : « *Santo subito !* » Il essayait désespérément de voir quelque chose par-dessus la forêt d'écriteaux et de têtes, cherchant un frère carme à la barbe abondante. Il fut un des plus heureux quand la cérémonie prit fin.

Le père Fowler fut un des nombreux prêtres qui donnèrent la communion aux fidèles dans le public et, à plus d'une occasion, il crut voir le visage de

Karoski dans la personne qui s'apprêtait à recevoir le corps du Christ. Tandis que des centaines de personnes défilaient devant lui, Fowler pria pour deux choses : la première concernait les raisons qui l'avaient conduit à Rome, dans la seconde, il demanda au Tout-Puissant de lui donner force et clarté pour mettre fin à l'épreuve que traversait la Ville éternelle.

Ignorant que Fowler demandait de l'aide au Créateur en bonne partie à cause d'elle, Paola essayait de scruter les visages de la foule depuis l'escalier de Saint-Pierre. Elle s'était postée dans un coin, mais ne pria pas. Elle ne priait jamais. Elle ne regardait pas non plus les gens avec beaucoup d'attention, car au bout d'un moment tous les visages lui parurent semblables. Ce qu'elle faisait, c'était réfléchir aux motifs d'un monstre.

Le directeur Boi se plaça devant deux écrans de télévision avec Angelo, le sculpteur légiste de l'UACV. Ils recevaient en direct les images des caméras de la RAI situées sur la place, avant qu'elles ne passent à la réalisation. Ils entreprirent ainsi leur propre chasse, avec une migraine semblable à celle d'Andrea Otero. Mais toujours aucune trace de l'« ingénieur », comme continuait à l'appeler Angelo dans sa bienheureuse ignorance.

Sur l'esplanade, des agents des services secrets de George Bush en vinrent aux mains avec des agents de la *Vigilanza*, quand ces derniers ne leur cédèrent pas le passage sur la place. Pour ceux qui connaissent, même si c'est seulement par ouï-dire, le travail des services secrets, il est étrange qu'ils soient restés dehors ce jour-là. Personne, jamais, nulle part, ne leur avait refusé aussi directement le passage. A part la *Vigilanza*, qui ne leur donna pas l'autorisation. Mais ils eurent beau insister, ils restèrent dehors.

Viktor Karoski assista aux funérailles de Jean-Paul II avec une grande dévotion, priant à voix haute. Il chanta d'une belle voix profonde aux moments convenus. Il versa des larmes très sincères. Il forma des projets pour le futur.

Personne ne remarqua sa présence.

SALLE DE PRESSE DU VATICAN

Vendredi 8 avril, 18 : 25

Andrea arriva à la conférence de presse, le souffle court. Non seulement il faisait très chaud, mais elle avait oublié sa carte de presse à l'hôtel, et avait dû demander au chauffeur de taxi, étonné, de faire demi-tour pour aller la chercher. Son étourderie ne lui coûta pas grand-chose, car elle était partie très en avance. Elle voulait être là à temps pour questionner le porte-parole du Vatican, Joaquín Balcells, sur la disparition du cardinal Robayra. Toutes ses tentatives pour localiser ce dernier s'étaient révélées vaines.

La salle de presse se trouvait dans une annexe du grand auditorium construit sous Jean-Paul II. Un édifice très moderne, avec plus de six mille places assises, qui était toujours plein le mercredi, jour d'audience du Saint-Père. La porte d'entrée juste à côté du palais du Saint-Office donnait directement sur la rue.

La salle elle-même avait une capacité de cent quatre-vingt-cinq places. Andrea avait pensé qu'en arrivant un quart d'heure à l'avance, elle trouverait facilement un fauteuil libre, mais de toute évidence, plus de trois cents journalistes avaient eu la même idée qu'elle. En y réfléchissant bien, rien d'étonnant à que la salle se révélât trop petite. Plus de trois mille journalistes, de tous moyens de communication venus de quatre-vingt-dix pays, avaient reçu une accréditation pour couvrir la cérémonie du matin, et le conclave. Plus de deux mille millions de personnes avaient suivi à la télévision l'enterrement du pape. « Et moi, je suis là ! », se dit, satisfaite, la journaliste espagnole. Ah ! si ses camarades de l'université pouvaient la voir.

Seul inconvénient, c'est debout qu'elle allait assister à la conférence de presse où l'on devait lui expliquer comment se déroulerait le conclave. Elle s'appuya comme elle le put contre la porte. C'était la seule entrée, ainsi comptait-elle aborder Balcells dès son arrivée.

Elle relut avec calme ses notes sur le porte-parole, un ancien médecin reconverti dans le journalisme, membre de l'Opus Dei, né à Carthagène, et d'après tous les rapports, un type froid et sérieux. Il allait avoir soixante-dix ans et, selon certaines sources officieuses dont Andrea se méfiait, on le considérait comme une des personnes les plus puissantes du Vatican. Cela faisait des années qu'il recevait les informations du pape et les transmettait aux journalistes. S'il avait décidé qu'une chose devait rester secrète, elle le restait. Avec Balcells, pas de fuites. Son curriculum vitæ était impressionnant. Andrea lut la liste des prix et médailles qu'il avait reçus. Commandeur de ceci, grand-croix de cela... La totalité de ces distinctions honorifiques occupaient deux pages. Cet homme allait être coriace.

« Mais j'ai les dents dures », se dit-elle. Elle était distraite par le brouhaha, quand soudain on entendit une explosion de sonneries qui créa une cacophonie atroce. Cela commença par une seule, telle une goutte annonçant l'averse. Puis trois et quatre, suivies enfin de la grande sarabande des sifflements et tonalités différents.

Cela dura quarante secondes en tout. Tous les journalistes regardèrent leur appareil en secouant la tête. Puis quelques plaintes résonnèrent.

— Un quart d'heure de retard, on n'aura jamais le temps d'éditer.

Andrea entendit une voix s'exprimer en espagnol à quelques mètres. Elle joua des coudes et tomba sur une collègue à la peau dorée et aux traits délicats. A son accent, elle devina qu'elle était mexicaine.

— Bonjour, je suis Andrea Otero du journal *El Globo*. Vous savez pourquoi tous les téléphones ont sonné en même temps ?

La Mexicaine sourit et lui montra son téléphone.

— Lis ça, c'est le message du bureau de presse du Vatican. Ils envoient un SMS chaque fois qu'il y a une information importante. Un moyen pratique qui nous permet d'être informés. Le seul problème, c'est quand nous sommes réunis tous ensemble. Là, on nous prévenait que Balcells allait avoir du retard.

Andrea admira l'ingéniosité du procédé, qui permettait d'informer des milliers de journalistes en quelques secondes.

— Tu ne t'es pas encore présentée au service des portables ? lui demanda la Mexicaine.

— Non. Personne ne m'a rien dit.

— Ne t'en fais pas. Tu vois la fille, là-bas ?

— La blonde ?

— Non, celle qui a une veste grise avec un dossier à la main. Va la voir et demande-lui de t'inscrire sur la liste du service des portables. En moins d'une demi-heure, tu seras dans leur base de données.

Andrea s'exécuta. Elle accosta la responsable et lui donna ses coordonnées. La fille lui demanda sa carte d'accréditation et introduisit son numéro de téléphone dans un agenda électronique.

— Vous êtes désormais connectée à la centrale, dit-elle en se vantant de la technologie avec un sourire fatigué. Dans quelle langue voulez-vous recevoir les informations du Vatican ?

— En espagnol.

— En espagnol traditionnel ou en langue hispanique ?

— Espagnol d'Espagne, dit-elle en castillan.

— *Scusi ?*

— Excusez-moi, en espagnol traditionnel.

— Dans moins d'une heure, vous figurerez dans la base de données du service. Je voudrais juste que vous me signiez ce papier nous autorisant à vous envoyer les informations.

La journaliste signa au bas d'un papier que la fille sortit de son sac, sans le lire, et s'en alla en la remerciant.

Elle retourna à sa place et reprit sa lecture sur Balcells mais, au brouhaha croissant, elle comprit que le porte-parole arrivait enfin. Andrea s'attendait à le voir entrer par la porte principale, mais Balcells se présenta par une petite porte dissimulée derrière l'estrade sur laquelle il venait de monter. D'un geste calme, il fit mine de mettre ses notes en ordre donnant ainsi le temps aux opérateurs des caméras de le cadrer, et aux journalistes de prendre place.

Andrea maudit sa malchance et se fraya un passage à coups de coude jusqu'à l'estrade où le porte-parole patientait derrière son pupitre. Elle parvint à l'atteindre à grand-peine. Tandis que les journalistes s'asseyaient, Andrea s'approcha de Balcells.

— Monsieur Balcells, je suis Andrea Otero du journal *El Globo*. J'ai essayé de vous joindre toute la journée sans succès.

— Plus tard…

Il ne lui adressa même pas un regard.

— Mais vous ne comprenez pas, je dois vérifier une information.

— Je vous ai dit plus tard, mademoiselle, nous allons commencer.

Andrea était stupéfaite. Il ne l'avait pas regardée une seule fois et cela la mettait en rage. Elle était trop habituée à subjuguer les hommes avec ses beaux yeux bleus.

— Je vous rappelle que j'appartiens à un important journal espagnol…

Cette référence ne servit à rien. Balcells daigna la regarder pour la première fois d'un air glacial.

— Comment vous appelez-vous, déjà ?

— Andrea Otero.

— Quel journal ?

— *El Globo*.

— Et où est Paloma ?

Paloma était la correspondante officielle du journal au Vatican. Celle qui avait eu l'accident de voiture. Ce n'était pas bon signe si Balcells la réclamait.

— Elle n'a pas pu venir, elle a eu un problème.

Il fronça les sourcils comme seul un membre important de l'Opus Dei pouvait le faire. Andrea recula, un peu surprise.

— Ma petite, vous voyez toutes ces personnes qui sont derrière vous, dit Balcells en signalant les rangées de sièges. Ce sont vos camarades de CNN, BBC, de l'agence Reuters et autre. Certains d'entre eux travaillaient déjà ici au Vatican avant votre naissance. Et tous attendent que la conférence de presse commence. Alors, je vous prie d'aller vous asseoir immédiatement.

Andrea pivota sur ses talons, honteuse, les joues rouges. Les reporters de la première file souriaient d'un air ironique. Certains lui parurent aussi âgés que la colonnade de Bernin. Alors qu'elle essayait de regagner le fond de la salle où elle avait laissé son sac avec son ordinateur, elle entendit Balcells plaisanter en italien avec les journalistes. Des rires creux presque inhumains résonnèrent derrière son dos. Des visages se tournèrent pour la regarder. Elle savait que la plaisanterie était à ses dépens. Et elle rougit jusqu'aux oreilles. La tête basse et les bras tendus pour s'ouvrir un passage, on aurait dit qu'elle nageait dans une mer de corps. Quand elle atteignit enfin sa place, elle ne se contenta pas de ramasser ses affaires, elle sortit précipitamment dans la rue. La fille qui avait pris ses coordonnées la rattrapa par le bras et la prévint :

— Si vous sortez maintenant, vous ne pourrez plus entrer avant la fin de la conférence ; ce sont les consignes de sécurité.

« Comme au théâtre », se dit Andrea.

Elle repoussa la fille et sortit sans répondre. La porte se referma dans son dos avec un bruit qui ne parvint pas à effacer la honte de l'âme d'Andrea, mais la soulagea en partie. Elle avait un besoin désespéré d'une cigarette, et fouilla dans les poches de son élégante veste jusqu'à ce que ses mains trouvent la petite boîte de pastilles à la menthe qui lui servaient de substitut en l'absence de son amie, la nicotine. Elle avait cessé de fumer la semaine précédente.

« Un moment idiot pour arrêter de fumer. »

Elle avala trois pastilles. Elles avaient mauvais goût mais au moins cela lui occupait la bouche. En revanche, elles étaient inutiles contre sa colère.

Plus tard, Andrea repenserait souvent à ce moment. Elle se souviendrait de s'être trouvée devant cette porte en essayant de se calmer, et en maudissant sa propre stupidité de s'être laissé ainsi humilier en public, comme une gamine.

Mais elle ne s'en souviendrait pas à cause de ce détail. Elle s'en souviendrait parce que la terrible découverte qui était sur le point de la tuer, et qui allait finalement la mettre en contact avec l'homme qui devait changer sa vie, fut possible simplement parce qu'elle avait décidé d'attendre que les pastilles eussent fondu dans sa bouche avant de partir. Juste pour se calmer un peu. Combien de temps mettait une pastille à se dissoudre ? Pas beaucoup. Cela lui parut une éternité pourtant. Tout son corps lui demandait de retourner à l'hôtel et de se mettre au lit. Elle s'obligea néanmoins à rester, par orgueil, pour ne pas se voir partir la queue entre les jambes.

Ces trois pastilles changèrent sa vie (et sans doute l'histoire du monde occidental mais cela on ne le saura jamais, n'est-ce pas ?). Simplement parce qu'elles lui permirent de se trouver au bon endroit au bon moment.

Il restait à peine un peu de menthe, une fine lamelle contre son palais, quand un coursier tourna au coin de la rue. Il portait une salopette orange, un bonnet coordonné, une sacoche à la main et semblait pressé. Il se dirigea droit sur elle.

— Excusez-moi, c'est ici la salle de presse ?

— Oui.

— J'ai une enveloppe urgente à remettre à Michael Williams, de CNN, Bertie Hegrend, de RTL...

Andrea l'interrompit d'un ton agacé :

— Ça ne sert à rien, l'ami, la conférence vient de commencer. Il vous faudra attendre une heure.

Le coursier la regarda avec un air d'incompréhension hallucinée.

— Mais ce n'est pas possible, on m'a dit que...

La journaliste éprouva une sorte de satisfaction maligne à transférer son problème sur une autre personne.

— Je sais, mais ce sont les règles.

Le coursier passa la main sur son visage avec un air d'authentique désespoir.

— Vous ne comprenez pas, mademoiselle, j'ai déjà eu plusieurs retards ce mois-ci. Les courses urgentes, il faut les faire dans l'heure, sinon on ne vous les paye pas. Ce sont dix enveloppes à trente euros chacune. Si je perds cette course, mon agence risque de perdre son contrat avec le Vatican et, c'est sûr, je serai renvoyé.

Andrea se radoucit. C'était une bonne fille. Impulsive, irréfléchie et capricieuse, elle obtenait parfois ce qu'elle voulait par des mensonges et beaucoup de chance, mais c'était quelqu'un de bien. Elle regarda le badge du coursier, c'était un autre de ses talents, elle appelait toujours les gens par leur prénom.

— Ecoutez, Giuseppe, je regrette, mais même si je le voulais, je ne pourrais pas vous faire entrer. La porte ne s'ouvre que de l'intérieur. Regardez, il n'y a pas de serrure ni de loquet.

Le coursier lâcha un cri de désespoir. Il laissa tomber les bras de chaque côté de son ventre proéminent. Il essayait de réfléchir. Il regarda Andrea par en dessous. Elle crut qu'il lorgnait sur sa poitrine, mais en fait il examinait simplement le badge qu'elle portait.

— Je sais ce qu'on va faire, je vais vous laisser les enveloppes et l'affaire est réglée.

En voyant le sigle du Vatican sur le badge, le coursier avait dû croire qu'elle travaillait là.

— Ecoutez, Giuseppe...

— Appelez-moi Beppo, comme tout le monde.

— Beppo, je ne peux pas réellement...

— Vous devez me rendre ce service. Ne signez même pas, je le ferai à votre place. Je griffonnerai une signature différente pour chaque pli et voilà. Promettez-moi seulement que vous remettrez les enveloppes à leurs destinataires.

— C'est que...

Le coursier avait déjà placé les plis entre ses mains.

— Chacune porte le nom du journaliste auquel elle est adressée. Le client était certain que tous seraient là, ne vous inquiétez pas. Bon, j'y vais parce que j'ai encore une course à faire au *Corpo di Vigilanza* et une autre, via Lamarmora. Au revoir et merci, ma jolie.

Et avant qu'elle n'ait eu le temps de répliquer, le curieux individu avait fait demi-tour et disparu.

Andrea regarda les dix enveloppes, un peu confuse. Elles étaient adressées aux dix journalistes des médias les plus importants du monde. Elle connaissait la réputation de chacun d'eux et en avait repéré deux au moins dans la salle de conférence.

Les enveloppes, de format moyen, étaient identiques en tous points, sauf le nom. Mais la phrase qui apparaissait sur chacune d'elles, dans le coin

gauche, réveilla son instinct de journaliste et fit sonner toutes les alarmes :

EXCLUSIF— OUVRIR INMÉDIATEMENT

Cela lui posa un dilemme moral pendant cinq
secondes. Elle trouva la solution avec une pastille de
menthe. Elle regarda autour d'elle. La rue était
déserte. Aucun témoin de ce possible délit postal.
Elle choisit une enveloppe au hasard, et l'ouvrit
avec précaution.

« Simple curiosité », se dit-elle.

Deux objets se trouvaient à l'intérieur. Un DVD,
avec la même phrase de l'enveloppe écrite au feutre
indélébile, et une note, rédigée en anglais :

LE CONTENU DE CE DISQUE EST D'UNE IMPORTANCE
CAPITALE. CE SERA PROBABLEMENT L'INFORMATION
LA PLUS IMPORTANTE DE L'ANNÉE, ET PEUT-ÊTRE
DU SIÈCLE. CERTAINS ESSAIERONT DE VOUS
RÉDUIRE AU SILENCE. REGARDEZ VITE CE DVD,
ET DIFFUSEZ SON CONTENU LE PLUS
RAPIDEMENT POSSIBLE.

PÈRE VIKTOR KAROSKI

Andrea réfléchit à l'éventualité d'une plaisanterie.
Il n'y avait qu'un moyen de le savoir. Elle sortit son
ordinateur portable, et introduisit le disque dans le
lecteur prévu à cet effet. Elle maudit la procédure de

lancement dans toutes les langues qu'elle connaissait, et quand enfin le programme démarra, elle put
vérifier qu'il s'agissait d'un film.

Quarante secondes plus tard, elle était prise d'une
violente envie de vomir.

Siege central de l'UACV

Samedi 9 avril, 01 : 05

Paola avait cherché Fowler partout. Mais elle ne fut pas surprise quand elle le trouva en bas, l'arme à la main, sa veste de clergyman soigneusement pliée sur une chaise, le col blanc posé sur la console de la cabine de tir, les manches retroussées. Il avait mis le casque protecteur. Paola attendit qu'il eut vidé son chargeur avant de s'approcher de lui. Elle était fascinée par sa concentration totale, la position de tir parfaitement obtenue, ses mains puissantes bien que leur propriétaire eût dépassé la cinquantaine. Le canon de son arme demeurait pointé en avant, sans dévier d'un millimètre après chaque coup de feu, comme incrusté dans la roche vive.

La criminologue le vit vider non pas un mais trois chargeurs. Il tirait lentement, sans hâte, en fermant un peu les yeux, la tête légèrement levée. Finalement, il s'aperçut qu'elle était entrée dans la salle d'entraînement, qui consistait en cinq cabines séparées par d'épaisses cloisons d'où partaient des câbles d'acier. A ces câbles étaient accrochées les cibles emportées à quarante mètres maximum par un système de poulies.

— Bonsoir, *dottora*.

— Une heure un peu inhabituelle pour s'entraîner, non ?

— Je ne voulais pas rentrer à l'hôtel. Je savais que je ne pourrais pas dormir.

Paola acquiesça, elle comprenait parfaitement. Assister debout à l'enterrement, sans rien faire, avait été fatigant. C'était une nuit d'insomnie garantie. Elle mourait d'envie de se rendre utile.

— Où donc est passé mon cher ami le commissaire ? demanda Fowler.

— Ah ! il a reçu un appel urgent. Nous étions en train de discuter du rapport d'autopsie de Cardoso quand il est parti comme une flèche, sans me dire pourquoi.

— C'est bien lui, ça.

— Oui, mais je préfère qu'on parle d'autre chose... Voyons comment vous vous êtes débrouillé.

Paola appuya sur un bouton pour rapprocher d'eux la cible avec la silhouette d'un homme tracée en noir. Le mannequin de papier avait un cercle blanc au centre de la poitrine. Il tarda à arriver, car Fowler avait situé la cible à la distance maximale. Paola ne fut pas surprise en constatant que presque tous les trous étaient situés dans le cercle. Un seul était en dehors. Elle fut déçue, il n'avait pas réussi un sans-faute comme les héros des films d'action.

« Mais ce n'est pas un héros. Il est fait de chair et d'os, c'est un homme intelligent, cultivé, un excellent tireur. D'une certaine manière, ce coup raté le rend encore plus humain. »

Fowler suivit la direction de son regard. Et rit, amusé par son propre échec.

— J'ai un peu perdu la main, mais j'aime encore beaucoup tirer. C'est un sport exceptionnel.

— Quand cela reste un sport.

— Vous vous méfiez toujours de moi, n'est-ce pas, *dottora* ?

Paola ne lui répondit pas. Elle était heureuse de voir Fowler, là, habillé de sa seule chemise et d'un pantalon noir. Mais elle n'arrivait pas tout à fait à s'ôter de l'esprit les photos d'El Aguacate que Dante lui avait apportées.

— Non, pas du tout. Mais je veux avoir confiance en vous. Cela vous suffit comme réponse ?

— Je m'arrangerai avec.

— D'où avez-vous sorti cette arme ? L'armurerie est fermée à cette heure.

— Ah ! votre directeur, Boi, me l'a prêtée. C'est la sienne. Il m'a dit que cela faisait longtemps qu'il ne l'utilisait plus.

— C'est malheureusement vrai. Vous auriez dû voir cet homme, il y a trois ans. C'était un grand professionnel, et un excellent scientifique. Il l'est toujours, mais avant il y avait dans ses yeux l'éclat de la curiosité, et maintenant cet éclat s'est éteint. Il a été remplacé par l'angoisse du fonctionnaire.

— C'est de l'amertume ou de la nostalgie que j'entends dans votre voix, *dottora* ?

— Un peu des deux.

— Vous avez mis longtemps à l'oublier ?

Paola fit semblant d'être étonnée.

— Comment ?

— Allons, ne vous vexez pas. J'ai bien vu comment il essayait de créer un mur entre vous. Boi maintient les distances à la perfection.

— En effet, il fait ça très bien.

Elle hésita à continuer, à se livrer. Elle sentait de nouveau cette sorte de creux dans l'estomac qui se produisait parfois lorsqu'elle regardait Fowler. Une sensation de vertige. Devait-elle lui faire confiance ? Elle se dit soudain, avec une ironie triste, qu'en fin de compte c'était un prêtre, et qu'il était très habitué à voir les aspects les plus vils des gens. Comme elle, d'ailleurs.

— Boi et moi avons eu une liaison. Brève. Je ne sais pas si j'ai cessé de lui plaire ou si je le gênais dans son ambition.

— Vous préférez sans doute la seconde option.

— J'aime me tromper moi-même. Sur ce sujet, et beaucoup d'autres. Je me dis souvent que je vis avec ma mère pour la protéger, mais en réalité, c'est moi qui ai besoin de protection. Je suppose que c'est pour cette raison que je tombe amoureuse de personnes fortes mais inadéquates. De personnes avec lesquelles je ne peux pas être.

Fowler ne lui répondit pas. Elle avait été très claire. Tous deux restèrent à s'observer de très près. Les minutes s'écoulèrent, en silence.

Paola était plongée dans les yeux verts de Fowler, pouvait lire ses pensées. Elle crut entendre au loin une sonnerie persistante, elle n'y accorda pourtant aucune attention. Le prêtre dut la rappeler à l'ordre :

— Vous feriez mieux de répondre, *dottora*.

Et alors Paola se rendit compte que ce bruit gênant était la sonnerie entêtée de son propre téléphone portable. Elle décrocha. Quelques instants plus tard, son visage se fermait. Elle raccrocha brusquement, furieuse.

— On doit y aller, Fowler. C'est le laboratoire. Quelqu'un nous a envoyé un paquet par coursier. L'enveloppe était au nom de Maurizio Pontiero.

SIEGE CENTRAL DE L'UACV

Via Lamarmora, 3

Samedi 9 avril, 01 : 25

— Ce paquet est arrivé il y a quatre heures déjà. On peut savoir pourquoi personne ne s'est soucié de savoir ce qu'il contenait ?

Boi la regarda d'un air patient mais las. Il était tard, trop tard pour supporter l'énervement de sa subordonnée. Néanmoins il se retint.

— Le pli vous était adressé, Paola, et quand il est arrivé, vous vous trouviez à la morgue. La fille de la réception l'a posé avec mon courrier, et je ne l'ai pas regardé tout de suite. Lorsque j'ai compris qui l'avait expédié, j'ai mis en marche la procédure habituelle et cela a pris du temps. La première chose, c'était appeler les artificiers. Ils n'ont rien trouvé de suspect dans l'enveloppe. Quand j'ai découvert de quoi il s'agissait, je vous ai tout de suite contactés, vous et Dante, mais impossible de mettre la main sur le commissaire. Et Cirin ne répond pas au téléphone.

— Ils ont dû aller dormir. Le jour ne s'est pas encore levé, bon sang !

Ils se trouvaient dans la salle de dactyloscopie, une pièce étroite, abondamment éclairée. L'odeur de la poudre pour empreintes imprégnait le lieu. Certains techniciens adoraient cette odeur. L'un jurait même qu'il la sniffait avant de retrouver sa fiancée, car c'était un aphrodisiaque, mais Paola n'était pas du tout de son avis. Cette odeur lui donnait envie d'éternuer, les taches collaient aux vêtements foncés et il fallait plusieurs lavages pour les faire partir.

— Bien. Nous sommes sûrs que Karoski a envoyé ce message ?

Fowler étudiait la graphie sur l'adresse. Il tenait l'enveloppe devant lui, les bras un peu tendus. Paola le soupçonnait d'avoir une mauvaise vue de près. Il devait certainement porter des lunettes pour lire. Elle se demanda si cela lui allait bien.

— C'est lui, c'est certain. Et cette attention macabre, le nom de l'inspecteur, est bien propre à Karoski.

Paola reprit l'enveloppe des mains de Fowler. Elle la plaça sur la grande table lumineuse de verre qui occupait toute la pièce. On avait déposé dessus le contenu de l'enveloppe dans des sacs plastique transparents. Boi indiqua le premier sac en disant :

— Cette note porte ses empreintes. Elle vous est personnellement adressée, Dicanti.

L'inspectrice prit le sac et lut le contenu de la lettre à voix haute, à travers le plastique :

CHÈRE PAOLA :

COMME TU ME MANQUES ! JE SUIS À
MC 9,48. ON Y EST BIEN AU CHAUD.
J'ESPÈRE QUE TU POURRAS VENIR
NOUS VOIR BIENTÔT.
EN ATTENDANT, JE T'ENVOIE UNE
VIDÉO DE MES VACANCES.
BISES,

MAURIZIO

Paola ne put retenir un frisson, et éprouva un sentiment mêlé de colère et d'horreur. Elle essaya de retenir ses larmes. Elle ne voulait pas pleurer devant Boi. Fowler, ce n'était pas grave, mais pas Boi. Jamais devant Boi.

— Père Fowler ?

— Evangile selon Marc, chapitre 9, verset 48 : « Où le ver ne meurt pas et le feu ne s'éteint pas. »

— L'enfer.

— Exactement.

— Maudit fils de pute !

— Il n'y a aucune allusion à son crime d'il y a quelques heures. Il est possible que la note ait été rédigée avant. Le disque a été gravé hier matin selon la date indiquée dessus.

— On a le modèle de la caméra ou de l'ordinateur avec lequel il a été gravé ?

— Avec le programme qu'il a utilisé, ces données ne sont pas enregistrées dans le disque. Juste l'heure, le programme, et la version du système

311

opérationnel. Pas de numéro de série, de code, rien qui puisse permettre d'identifier l'équipement émetteur.

— Des empreintes ?

— Partielles. Les deux sont de Karoski, mais je n'avais pas besoin de le savoir. Le contenu est une preuve suffisante.

— Alors, qu'est-ce que vous attendez, mettez le DVD, Boi !

— Père Fowler, si vous voulez bien nous excuser.

Le prêtre comprit tout de suite. Il regarda Paola. Elle lui fit un léger signe de tête, lui indiquant que tout irait bien.

— Bien sûr. Trois cafés, *dottora* Dicanti ?

— Avec deux sucres pour moi, s'il vous plaît.

Boi attendit le départ de Fowler pour prendre la main de Paola. Elle trouva ce contact désagréable, trop charnel et humide. Pourtant, elle s'était languie de sentir de nouveau ces mains sur son corps, elle avait détesté Boi pour son mépris, et son indifférence. Mais, à cet instant précis, il ne restait même plus les braises de cet ancien feu. Il s'était éteint dans un océan vert quelques minutes plus tôt. Seul demeurait l'orgueil, et l'inspectrice en avait une bonne dose. Pas question de céder au chantage émotionnel. Elle secoua le bras, et le directeur lâcha sa main.

— Paola, je veux juste te prévenir. Ce que tu vas voir est très dur.

La criminologue lui adressa un sourire sans gaieté, et croisa les bras. Elle voulait demeurer le plus loin possible de son contact. Au cas où.

— Tu me tutoies de nouveau maintenant ? J'ai l'habitude de voir des cadavres, Carlo.

— Pas ceux de tes amis.

Le sourire vacilla sur le visage de Paola, mais son courage ne faiblit pas une seule seconde.

— Mettez la vidéo, directeur Boi.

— Tu veux que ça se passe de cette manière ? Cela pourrait être différent, tu sais.

— Je ne suis pas une poupée qu'on traite comme bon vous semble. Tu m'as rejetée parce que je représentais un danger pour ta carrière. Tu voulais reprendre ta vie malheureuse, mais commode, avec ta femme. Eh bien, tu vois, maintenant, c'est moi qui préfère mon propre malheur.

— Pourquoi maintenant, Paola, après tout ce temps ?

— Parce que avant je n'en avais pas la force. Maintenant, je l'ai.

Il se passa une main dans les cheveux. Il commençait à comprendre.

— Tu ne pourras jamais avoir cet homme, Paola, même si lui aussi le désire.

— Tu as peut-être raison, mais la décision m'appartient. Toi, tu as pris la tienne il y a longtemps. Et je préférerais céder aux regards obscènes de Dante.

En réaction à cette comparaison peu flatteuse, Boi fit une moue de dégoût. Paola s'en réjouit ; elle pouvait entendre l'ego du directeur hurler de rage. Elle avait été un peu dure avec lui, mais il le méritait pour l'avoir traitée comme une merde pendant tous ces mois.

— Comme vous voudrez, *dottora* Dicanti. Reprenons donc nos rôles respectifs.

— Crois-moi, Carlo, c'est mieux comme ça.

Boi sourit, triste et déçu.

— Bon d'accord. Regardons la vidéo.

Comme s'il disposait d'un sixième sens, et Paola était maintenant certaine que c'était le cas, le père Fowler arriva avec un plateau et trois tasses de café, si on pouvait appeler ainsi ce breuvage infâme.

— Voilà. Venin de machine avec caféine. Je suppose que nous pouvons reprendre la réunion ?

— Bien sûr, répondit Boi.

Fowler les examina discrètement. Boi paraissait plus triste, mais il détecta aussi dans sa voix quelque chose qui ressemblait à du soulagement. Et il sentit Paola plus forte. Moins hésitante.

Le directeur enfila des gants de latex et sortit le DVD de son sac transparent. On avait apporté une table roulante sur laquelle étaient posés un poste de télévision et un lecteur bon marché. Boi préférait visionner le film dans cette pièce car les murs de la salle de réunion étaient en verre, et il n'avait pas envie de donner consistance aux rumeurs sur cette affaire qui allaient déjà bon train dans tout l'édifice. Jusqu'à maintenant, personne n'avait approché de la vérité. Pas même de loin.

Le DVD se mit en route. Le film apparut directement, sans aucune présentation. Les plans étaient maladroits, l'éclairage lamentable, et la caméra bougeait sans cesse. Boi avait ajusté le brillant au maximum.

— *Bonsoir, âmes du monde.*

Paola sursauta en entendant la voix de Karoski, cette voix qui l'avait tourmentée avec son appel après la mort de Pontiero. On ne voyait encore aucune image sur l'écran.

— *Voici un enregistrement de la façon dont je compte éliminer de la surface de la terre les hommes les plus saints de l'Eglise, accomplissant ainsi le labeur des ténèbres. Mon nom est Viktor Karoski, prêtre renégat du culte romain. Pendant des années, j'ai violé des enfants, protégé par la sottise et la connivence de mes anciens supérieurs. J'ai été choisi pour mes mérites, par Lucifer en personne, afin d'accomplir cette tâche alors que notre ennemi le Charpentier élit son affranchi dans cette boue.*

L'écran passa du noir absolu à la pénombre. L'image d'un homme apparut, ensanglanté, la tête basse, attaché à ce qui paraissait être une des colonnes de la crypte de Sainte-Marie de Traspontine. Paola eut du mal à reconnaître le cardinal Portini, la première victime, dont ils n'avaient même pas pu voir le cadavre car la *Vigilanza* avait procédé à l'incinération du corps. Portini gémissait, et l'on ne voyait de Karoski que la pointe d'un couteau qui frôlait le bras gauche du cardinal.

— *Voici le cardinal Portini. Il est trop fatigué pour crier. Portini a fait beaucoup de bien autour de lui, et mon Maître abomine sa chair fétide. Maintenant vous allez assister à la fin de sa misérable existence.*

Il appuya le couteau sur la gorge de sa victime et la coupa d'un seul coup. L'écran redevint noir puis montra une nouvelle victime ligotée au même endroit. C'était Robayra, et il paraissait effrayé.

— *Voici le cardinal Robayra, rempli de peur. Il avait une grande lumière à l'intérieur de lui. Il est temps de rendre la lumière à son Créateur.*

Cette fois, Paola dut détourner les yeux. La caméra montrait comment le couteau vidait les orbites. Une goutte de sang éclaboussa le viseur. Ce fut le spectacle le plus horrible que la criminologue eût jamais contemplé. Elle sentit son estomac se révulser. L'image changea de nouveau et montra ce qu'elle craignait tant de voir.

— *Voici l'inspecteur Pontiero, un disciple du Pêcheur. On lui a demandé de me capturer, mais rien n'est assez puissant contre la force du Père de l'Obscurité. Maintenant, l'inspecteur va saigner lentement.*

Pontiero regardait la caméra en face. Son visage était méconnaissable, mais l'éclat de ses yeux demeurait vif. Le couteau trancha lentement la gorge, et Paola détourna de nouveau les yeux.

— *Voici le cardinal Cardoso, ami des déshérités de la terre, des poux et des puces. Sa générosité était pour mon Maître aussi répugnante que les entrailles pourries d'une brebis. Lui aussi est mort.*

Ce fut différent, cette fois. Au lieu d'une image animée, Karoski présenta des photos du cardinal Cardoso sur son lit de douleur. Trois en tout, aux couleurs verdâtres et passées. Le sang était d'un rouge sombre peu naturel. Les photos restèrent à l'écran quinze secondes, cinq pour chacune d'elles.

— Maintenant, je compte tuer un autre saint homme, le plus saint de tous. Certains essaieront de m'en empêcher, mais il connaîtra la même fin que ceux que vous venez de voir. L'Eglise, dans sa grande lâcheté, vous a caché ces morts. Elle ne pourra plus continuer à le faire. Bonsoir, âmes du monde.

Le film s'arrêta avec un bourdonnement continu. Boi éteignit la télévision. Paola était livide. Fowler serrait les dents, furieux. Ils gardèrent le silence pendant quelques minutes, le temps de retrouver leurs esprits, après avoir assisté à ces actes d'une brutalité sanguinaire. Paola, qui avait été la plus affectée par cet enregistrement, fut cependant la première à prendre la parole.

— Les photos, pourquoi a-t-il pris des photos ?

— Parce qu'il n'a pas pu faire autrement, dit Fowler. Rappelez-vous, aucune caméra ne peut fonctionner dans la Domus, comme nous l'a dit Dante.

— Et Karoski le savait.

— Que dites-vous de ce petit jeu de possession diabolique ?

La criminologue sentit de nouveau que quelque chose ne collait pas. Ce film la mettait sur des pistes totalement différentes. Il lui fallait une bonne nuit de repos et un endroit tranquille pour réfléchir. Les paroles de Karoski, les indices laissés sur les cadavres, il y avait certainement un fil conducteur dans tout cela. Si elle le trouvait, elle pourrait dévider la pelote de nœuds. Mais ils manquaient de temps.

« Adieu ma nuit réparatrice », pensa-t-elle, désabusée.

— Les délires histrioniques de Karoski avec le démon ne me préoccupent pas vraiment, dit Boi, anticipant les pensées de Paola. Le plus grave, je crois, c'est qu'il nous met au défi de l'arrêter avant qu'il n'élimine un autre cardinal. Et le temps passe...

— Mais que pouvons nous faire ? demanda Fowler. Il n'a donné aucun signe de vie à l'enterrement du pape. Maintenant les cardinaux sont plus protégés que jamais. La Domus Sanctae Marthae est aussi barricadée que le Vatican.

Paola se mordillait les lèvres. Elle était fatiguée de suivre les règles établies par ce psychopathe. Mais Karoski venait de commettre une grossière erreur. Il avait laissé une trace qu'ils pouvaient suivre.

— Qui a apporté ce film ?

— J'ai déjà demandé à deux de mes hommes de s'en occuper. Le pli est arrivé par coursier. La société est Tevere Express, une entreprise locale qui travaille avec le Vatican. Nous n'avons pas encore réussi à contacter le chef de route, mais grâce aux caméras situées à l'extérieur de l'édifice, on a retrouvé le numéro de la plaque d'immatriculation du coursier. Elle est enregistrée au nom de Giuseppe Bastina, quarante-trois ans. Il vit dans le quartier de Castro Pretorio, via Palestro plus exactement.

— Vous avez essayé de le joindre ?

— Son nom ne figure pas dans l'annuaire. On cherche encore.

— La ligne est peut-être au nom de sa femme, suggéra Fowler.

— Peut-être, dit Paola, mais c'est notre seule et meilleure piste jusqu'à maintenant. Je propose que nous nous rendions tout de suite chez lui. Vous venez, Fowler ?

— Après vous, *dottora*.

Appartement de la famille Bastina

Via Palestro, 31

Samedi 9 avril, 02 : 12

— Giuseppe Bastina ?

— Oui, répondit le coursier.

Il offrait une curieuse image avec son caleçon et son bébé de neuf mois ou dix mois dans les bras. A cette heure tardive, ils avaient dû réveiller l'enfant en sonnant.

— Je suis l'inspectrice Paola Dicanti, et voici le père Fowler. Ne vous inquiétez pas, vous n'avez aucun problème, et il n'est rien arrivé aux vôtres. Mais nous avons quelques questions urgentes à vous poser.

Ils se trouvaient tous sur le seuil d'un appartement modeste quoique bien entretenu. Un paillasson avec le dessin d'une grenouille souriante souhaitait la bienvenue aux visiteurs. Paola devina que cela ne s'adressait pas à elle, et elle avait raison. Bastina se montra assez ennuyé par leur présence.

— Ça ne peut pas attendre demain ? Le petit doit manger, vous savez, il a des horaires.

Paola et Fowler secouèrent la tête tous les deux en signe de dénégation.

— Ce ne sera pas long, je vous le promets. Vous avez fait une course cet après-midi. Vous avez déposé un pli, via Lamarmora. Vous vous en souvenez ?

— Bien sûr, qu'est-ce que vous croyez ? J'ai une excellente mémoire, dit l'homme en se tapotant la tempe de l'index de la main droite tout en tenant l'enfant de la gauche.

Heureusement, celui-ci ne pleurait pas.

— Vous pourriez nous dire où vous êtes allé chercher l'enveloppe ? C'est très important, il s'agit d'un assassinat.

— Ils ont appelé l'agence comme d'habitude. On m'a demandé de passer au guichet du bureau de poste du Vatican, qu'il y aurait quelques enveloppes, sur la table du bedeau.

Paola s'exclama, surprise :

— Il y en avait plusieurs ?

— Oui, douze en tout. Le client a demandé que nous remettions d'abord les dix plis destinés aux journalistes dans la salle de presse du Vatican. Puis un autre dans les bureaux du *Corpo di Vigilanza* et le dernier pour la police, enfin pour vous.

— Personne ne vous a remis ces enveloppes en main propre ? Vous êtes juste allé les chercher ? demanda Fowler avec une mine ennuyée.

— Oui, à cette heure, à la poste du Vatican, il n'y a plus personne, mais ils laissent la porte ouverte jusqu'à neuf heures au cas où quelqu'un voudrait poster quelque chose dans les boîtes à lettres internationales.

— Et comment s'effectue le paiement ?

— Il y avait une enveloppe plus petite au-dessus de la pile, elle contenait 360 euros, le prix de la course urgente plus dix euros de pourboire.

Paola leva les yeux au ciel, désespérée. Karoski avait pensé à tout. Ils se retrouvaient dans une nouvelle impasse.

— Vous n'avez vu personne ?

— Personne.

— Et après, qu'avez-vous fait ?

— A votre avis ? Je suis allé au service de presse et puis à la *Vigilanza*.

— A qui étaient adressées les enveloppes ?

— A plusieurs journalistes, tous des étrangers.

— Et vous les avez distribuées ?

— Eh ! c'est quoi toutes ces questions ? Je suis un travailleur sérieux, moi. J'espère que tout ça, c'est pas à cause de ma petite imprudence. Moi, ce travail, j'en ai vraiment besoin, vous savez. Ce petit, là, il doit manger et ma femme en a un autre dans le four, vous comprenez. Elle est enceinte, quoi ! lança-t-il devant les regards d'éberlués de Paola et Fowler.

— Ecoutez, tout ça n'a rien à voir avec vous, mais il ne s'agit pas non plus d'une plaisanterie. Dites-nous ce qui s'est passé. Sinon je vous promets que tous les agents de la circulation connaîtront le numéro de votre plaque d'immatriculation, monsieur Bastina.

L'enfant se mit à pleurer, effrayé par le ton de Paola.

— C'est bon, pas la peine de vous énerver. Vous avez fait peur au petit.

Paola était épuisée, et irritable. Elle regrettait de parler sur ce ton à cet homme, et chez lui en plus, mais elle en avait assez de ne rencontrer que des obstacles dans cette enquête qui n'avançait pas.

— Je regrette, monsieur Bastina. S'il vous plaît, aidez-nous, c'est une question de vie ou de mort, croyez-moi.

Le coursier se détendit. De sa main libre, il se caressa le menton et de l'autre berça son fils pour faire cesser ses pleurs. Ce dernier se calma. Et le père aussi.

— J'ai remis les enveloppes à une demoiselle chargée de la salle de presse, d'accord ? La porte était déjà fermée, et il m'aurait fallu attendre une heure pour les remettre en main propre. Et les envois spéciaux, il faut les effectuer dans l'heure, sinon ils ne sont pas payés. J'ai eu des problèmes au boulot dernièrement, vous comprenez, et si quelqu'un apprend ce que j'ai fait, je pourrais perdre mon travail.

— Je vous promets de ne rien dire.

Bastina la regarda et hocha la tête :

— Je vous crois, *ispettora*.

— Vous connaissez le nom de cette personne ?

— Non, elle portait un badge avec le sigle du Vatican, et une bande bleue sur la partie supérieure. Il y avait écrit « Presse ».

Fowler s'éloigna de quelques pas avec Paola dans le couloir et approcha sa bouche de son oreille, un geste qu'elle adorait. Elle réussit à se concentrer sur ses mots, et non sur la délicieuse sensation que lui procurait la proximité de cet homme.

— Le badge n'est pas celui du personnel du Vatican. C'est une accréditation destinée aux journalistes. Les DVD ne sont donc jamais parvenus à leurs destinataires. Vous savez pourquoi ?

Paola essaya de se mettre dans la peau d'une journaliste, et imagina qu'elle recevait un pli alors qu'elle était dans la salle de presse entourée de tous ses rivaux.

— Ils ne sont pas parvenus à leurs destinataires parce que, s'ils les avaient reçus, le film serait déjà diffusé sur toutes les chaînes de télévision du monde. Si les enveloppes avait bien été remises en main propre, les journalistes n'auraient pas attendu pour vérifier l'information. Ils auraient aussitôt assailli le porte-parole du Vatican et le scandale aurait déjà éclaté.

— Exactement. Karoski a essayé de faire sa propre conférence de presse, mais cela n'a pas marché grâce à la précipitation de ce brave homme, et au manque d'honnêteté présumé de la personne qui a eu les enveloppes entre ses mains. Ou je me trompe grandement ou elle en a ouvert une et a tout emporté. Pourquoi partager cette aubaine tombée du ciel ?

— Donc, en ce moment, quelque part dans Rome, une femme rédige l'article du siècle.

— Et il est vital que nous découvrions son identité. Le plus vite possible.

Paola comprit ce qu'impliquait le ton urgent du prêtre. Ils retournèrent voir Bastina.

— Pourriez-vous nous décrire la jeune femme à qui vous avez remis les enveloppes ?

— Bon, alors, elle était très jolie. Des cheveux châtain clair jusqu'aux épaules, dans les vingt-cinq ans, les yeux bleus, une veste claire et un pantalon beige.

— Eh bien, vous avez bonne mémoire.

— Pour une jolie fille ? (Il sourit d'un air coquin et offensé comme si on mettait en question sa virilité.) Je suis de Marsella, moi. Enfin, heureusement que ma femme dort, car si elle m'entendait parler comme ça… Elle doit accoucher dans un mois et le médecin a ordonné le repos absolu.

— Vous ne vous souvenez pas d'un autre détail qui nous permettrait d'identifier cette femme ?

— Elle était espagnole, c'est sûr. Le mari de ma sœur est espagnol, et il a le même accent.

— Merci, monsieur Bastina, et excusez-nous de vous avoir dérangé.

— Ne vous en faites pas. La seule chose, c'est que c'est toujours casse-pieds de répondre deux fois aux mêmes questions.

Paola se retourna aussitôt, inquiète. Elle haussa le ton de nouveau :

— On vous a déjà interrogé ! Qui ? Comment était-il ?

L'enfant se remit à pleurer. Le père le berçait pour le calmer, sans grand succès.

— Partez maintenant ! Regardez ce que vous faites !

— Répondez-nous et nous partirons, dit Fowler.

— C'était un de vos collègues. Il m'a montré la plaque de la *Vigilanza*. Un homme petit, les épaules larges. Avec un blouson de cuir. Il est venu il y a une heure environ. Maintenant partez, et ne revenez pas.

Paola et Fowler se regardèrent, la mine crispée. Ils coururent jusqu'à l'ascenseur et poursuivirent leur dialogue une fois dans la rue :

— Vous pensez la même chose que moi, *dottora*, dit Fowler.

— Exactement la même chose. Dante a disparu vers huit heures du soir sous un faux prétexte.

— Après avoir reçu un appel.

— Parce qu'ils avaient ouvert le paquet à la *Vigilanza*. Et avaient visionné le DVD. Comment n'avons-nous pas mis en relation les deux faits ? Merde ! Le Vatican note tous les numéros d'immatriculation des véhicules qui y entrent. C'est une mesure basique, et si Tevere Express travaille habituellement avec eux, il est évident qu'ils ont l'adresse de leurs employés.

— Ils ont suivi la piste des plis.

— Si les journalistes avaient ouvert toutes les enveloppes en même temps, le scandale aurait déjà éclaté. Il n'y aurait pas eu moyen de l'arrêter. Dix journalistes célèbres...

— Mais une seule journaliste est au courant pour l'instant...

— Exact.

— Une seule, c'est facile à gérer.

Paola se souvint alors des rumeurs qui circulaient, ces histoires que les policiers et autres représentants de la loi murmurent seulement à l'oreille de leurs collègues, en général tard le soir, devant leur troisième verre. Des légendes noires sur les disparitions et les accidents.

— Vous croyez qu'ils...

— Je ne sais pas, mais c'est une éventualité. Cela dépendra de la souplesse de la journaliste.

— Arrêtez avec vos euphémismes, ce que vous voulez dire c'est qu'ils vont essayer de lui extorquer le DVD.

Fowler se tut. Un silence éloquent.

— Alors pour son bien à elle, il faut qu'on la retrouve le plus vite possible. Montez, nous devons aller à l'UACV, commencer à chercher dans les hôtels et les compagnies aériennes...

— Non, *dottora*, j'ai une meilleure idée, dit Fowler en lui indiquant une autre adresse.

— Mais c'est à l'autre bout de la ville. Où m'emmenez-vous ?

— Chez un ami qui pourra nous aider.

Quelque part dans Rome

Samedi 9 avril, 02 : 48

Paola les conduisit à bon port sans demander plus d'explications à son compagnon qui était resté silencieux durant le trajet. Ils attendirent un bon moment dans l'entrée de l'immeuble, le doigt collé à la sonnerie de l'interphone. Paola demanda alors à Fowler :

— Cet ami... Vous l'avez connu comment ?

— Lors de ma dernière mission, juste avant de quitter mon poste précédent. Il avait alors quatorze ans, et c'était un garçon assez rebelle. Je représente pour lui une sorte de... comment dire... ? Un conseiller spirituel. Et nous n'avons jamais perdu contact.

— Et maintenant, il appartient à votre *compagnie* ?

— *Dottora*, si vous ne me posiez pas des questions compromettantes, je n'aurais pas à vous mentir.

Cinq minutes plus tard, l'ami de Fowler consentait enfin à leur ouvrir. Il s'agissait d'un prêtre. Il les fit entrer dans un studio meublé de manière rudimentaire, mais très propre. Il y avait deux fenêtres aux volets fermés. A l'extrémité de la pièce, cinq écrans plats d'ordinateur étaient disposés sur une grande table de deux mètres de largeur environ. Sous la table, des centaines de lumières comme une guirlande de Noël. A l'autre bout, un lit défait que son occupant venait de toute évidence de quitter.

— Alberto, je te présente la *dottora* Paola Dicanti. Je travaille avec elle. Dottora, voici le père Albert.

— Ah ! je vous en prie, appelez-moi Albert, dit le jeune prêtre avec un sourire agréable en essayant de cacher son envie de bâiller. Je suis désolé pour le désordre. Diable ! Anthony, qu'est-ce qui t'amène à cette heure ? Je n'ai pas envie de jouer aux échecs maintenant. Au fait, tu aurais pu me dire que tu étais à Rome. J'ai su que tu avais repris du service la semaine dernière. J'aurais aimé l'apprendre de ta bouche.

— Albert est devenu prêtre l'année dernière. C'est un jeune garçon impulsif, mais aussi un génie de l'informatique, vous allez comprendre en quoi il va nous être utile, *dottora*.

— Dans quel pétrin tu t'es fourré ?

— Albert, s'il te plaît, j'ai besoin que tu nous obtiennes une liste.

— Laquelle ?

— La liste des accréditations de presse du Vatican.

Albert devint aussitôt très sérieux.

— Ce que tu me demandes n'est pas facile.

— Albert, allons, tu entres et tu sors des ordinateurs du Pentagone comme si tu étais chez toi.

— Des rumeurs sans fondement, répliqua le jeune homme, propos que son sourire démentait. Même si c'était le cas, les deux choses n'ont rien à voir. Le système informatique du Vatican, c'est comme la terre de Mordor : inexpugnable.

— Allons, *Frodo 26*, je suis convaincu que tu y es déjà entré.

— Chrisssst ! Ne prononce jamais mon nom de hacker.

— Désolé.

Le jeune homme afficha un visage grave. Il se gratta la joue. Il restait encore des traces de puberté sous forme de marques rouges. Puis il regarda Fowler :

— C'est vraiment nécessaire ? Tu sais que je ne suis pas autorisé à le faire. Je prends de gros risques.

Paola ne voulut pas demander qui pouvait délivrer pareille autorisation.

— La vie d'une personne est en danger, Albert. Et toi et moi n'avons jamais été du genre à suivre les règles.

Fowler regarda Paola. Elle comprit que c'était à son tour d'intervenir.

— Vous pouvez nous aider, Albert ? Vous êtes vraiment parvenu à y entrer avant ?

— Oui, *dottora* Dicanti, cela m'est arrivé une fois, mais je ne suis pas allé très loin, et je peux vous jurer que j'ai eu la trouille de ma vie.

— Que s'est-il passé ?

— J'ai été détecté. Au moment où j'entrais, un programme s'est activé, et ils ont lancé deux chiens de garde à mes trousses.

— Qu'est-ce que ça veut dire ? N'oubliez pas que vous vous adressez à une ignare en la matière.

Albert parut se réveiller soudain. Il adorait parler de son travail.

— Il y avait deux serveurs occultes qui attendaient juste que je franchisse leurs défenses. Au moment où je suis passé, ils ont activé tous leurs moyens pour me localiser. L'un des chercheurs me filait tandis que l'autre me mettait des punaises.

— Des punaises ?

— Imaginez que vous suiviez un chemin qui, tout d'un coup, traverse un cours d'eau. Le chemin est formé de pierres plates qui dépassent du courant. Ce que faisait l'ordinateur, c'était retirer la pierre sur laquelle je devais passer et la remplacer par une information pernicieuse. Un « troyen » multiforme.

Le jeune prêtre leur apporta une chaise et un tabouret, et s'assit face à l'ordinateur. Il était évident qu'il ne recevait pas beaucoup de visites.

— Un virus ?

— Un virus très puissant. Si j'avais fait un pas de plus, ses lignes de code auraient rasé mon disque dur, et m'auraient jeté entre leurs mains. C'est la seule fois de ma vie où j'ai utilisé le bouton de panique, dit le prêtre en indiquant un bouton rouge d'apparence inoffensive sur un côté du moniteur central. Ce bouton était relié à un câble qui se perdait dans la toile d'araignée de fils électriques en dessous.

— Qu'est-ce que c'est ?

— Un bouton qui coupe le courant dans tout l'étage. Il le rétablit au bout de dix minutes.

Paola lui demanda pourquoi couper le courant sur tout l'étage, et pas seulement son ordinateur. Mais le garçon ne l'écoutait déjà plus, il avait le regard fixé sur l'écran tandis que ses doigts volaient sur le clavier. Ce fut Fowler qui lui répondit :

— L'information se transmet en millièmes de secondes. Le temps qu'Albert prendrait pour se pencher, et tirer sur la prise, pourrait être crucial. Vous comprenez ?

Paola voyait à peu près, mais en réalité tout cela l'intéressait peu. Le plus important pour elle, à cet instant, c'était de localiser la journaliste espagnole châtain, et s'ils parvenaient à la trouver de cette manière insolite, eh bien, tant mieux. Il était évident que les deux prêtres avaient déjà connu des situations similaires.

— Que va-t-il faire maintenant ?

— Il va lever un écran. Je ne sais pas très bien comment il procède, en tout cas, il connecte son ordinateur sur une centaine d'autres, au cours d'une séquence qui aboutit au réseau du Vatican. Plus le camouflage est complexe et long, plus ils mettent du temps à le localiser, il y a cependant une marge de sécurité qu'il ne faut jamais dépasser. Chaque ordinateur connaît seulement le nom de l'ordinateur précédent qui lui a demandé la connexion, et seulement pendant le temps de la connexion. Ainsi, si elle s'interrompt avant qu'ils n'aient pu localiser Albert, ils n'auront que du vide.

Le battement rythmique du clavier se prolongea pendant presque un quart d'heure. Par moments, un voyant rouge s'allumait sur la mappemonde qui figurait sur un des écrans. Il y en avait des centaines, qui couvraient pratiquement la majeure partie de l'Europe, le nord de l'Afrique, l'Amérique du Nord, le Japon... Paola remarqua qu'il y avait une plus grande densité de points dans les pays économiquement riches ; elle en compta à peine un ou deux en Afrique, et une dizaine en Amérique du Sud.

— Chacun de ces points correspond à un des ordinateurs qu'Albert utilise pour atteindre le système du Vatican en employant une séquence. Ce peut être n'importe où, dans un institut, une banque, un cabinet d'avocats. A Pékin, en Autriche ou à Manhattan. Plus les ordinateurs sont éloignés géographiquement, plus la séquence est efficace.

— Comment être sûr que ces ordinateurs ne vont pas s'éteindre accidentellement, interrompant ainsi le processus ?

— J'emploie un historique de connexions, indiqua Albert d'une voix distante sans cesser de pianoter sur son clavier. Normalement, j'utilise des ordinateurs qui sont allumés en permanence. De nos jours, avec les programmes d'échanges d'archives, beaucoup de gens laissent leur ordinateur allumé vingt-quatre heures sur vingt-quatre pour charger de la musique ou de la pornographie. Ce sont les systèmes idéaux pour servir de pont. L'un de mes préférés est l'ordinateur de... (Il cita un personnage très connu de la politique européenne.) Ce type adore les photos de jeunes filles avec des chevaux. De temps en temps, je m'amuse à les remplacer par des golfeurs. Le Seigneur interdit ces perversions.

— Tu n'as pas peur de remplacer une perversion par une autre, Albert ?

Le jeune homme éclata de rire sans quitter des yeux les commandes et instructions que ses doigts matérialisaient sur l'écran. Finalement, il leva une main :

— Nous y sommes presque. Mais je vous préviens, nous ne pourrons rien copier, j'emploie une procédure grâce à laquelle un de leurs ordinateurs fait le travail pour moi, mais efface l'information copiée dans cet ordinateur dès qu'on dépasse un certain nombre de « kilobits ». J'espère que vous avez une bonne mémoire. A partir du moment où nous serons découverts, nous n'aurons qu'une minute.

Fowler et Paola hochèrent la tête. Le premier s'occupa de guider Albert dans sa recherche.

— Ça y est, on est entrés.

— Va au service de presse, Albert.

— J'y suis.

— Cherche la liste des journalistes accrédités.

Au même moment, à quelque quatre kilomètres de là, démarrait dans un bureau du Vatican un des ordinateurs de sécurité appelé *Archangele*. Il venait de détecter dans le système la présence d'un agent externe. Le programme de localisation fut immédiatement activé. Le premier ordinateur activa à son tour un second appelé *Sancte Michael*. Il s'agissait de deux superordinateurs Cray capables de réaliser un billion d'opérations à la seconde. Chacun coûtait plus de 200 000 euros. Tous deux lancèrent jusqu'au dernier de leur cycle de calcul pour éliminer l'intrus.

Une fenêtre d'alarme s'ouvrit sur l'écran principal. Albert serra les lèvres :

— Merde, ils arrivent ! Nous avons moins d'une minute. Il n'y a rien sur les accréditations.

Paola se raidit tout en voyant les points rouges sur la mappemonde s'éteindre à une rapidité inquiétante.

— Passes de presse.

— Rien. Plus que quarante secondes.

— Médias.

— Oui. Il y a un dossier. Trente secondes.

Une liste apparut sur l'écran. Une base de données.

— Merde ! Il y a trois mille entrées.

— Classe par nationalité, et cherche l'Espagne.

— Voilà. Vingt secondes.

— Il n'y a pas de photos ! Combien de noms ?

— Plus de cinquante. Quinze secondes.

Il ne restait plus que trente voyants sur la mappemonde.

Tous les trois avaient le regard fixé sur l'écran, penchés en avant.

— Elimine les hommes et classe les femmes par âge.

— Ça y est. Dix secondes.

— Les plus jeunes d'abord.

Paola serra ses mains l'une contre l'autre avec force.

Albert enleva une main du clavier et plaça l'index sur le bouton de panique. De grosses gouttes de sueur coulaient sur son front tandis qu'il écrivait de l'autre main.

— Là ! Ça y est ! Cinq secondes, Anthony !

Fowler et Paola lurent et mémorisèrent les noms qui apparurent sur l'écran. Ils n'avaient pas encore fini quand Albert appuya sur le bouton fatidique. L'écran et l'appartement se retrouvèrent plongés dans le noir.

— Albert ? dit Fowler dans l'obscurité la plus complète.

— Oui, Anthony ?

— Tu n'aurais pas des bougies par hasard ?

— Tu devrais le savoir pourtant, Anthony, je n'utilise pas de systèmes analogiques.

HOTEL RAPHAEL

Largo Febo, 2

Samedi 9 avril, 03 : 17

Andrea Otero avait peur, très très peur.

« Peur, non. Je suis morte de trouille. »

La première chose qu'elle avait faite en entrant dans le vestibule de l'hôtel avait été d'acheter trois paquets de cigarettes. La nicotine du premier paquet avait été une bénédiction. Maintenant qu'elle avait entamé le deuxième, les contours de la réalité commençaient à se stabiliser. Elle ressentait un tournis légèrement réconfortant, comme une berceuse.

Elle était assise par terre dans sa chambre, le dos appuyé contre le mur, les bras serrés autour de ses genoux, et fumait cigarette sur cigarette. A l'autre bout de la chambre se trouvait son ordinateur portable, éteint.

Etant donné les circonstances, elle avait agi correctement. Après avoir vu les premières quarante secondes du film de ce Karoski, elle avait eu envie de vomir. Elle n'avait jamais été du genre à réprimer une envie. Une main sur la bouche, elle avait couru vers la poubelle la plus proche, et avait vidé son estomac. Elle s'était demandé si c'était un sacrilège de vomir dans une poubelle du Vatican, et avait décidé que non.

Quand la terre avait cessé de tourner autour d'elle, elle était revenue vers la porte de la salle de presse, craignant d'avoir fait tant de bruit qu'on l'avait entendue. Elle s'était dit que deux Gardes suisses étaient certainement déjà en route pour l'arrêter en raison du vol qu'elle avait commis en ouvrant une enveloppe qui ne lui était pas destinée.

« Mais vous comprenez, monsieur, cela aurait pu être une bombe, j'ai agi courageusement, je trouve. Ne vous inquiétez pas, j'attends que vous alliez chercher ma médaille. »

Non, elle ne convaincrait personne. Mais elle n'avait pas besoin de s'inquiéter, car personne ne vint l'arrêter. Elle prit tranquillement ses affaires, et sortit avec calme du Vatican en adressant un sourire coquet aux Gardes suisses postés devant l'arc des Cloches, l'entrée réservée aux journalistes. Elle traversa la place Saint-Pierre, vidée de la foule qui s'y pressait la veille. Elle cessa de sentir les regards fixes des Gardes suisses quand elle descendit du taxi qui la déposa devant son hôtel. Et elle cessa de croire qu'on la suivait une demi-heure plus tard.

Non, on ne l'avait pas suivie et elle n'était suspecte de rien. Elle avait jeté dans une poubelle de la Piazza Navona les neuf autres enveloppes sans les avoir décachetées. Elle ne voulait pas être surprise avec tout ça sur elle. Et elle était montée directement à sa chambre après avoir fait ses réserves de nicotine.

Lorsqu'elle se sentit suffisamment rassérénée, c'est-à-dire après avoir inspecté le vase de fleurs séchées de la pièce pour la troisième fois, sans trouver de microphone caché, elle remit le DVD dans le lecteur de son ordinateur et visionna son contenu.

La première fois, elle parvint à regarder une minute entière. La deuxième, elle le vit presque en entier. La troisième entièrement, mais elle dut courir vomir à la salle de bains. La quatrième fois, elle était assez calme pour comprendre que tout cela n'était pas un film du type *The Blair Witch Project*. Les faits étaient bien réels. Andrea était une journaliste intelligente, un grand avantage normalement, mais aussi un problème majeur. Son instinct lui avait dit que tout était authentique, dès le début, alors qu'une autre aurait peut-être coupé le film en le prenant pour un faux. Mais cela faisait plusieurs jours qu'elle cherchait le cardinal Robayra et soupçonnait qu'il y avait anguille sous roche. En entendant le nom de Robayra, tous ses doutes s'étaient évanouis de manière brutale, violente et efficace.

Elle visionna l'enregistrement une dernière fois en prenant des notes. Puis elle éteignit son ordinateur, s'assit loin de lui, entre la table et l'appareil de climatisation, et se livra à un tabagisme effréné.

Ce n'était vraiment pas le moment d'arrêter.

Ces images étaient un véritable cauchemar. Dans un premier temps, le dégoût qu'elle ressentait, l'impression de saleté dont elle se sentit envahie étaient si profonds qu'elle ne put réagir pendant deux heures. Puis elle commença à analyser la portée de ce qu'elle avait vu. Elle sortit son cahier, et écrivit les trois points principaux qui devaient servir d'axe à son article.

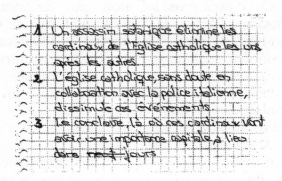

1 Un assassin satanique élimine les cardinaux de l'Église catholique les uns après les autres.
2 L'Église catholique, sans doute en collaboration avec la police italienne, dissimule des événements.
3 Le conclave, là où ces cardinaux vont avoir une importance capitale, a lieu dans neuf jours.

Elle barra le « neuf » et écrivit « huit ». On était déjà samedi.

Elle devait écrire un grand article. Un reportage complet de trois pages avec des chapeaux, des relances et le titre pour la une du journal. Elle ne pouvait envoyer aucune image à la rédaction, parce qu'elle risquait de se faire voler sa découverte. Le directeur n'hésiterait pas à sortir Paloma de son lit d'hôpital pour que l'article ait le poids voulu grâce à sa signature. Et Andrea devrait se contenter d'un encadré. Mais si elle envoyait le reportage complet, mis en page, prêt à être imprimé, alors le directeur lui-même ne pourrait pas retirer sa signature. Oh ! non, parce que dans ce cas, il suffirait à Andrea d'envoyer un fax à la *Nación* et *Alfabeto*, avec le texte et les photos de l'article, avant que son propre journal n'ait le temps de publier. Et dans ce cas, adieu l'exclusivité (et son travail, soit dit en passant).

Bien sûr, une jeune fille bien élevée ne se comportait pas ainsi, mais qui avait dit qu'elle était bien élevée ? Ce n'était pas joli non plus de voler des enveloppes, elle s'en fichait pas mal. Elle se voyait déjà en train d'écrire un best-seller : « J'ai découvert l'assassin des cardinaux ». Des centaines de milliers de livres avec son nom en couverture, des interviews dans tous les pays, des conférences. Oh ! oui, voler valait bien la peine.

« Même si parfois, il faut se méfier de celui qu'on vole », se dit-elle.

Parce que ce pli n'avait pas été expédié par un service de presse. Ce message, c'était l'assassin sans pitié qui l'avait envoyé. Et il comptait probablement qu'à cette heure son message ait déjà été transmis à toutes les rédactions dans le monde entier.

Andrea examina les choix qui s'offraient à elle. L'assassin ne découvrirait pas avant le matin que son message n'était pas parvenu à ses destinataires. Mais la société de courses pouvait rapidement retrouver sa trace. Sauf qu'elle doutait que le coursier ait lu son nom. Il avait plutôt l'air intéressé par ce qui entourait le badge que par le badge lui-même. Dans le meilleur des cas, si la société de courses n'ouvrait pas avant lundi, elle disposait de deux jours. Dans le pire des cas, de quelques heures.

Andrea savait qu'il était plus sain d'agir en fonction du scénario le plus mauvais. Elle décida de rédiger immédiatement son article. Dès qu'il serait arrivé sur le bureau de son directeur à Madrid, elle se teindrait les cheveux, mettrait ses lunettes de soleil et quitterait l'hôtel.

Elle se leva en s'armant de courage, alluma son ordinateur portable, et lança le programme de mise en page du journal. Elle écrirait directement sur la maquette. C'était plus facile pour elle quand elle voyait comment ses phrases se présentaient sur la page imprimée.

Il lui fallut trois quarts d'heure pour préparer la maquette de trois pages. Elle terminait presque quand son téléphone portable sonna.

« Putain ! Qui peut m'appeler à ce numéro à trois heures du matin ? »

Seul le journal possédait ce numéro. Elle ne l'avait donné à personne, pas même à sa famille. Ce devait être la rédaction pour une urgence. Elle se leva et chercha l'appareil dans sa poche. Elle voulut regarder le numéro qui s'affichait sur l'écran, mais il n'y avait rien, pas même un « appel inconnu ».

Elle décrocha :

— Allô ?

Elle n'entendit qu'une tonalité.

Mais quelque chose en son for intérieur lui disait que cet appel était important, et qu'elle ferait mieux de se dépêcher. Elle retourna à son ordinateur, écrivant le plus rapidement possible. Elle ne revenait même pas en arrière pour corriger ses erreurs typographiques. Ils se débrouilleraient au journal. Soudain, elle était terriblement pressée d'en finir.

Il lui fallut quatre heures pour terminer son article, le temps de chercher les données biographiques et photos des cardinaux. Il contenait plusieurs reproductions de la vidéo de Karoski. Certaines de ces images étaient si fortes qu'elle en rougit toute seule. Merde. Que la rédaction la censure, s'ils l'osaient.

Elle rédigeait les dernières lignes quand on frappa à la porte.

HOTEL RAPHAEL

Largo Febo, 2

Samedi 9 avril, 07 : 58

Andrea regarda la porte, abasourdie, comme si elle n'en avait jamais vu une de sa vie. Elle sortit le disque de l'ordinateur, le rangea dans son étui plastique, et le jeta dans la corbeille de la salle de bains. Elle revint dans la chambre, l'estomac noué, en espérant que la personne était partie. On frappa de nouveau, des coups courtois mais fermes. Ce ne pouvait pas être la femme de ménage. Il était trop tôt.

— Qui est là ?

— Mademoiselle Otero ? J'apporte votre petit déjeuner, offert par l'hôtel.

Andrea ouvrit la porte, étonnée.

— Mais je n'ai pas demandé...

Elle s'interrompit soudain car l'homme qui se tenait devant elle n'était ni un serveur, ni le portier de l'hôtel. C'était un individu petit mais large d'épaules et musclé, qui portait un blouson de cuir et un pantalon noir. Il n'était pas rasé et arborait un sourire amical.

— Mademoiselle Otero, mon nom est Fabio Dante. Je suis commissaire au *Corpo di Vigilanza* du Vatican. J'aimerais vous poser quelques questions.

Il lui présenta une pièce d'identité de la main gauche avec sa photo bien en vue. Andrea l'examina attentivement. Elle semblait authentique.

— Ecoutez, là, je suis très fatiguée, et il faut que je dorme. Revenez plus tard.

Elle voulut fermer la porte mais le commissaire la coinça du pied avec l'habileté d'un vendeur d'encyclopédies, père d'une nombreuse progéniture. Andrea se vit obligée de la maintenir ouverte.

— Vous n'avez pas compris, je dois dormir.

— Je crois que c'est vous qui ne m'avez pas compris. Je dois vous parler de toute urgence, c'est au sujet d'un vol.

« Merde, comment a-t-il fait pour me retrouver si vite ? »

Andrea ne bougea pas un muscle de son visage, mais l'inquiétude fit place à la panique. Elle devait écarter ce danger par tous les moyens. Elle enfonça ses ongles dans la paume de sa main, et fit entrer le policier.

— Je n'ai pas beaucoup de temps. Je dois envoyer un article à mon journal.

— C'est un peu tôt pour ça, non ? Les imprimantes ne démarrent pas avant plusieurs heures.

— J'aime faire les choses à l'avance.

— Il s'agit peut-être d'une information spéciale ? dit Dante en faisant un pas vers l'ordinateur portable d'Andrea.

Elle se plaça devant lui et lui bloqua le passage.

— Ah ! non, rien de particulier. Les conjectures habituelles sur l'élection du prochain pape.

— Bien sûr. Une question de très grande importance, n'est-ce pas ?

— En effet. Mais on ne peut rien dire de vraiment nouveau, il s'agit plutôt du reportage habituel sur les personnalités en lice. On n'a pas beaucoup d'informations en ce moment.

— Et nous préférons qu'il en soit ainsi, mademoiselle Otero.

— Excepté, bien sûr, ce vol dont vous me parlez. Au fait, que vous a-t-on volé ?

— Rien de très important. Quelques enveloppes.

— Que contenaient-elles ? Certainement quelque chose de précieux. La feuille de paie des cardinaux ?

— Qu'est-ce qui vous fait croire que le contenu avait de la valeur ?

— Il devait en avoir, sinon ils n'auraient pas envoyé leur meilleur limier. Une collection de timbres du Vatican, peut-être ? J'ai entendu dire que les philatélistes pouvaient tuer pour moins que ça.

— En fait, ce ne sont pas des timbres. Cela vous dérange si je fume ?

— Vous devriez passer aux pastilles de menthe.

L'inspecteur huma l'air.

— D'après l'odeur, je ne crois pas que vous suiviez vos conseils.

— La nuit a été dure. Fumez si vous trouvez un cendrier vide…

Dante alluma une cigarette et exhala la fumée.

— Comme je vous le disais, mademoiselle Otero, les enveloppes ne contenaient pas des timbres, mais une information extrêmement confidentielle qui ne doit pas tomber entre de mauvaises mains.

— Par exemple ?

— Comment ?

— Quel genre de mauvaises mains, commissaire ?

— Celles dont la propriétaire ne saurait pas ce qu'il convient de faire.

Dante regarda autour de lui. Il ne vit aucun cendrier. Il régla le problème en jetant ses cendres par terre. Andrea profita de l'occasion pour avaler sa salive. Si ce geste n'était pas une menace, elle était religieuse.

— Et de quel genre d'information s'agit-il ?

— De type confidentiel.

— Elle a de la valeur ?

— Peut-être. J'espère que la personne qui a pris les enveloppes saura négocier.

— Vous êtes prêt à lui offrir une forte somme ?

— Non, je suis prêt à lui laisser toutes ses dents.

Andrea ne fut pas effrayée par les paroles de Dante, mais par le ton qu'il employa, comme pour demander un déca. Et ça, c'était vraiment dangereux. Elle regretta soudain de l'avoir laissé entrer. Elle joua alors sa dernière carte.

— Eh bien, commissaire, j'ai passé un moment bien intéressant, mais maintenant je dois vous demander de partir. Mon compagnon, photographe, va revenir d'ici peu et il est assez jaloux…

Dante éclata de rire. Andrea ne riait plus du tout. Il avait sorti un pistolet et le pointait sur elle.

— Assez de bêtises, ma jolie. Vous n'avez pas de petit ami. Donnez-moi les DVD ou je vous fais éclater la cervelle.

Andrea fronça les sourcils en regardant l'arme.

— Vous n'oseriez pas tirer ici, la police arriverait en moins d'une minute et vous ne trouverez jamais ce que vous cherchez.

Le commissaire hésita quelques instants.

— Vous savez quoi ? Vous avez raison, je ne vais pas tirer.

Il lui flanqua un coup de poing de sa main gauche. Andrea vit des étoiles et un mur devant elle avant de réaliser qu'elle était tombée, et que le mur était le sol de la chambre.

— Je ne vais pas m'attarder, mademoiselle, juste le temps de trouver ce dont j'ai besoin.

Dante s'approcha de l'ordinateur. Il tapa sur le clavier pour faire disparaître l'écran de veille et découvrit le reportage qu'Andrea avait écrit.

— Gagné !

La journaliste se releva à moitié en tâtant son sourcil gauche. Ce salaud l'avait ouvert ! Le sang coulait à flots et elle ne voyait plus rien de cet œil.

— Je ne comprends pas. Comment m'avez-vous retrouvée ?

— Mademoiselle, vous nous avez vous-même donné votre numéro de téléphone portable et avez signé l'autorisation.

Tout en parlant, Dante sortit de sa poche deux objets, un tournevis et un petit cylindre de métal brillant. Il éteignit l'ordinateur, le retourna et dévissa de façon à voir le disque dur. Il passa le cylindre dessus plusieurs fois. Andrea comprit qu'il s'agissait d'un puissant aimant. Qui allait effacer toutes les informations du disque dur.

— Si vous aviez lu attentivement la note en petites lettres au bas du papier que vous avez signé, vous auriez vu la clause qui nous autorise à localiser votre ordinateur par satellite « en cas de danger », une clause prévue au cas où un terroriste se glisserait parmi les journalistes, et qui s'est révélée très utile dans votre cas. Estimez-vous heureuse, c'est moi qui vous ai trouvée le premier, et non Karoski.

— Ah ! oui, il y a de quoi bondir de joie.

Andrea était parvenue à se mettre à genoux. Elle chercha de la main droite le cendrier de cristal de Murano qu'elle comptait emporter en souvenir, et qu'elle avait posé par terre à côté du mur, tout à l'heure, alors qu'elle fumait comme une possédée. Dante s'approcha d'elle et s'assit sur le lit.

— Je dois reconnaître qu'en réalité nous devrions vous remercier. Sans votre vil larcin, à cette heure, les agissements de ce psychopathe seraient diffusés dans le monde entier. Vous avez voulu tirer un profit personnel de cette situation, et vous n'y êtes pas parvenue. Maintenant, faites preuve d'intelligence, laissez tomber. Vous n'aurez pas d'exclusivité, mais vous sauvez votre visage. Qu'en dites-vous ?

— Les disques...

Elle murmura quelques paroles inintelligibles.

Dante se pencha vers elle jusqu'à ce que son nez touche celui de la journaliste.

— Que dis-tu, mon cœur ?

— Je dis : va te faire foutre, sale con ! cria Andrea en lui assenant un coup de cendrier sur l'oreille dans un nuage de résidus. L'inspecteur posa la main sur la tête en poussant un cri de douleur. Andrea se leva, en vacillant, prête à le frapper une deuxième fois, mais il se montra plus rapide. Il lui saisit le bras alors que le cendrier n'était qu'à quelques centimètres de son visage.

— Alors comme ça, on sort ses griffes, petite salope !

Dante lui serra le poignet et lui tordit le bras. Elle dut lâcher le cendrier. Il la frappa alors au ventre. Andrea s'écroula par terre, le souffle coupé, une boule d'acier oppressant sa poitrine. L'inspecteur palpa son oreille d'où coulait un filet de sang. Il se regarda dans la glace. Il avait l'œil gauche à moitié fermé couvert de cendres et des mégots dans les cheveux. Il s'approcha de la jeune femme et leva un pied pour la frapper. Si le coup avait porté, il lui aurait brisé plusieurs vertèbres. Mais Andrea fut plus rapide, cette fois. Elle lui assena un coup de pied sur la cheville de sa jambe à terre. Et le fit tomber de tout son long sur la moquette, ce qui lui permit de se précipiter dans la salle de bains. Elle ferma la porte d'un coup.

Dante se releva et s'avança en boitant.

— Ouvre, salope !

— Va te faire voir, fils de pute ! répondit Andrea plus pour elle-même que pour son agresseur.

Elle se rendit compte qu'elle pleurait. Elle eut envie de prier, mais se souvint que Dante travaillait justement pour l'Eglise. Peut-être n'était-ce pas une bonne idée. Elle essaya de s'appuyer sur la porte, en vain. Le battant s'ouvrit violemment, repoussant Andrea contre le mur. Le commissaire entra comme une furie, le visage rouge et enflé. Elle essaya de se défendre, mais il la saisit par les cheveux, et tira brutalement en lui arrachant une bonne mèche. Il la tenait avec une force incroyable, et elle ne pouvait rien faire pour se dégager de cette terrible étreinte, à part griffer ses mains, et son visage. Elle parvint à le blesser, ce qui le rendit encore plus furieux.

— Où est le disque ?

— Va te...

— OÙ ?

— ... faire...

— EST-IL ?

Il lui tint fermement la tête face au miroir et l'envoya s'écraser dessus. Une toile d'araignée se forma sur toute la surface de la glace. Au centre, un filet de sang s'écoulait sur le lavabo.

Dante obligea Andrea à regarder son visage défiguré.

— Je continue ?

Soudain, Andrea comprit qu'elle en avait eu assez.

— Dans la corbeille, là, murmura-t-elle.

— Très bien. Baisse-toi et prends-le avec la main gauche. Et pas de bêtises, hein ?

Andrea s'exécuta, et lui remit le DVD. Dante l'examina. Il paraissait identique à celui que la *Vigilanza* avait reçu.

— Très bien. Et les neuf autres ?

La journaliste dit d'une voix étranglée :

— Je les ai jetés.

— Tu te fiches de moi !

Andrea sentit qu'elle volait dans la pièce, et en effet Dante l'envoya valdinguer à un mètre et demi. Elle atterrit brutalement sur la moquette.

— Je ne les ai pas, je te dis, merde ! Tu n'as qu'à aller fouiller dans les poubelles de la Piazza Navona !

Le commissaire s'approcha d'elle en souriant. Elle resta au sol, respirant avec difficulté.

— Tu ne comprends toujours pas ? Tout ce que tu avais à faire, c'était me remettre les DVD, et tu rentrais chez toi avec juste un gros bleu sur le visage, mais non, tu te crois plus maligne que le fils de madame Dante, et ça, ce n'est pas possible. Nous allons donc passer à la vitesse supérieure. Tu ne sortiras pas d'ici vivante.

Il posa une jambe contre le flanc de la journaliste, sortit son pistolet et le pointa sur sa tête. Malgré sa frayeur, Andrea le regarda bien en face. Ce salaud était capable de tout.

— Tu ne vas pas tirer. Tu ferais trop de bruit, lui dit-elle avec moins de conviction que tout à l'heure.

— Tu sais quoi, ma petite, tu as raison une fois de plus.

Et il sortit de sa poche un silencieux qu'il commença à visser sur son arme. Andrea se retrouva de nouveau confrontée à la perspective d'une mort imminente.

— Lâche ça, Fabio.

Dante fit volte-face avec une expression stupéfaite. Dicanti et Fowler se trouvaient sur le seuil de la porte. L'inspectrice avait une arme à la main, et le prêtre la clé électronique grâce à laquelle ils étaient entrés. La plaque de Dicanti et le col de Fowler s'étaient révélés des atouts cruciaux pour l'obtenir. Ils avaient tardé parce qu'ils avaient dû vérifier un autre nom parmi les quatre qu'Albert leur avait obtenus. Ils les avaient classés par âge. Puis avaient commencé par la plus jeune des journalistes espagnoles qui travaillait à la télévision et avait les cheveux châtains, comme le leur avait dit le loquace réceptionniste de l'hôtel. Celui d'Andrea se montra tout aussi loquace.

Dante fixait bêtement l'arme de Dicanti, tout en maintenant son pistolet pointé sur Andrea.

— Allons, *ispettora*, vous n'oseriez pas…

— Vous êtes en train d'agresser une citoyenne de la communauté sur le sol italien, Dante. Je suis représentante de la loi. Vous ne pouvez pas me dire ce que je dois ou ne dois pas faire. Lâchez votre arme ou je tire.

— Dicanti, vous ne comprenez pas. Cette femme est une délinquante. Elle a volé des informations confidentielles qui appartiennent au Vatican. Elle ne veut rien entendre et pourrait tout faire rater. Il n'y a rien de personnel.

— Vous m'avez déjà dit ça avant. Et j'ai remarqué que vous vous occupiez personnellement d'un tas d'affaires qui n'avaient rien de personnel.

Dante bouillait de colère, mais il préféra changer de tactique.

— D'accord. Laissez-moi l'emmener au Vatican, juste pour vérifier ce qu'elle a fait des enveloppes. Je répondrai personnellement de sa sécurité.

Andrea eut un haut-le-cœur en entendant ces paroles. Elle ne voulait pas passer une minute de plus avec ce bâtard. Elle commença à tourner lentement les jambes pour placer son corps dans une position déterminée.

— Non, dit Paola.

Dante durcit le ton pour s'adresser à Fowler :

— Anthony, tu ne peux pas la laisser faire. Nous ne pouvons pas permettre que tout soit révélé au grand jour. Par la croix et l'épée.

Le prêtre le toisa avec une expression sévère.

— Ce n'est plus ma devise, Dante, surtout si elle sert à répandre un sang innocent.

— Mais elle n'est pas innocente. Elle a volé les enveloppes !

Dante n'avait pas encore fini de parler quand Andrea atteignit la position qu'elle cherchait depuis tout à l'heure. Elle fit un rapide calcul et lança son pied vers le haut. Elle ne le fit pas de toutes ses forces, pourtant ce n'était pas l'envie qui lui manquait, mais elle donna la priorité à la précision. Elle voulait atteindre les couilles de ce salaud. Et elle frappa pile dessus.

Trois choses se produisirent simultanément.

Dante lâcha le DVD et attrapa son entrejambe avec la main gauche tandis que, de la droite, il commençait à appuyer sur la gâchette, tout en hoquetant comme une truite hors de l'eau, respirant de la douleur.

Dicanti parcourut la distance qui la séparait de Dante en trois pas, et lui donna un coup de boule dans l'estomac.

Fowler réagit une demi-seconde après Dicanti – une petite perte de réflexe due à son âge, le temps d'évaluer la situation – et courut vers l'arme qui, en dépit du coup de pied, demeurait pointée sur Andrea. Il attrapa le poignet droit de Dante au moment même où Dicanti le frappait au ventre. Le coup fut dévié vers le plafond.

Tous les trois tombèrent, recouverts par une pluie de débris. Sans lâcher le poignet du commissaire, Fowler exerça une pression des deux pouces sur la jointure entre sa main et son bras. Dante lâcha son arme, mais parvint à assener à Dicanti un coup de genou au visage. Elle roula par terre, assommée.

Fowler et Dante se levèrent. Le prêtre tenait l'arme par le canon de la main gauche. De la droite, il actionna le mécanisme qui libérait le chargeur. Celui-ci tomba lourdement par terre. De l'autre main, il fit tomber la balle dans la chambre. Deux mouvements rapides de plus, et il avait le percuteur sur la paume. Il le lança à l'autre bout de la pièce et jeta l'arme aux pieds de Dante.

— Voilà, maintenant, elle ne te sert plus à rien.

Dante sourit en mettant la tête entre les épaules.

— Toi non plus, tu ne sers plus à rien, vieux con.

— Prouve-le.

Dante fonça sur le prêtre. Fowler s'esquiva sur le côté en balançant son bras qui rata de peu le visage de Dante et le toucha à l'épaule. Dante essaya un coup avec la gauche que Fowler ne put esquiver

355

totalement. Il fut touché aux côtes et s'écroula à terre, le souffle coupé.

— Tu es rouillé, on dirait.

Dante reprit son pistolet et le chargeur. Il n'avait pas le temps d'aller chercher le percuteur mais ne pouvait le laisser derrière lui. Son hésitation l'empêcha de se dire que Dicanti aussi avait une arme qu'il aurait pu utiliser. Heureusement, elle était restée sous le corps de l'inspectrice quand celle-ci avait perdu conscience.

Dante regarda autour de lui, dans la salle de bains, puis dans l'armoire. Il ne trouva ni Andrea Otero ni le DVD qu'il avait fait tomber. Il aperçut soudain une tache de sang sur le rebord de la fenêtre. Il se pencha dans le vide et, un instant, il crut que la journaliste avait le pouvoir de marcher dans les airs, comme le Christ sur les eaux. Ou mieux, de ramper.

Mais rapidement il comprit que la chambre était à la hauteur du toit de l'édifice voisin qui protégeait le beau cloître du couvent Sainte-Marie-de-la-Paix, construit par Bramante.

Andrea ignorait qui avait construit le cloître (et que Bramante avait été le premier architecte de Saint-Pierre du Vatican) tandis qu'elle rampait sur les tuiles de couleur brunie qui brillaient au soleil matinal, en essayant de ne pas attirer l'attention des touristes. Elle voulait arriver rapidement à l'autre bout du toit où une fenêtre ouverte promettait le salut. Elle avait déjà parcouru la moitié du chemin. Mais le cloître avait deux niveaux hauts, et le toit s'inclinait dangereusement vers la cour pavée à presque neuf mètres de hauteur.

Ignorant la douleur lancinante dans son entre-jambe, Dante se hissa par la fenêtre à la poursuite de la journaliste. Celle-ci tourna la tête et le vit poser les pieds sur les tuiles. Elle essaya d'accélérer, mais la voix de Dante l'arrêta :

— Ne bouge plus !

Dante la menaçait d'une arme inutilisable, mais elle ne le savait pas. Elle se demanda si ce type était assez fou pour tirer en plein jour en présence de témoins. Parce que les touristes les avaient vus maintenant, et contemplaient, ravis, la scène qui se déroulait au-dessus de leurs têtes. Dommage que Paola fût évanouie dans la chambre, elle perdait là un bel exemple de ce que les livres appellent un *bystander effect*. Selon cette théorie (maintes fois prouvée), plus le nombre de spectateurs augmente face à une personne en danger, plus les probabilités qu'on vienne à son secours diminuent (et plus s'élèvent celles qu'elle soit montrée du doigt et que les gens appellent leurs proches pour qu'ils regardent).

Etranger aux regards, Dante, le dos courbé, avançait lentement vers la journaliste. En s'approchant, il nota avec satisfaction qu'elle tenait le DVD dans la main. Elle disait sans doute la vérité, elle avait été assez bête pour jeter les autres. Ce film avait donc une importance majeure.

— Donne-moi le disque et je te laisserai, je te le promets. Je ne te veux pas de mal, mentit Dante.

Andrea était morte de peur, mais elle fit montre d'un courage digne d'un sergent de la légion.

— Tu parles ! Tire-toi ou je le jette !

Dante s'arrêta net à mi-chemin. Andrea avait le bras tendu, le poignet légèrement plié. Un simple geste et le DVD volerait comme un frisbee. Il pourrait se casser en touchant le sol. Ou planerait sous la légère brise et n'importe quel idiot en bas pourrait s'en emparer et disparaître avant que lui n'ait le temps de parvenir au cloître. Et alors, il pouvait dire adieu à sa carrière !

Trop de risques…

Il était coincé. Que faire ? Distraire l'ennemi jusqu'à incliner la balance en ta faveur.

— Mademoiselle, dit-il en élevant la voix, je ne sais pas ce qui vous pousse à cette extrémité, mais la vie est belle, croyez-moi. Si vous réfléchissez bien, vous verrez que vous avez beaucoup de raisons de vivre.

Oui, ce n'était pas idiot. S'approcher suffisamment en faisant semblant de vouloir aider cette pauvre folle au visage couvert de sang qui était sortie sur le toit et menaçait de se suicider. Essayer de la maîtriser maintenant, sans que personne ne s'aperçoive qu'il lui prenait le DVD, et ensuite, dans la lutte, ne pas être capable de la sauver. Une tragédie. Ses supérieurs s'occuperaient de Dicanti et de Fowler. Ils savaient mettre la pression.

— Ne sautez pas ! Pensez à votre famille.

— Mais qu'est-ce que tu racontes, imbécile ? s'étonna Andrea. Je ne pense pas sauter.

Les spectateurs, en bas, pointaient l'index sur eux au lieu d'appeler la police. Certains avaient commencé à crier : « *Non saltare, non saltare !* »

Personne ne trouva étrange de voir une arme dans la main du sauveteur (mais la distinguaient-ils vraiment ?). Dante était ravi. Il se rapprochait de plus en plus de la jeune journaliste.

— Ne craignez rien, je suis de la police !

Andrea comprit trop tard son manège. Il était à moins de deux mètres.

— Ne t'approche pas ou je le jette.

La foule crut comprendre qu'elle voulait se jeter, elle. Il y eut de nouveaux cris : « *No, no !* » Certains touristes promirent leur amour éternel à Andrea si elle descendait du toit saine et sauve.

Les doigts tendus, Dante frôlait presque les pieds de la journaliste maintenant. Elle recula un peu et glissa de quelques centimètres. La foule, une cinquantaine de personnes, et certains clients de l'hôtel que le bruit avait attirés aux fenêtres, retinrent leur souffle. Soudain, une voix cria :

— Oh ! regarde, un curé !

Dante se retourna. Fowler était debout sur le toit et il tenait une tuile dans chaque main.

— Non, pas ici, Anthony ! cria le commissaire.

Fowler ne parut pas l'entendre. Il lança une tuile avec une précision diabolique. Dante réussit à se protéger le visage avec le bras. S'il ne l'avait pas fait, le bruit que l'on entendit lorsque la tuile percuta son avant-bras aurait été celui de son crâne, brisé. Dante s'écroula et roula jusqu'au bord du toit. Il parvint à s'accrocher à un rebord de justesse, mais ses jambes cognèrent contre l'une de ces précieuses colonnes taillées par un sculpteur renommé, sous la supervision de Bramante, cinq cents ans auparavant. Les badauds qui n'avaient pas eu un geste pour Andrea se précipitèrent pour aider Dante, et à trois, réussirent à le décrocher, comme un pantin. Dante eut juste le temps de les remercier avant de s'évanouir.

Fowler s'adressa alors à Andrea d'une voix ferme :

— Mademoiselle Otero, faites-moi le plaisir de retourner dans votre chambre. Vous pourriez vous blesser.

Hotel Raphael

Largo Febo, 2

Samedi 9 avril, 09 : 14

Paola reprit ses esprits avec une étrange sensation de bien-être. Attentif, le père Fowler avait placé une serviette mouillée sur son front. Très vite, cette sensation disparut. Et Paola regretta que son corps ne s'arrêtât pas à ses épaules, tant son crâne lui faisait mal. Elle récupéra juste à temps pour recevoir les deux agents de police qui s'étaient enfin présentés dans la chambre d'hôtel, et leur dire qu'ils pouvaient fiche le camp, que la situation était sous contrôle. Dicanti leur jura qu'il n'y avait eu aucune tentative de suicide, qu'il s'agissait simplement d'une erreur. Les agents jetèrent un regard curieux autour d'eux, intrigués par le désordre qui régnait dans la pièce, mais obéirent cependant sans protester.

Entre-temps, Fowler, dans la salle de bains, s'employait à soigner tant bien que mal la blessure au front d'Andrea. Quand Dicanti réussit enfin à se débarrasser de la police, et passa la tête par l'entrebâillement de la porte, le prêtre expliquait à la jeune journaliste qu'elle allait avoir besoin de points de suture :

— Au moins quatre sur le front, et deux aux sourcils. Mais le temps presse, vous ne pouvez pas vous rendre à l'hôpital maintenant. Voilà ce que nous allons faire, vous allez sauter dans un taxi pour Bologne. Vous mettrez environ quatre heures. Là-bas, un médecin de mes amis vous attendra, il vous fera quelques points et vous conduira à l'aéroport. Vous prendrez un avion pour Madrid en passant par Milan. Au moins, là, vous serez en sûreté. Et essayez de ne pas revenir en Italie avant deux ans.

— Ce ne serait pas mieux si elle prenait l'avion à Naples ? demanda Dicanti.

Fowler la regarda, très sérieux.

— *Dottora*, si un jour vous devez fuir ces... ces personnes, je vous en prie, n'allez jamais à Naples. Ils ont trop de contacts là-bas.

— A mon avis, ils ont des contacts partout.

— Vous avez malheureusement raison. Et je crains que notre petite dispute avec la *Vigilanza* n'ait des conséquences bien désagréables pour vous et pour moi.

— Nous irons voir Boi. Lui, il se rangera de notre côté.

Fowler garda le silence quelques instants.

— Peut-être. Mais pour le moment, notre priorité, c'est de faire sortir mademoiselle Otero de Rome.

Cette conversation ne plaisait pas du tout à Andrea qui ne cessait de grimacer de douleur car sa blessure brûlait encore, même si elle ne saignait plus grâce aux bons soins de Fowler. Dix minutes plus tôt, en voyant Dante disparaître par-dessus le toit, elle avait ressenti un soulagement extrême. Elle s'était précipitée vers Fowler et avait passé les bras autour de son cou, menaçant de les faire rouler tous les deux par-dessus bord. Fowler lui avait expliqué sommairement l'existence d'un service ne figurant pas dans l'organigramme du Vatican qui ne voulait pas que cette affaire éclate au grand jour, et que sa vie avait été en danger pour cette raison. Fowler ne fit aucun commentaire sur son déplorable vol des enveloppes, ce qui avait été élégant de sa part. A présent, il comptait lui imposer ses décisions, et cela ne plaisait pas du tout à la journaliste. Elle était reconnaissante au prêtre et à la criminologue de l'avoir sauvée, mais elle n'était pas prête à céder au chantage.

— Je ne pense aller nulle part, je vous préviens. Je suis une journaliste accréditée, et mon journal compte sur moi pour couvrir le conclave. J'ai découvert une conspiration au plus haut niveau destinée à cacher la mort de deux cardinaux et d'un membre de la police italienne, tous assassinés par un psychopathe. *El Globo* va publier un article impressionnant à la une avec ma signature et vous voudriez que je me taise !

Le prêtre l'écouta patiemment, avant de répondre avec fermeté :

— Mademoiselle Otero, j'admire votre courage. Vous en avez beaucoup, bien plus que certains militaires que j'ai connus. Mais dans cette affaire, croyez-moi, le courage ne suffit pas.

La journaliste posa sa main sur le bandage qui couvrait son front, et serra les dents.

— Ils n'oseront rien me faire une fois le reportage publié.

— Peut-être, le problème, c'est que je ne veux pas non plus que vous publiiez ces informations, mademoiselle. Ce n'est pas le moment.

Andrea le regarda sans comprendre :

— Comment ?

— Pour faire court : donnez-moi le DVD.

Andrea se leva en vacillant. Elle était indignée et serrait le disque contre sa poitrine.

— Je ne pensais pas que vous étiez un de ces fanatiques prêts à tuer pour préserver un secret. Je pars tout de suite.

Fowler la poussa en arrière.

— Franchement, je crois que la plus belle phrase des Evangiles, est « La vérité vous rendra libres[1] ». Et si cela ne tenait qu'à moi, vous pourriez partir d'ici en courant et en racontant qu'un prêtre pédophile est devenu fou, et s'amuse à tuer des cardinaux à coups de couteau, cela me serait égal. L'Eglise finirait peut-être ainsi par comprendre que les prêtres sont des hommes avant tout. Mais cette affaire nous dépasse, vous et moi. Je ne veux pas que cette information soit divulguée parce que c'est exactement ce que Karoski souhaite. Quand il va

---

1. Jean 8, 32.

s'apercevoir que sa manœuvre n'a pas marché, il tentera forcément autre chose. Nous réussirons peut-être alors à l'arrêter et à sauver une vie.

Andrea s'effondra à cet instant. Un mélange de fatigue, de douleur, d'épuisement, un sentiment impossible à exprimer en un seul mot, entre la fragilité et l'autocompassion, quand on se rend compte que l'on est tout petit face à l'univers. Elle remit le disque à Fowler, se cacha la tête entre les mains et pleura.

— Je vais perdre mon travail.

Le prêtre eut pitié d'elle :

— Non, et je vous promets de m'en occuper personnellement.

Trois heures plus tard, l'ambassadeur des Etats-Unis en Italie demandait à parler au directeur du *Globo*. Il s'excusa pour avoir malencontreusement renversé son envoyée spéciale à Rome. Selon sa version des faits, l'incident avait eu lieu la veille, quand sa voiture se dirigeait à toute vitesse vers l'aéroport. Le chauffeur avait heureusement freiné à temps évitant ainsi une catastrophe, et à part une petite blessure à la tête, il n'y avait pas eu de conséquences graves. La journaliste avait insisté pour reprendre son travail, mais les médecins de l'ambassade, qui l'avaient examinée, avaient recommandé deux semaines de repos. L'ambassadeur comptait donc l'envoyer à Madrid aux frais de l'ambassade. Bien sûr, pour réparer ce grand préjudice professionnel, ils étaient prêts à verser une compensation. Un des passagers qui se trouvait dans ce véhicule s'était intéressé à elle, et avait accepté de lui donner une interview. Ils se mettraient en contact dans quinze jours pour finaliser les détails.

Le directeur du *Globo* raccrocha, perplexe. Il ne comprenait pas comment cette fille compliquée, qui avait toujours des problèmes, avait décroché l'interview sans doute la plus difficile à obtenir sur cette planète. Il attribua ce fait à un énorme coup de chance. Il sentit une pointe d'envie, il aurait aimé être dans sa peau. Il avait toujours rêvé de visiter le Bureau Ovale.

SIEGE CENTRAL DE L'UACV

Via Lamarmora, 3

Samedi 9 avril, 13 : 25

Paola entra sans frapper dans le bureau de Boi et n'apprécia guère d'y trouver Cirin, assis face à son directeur, qui choisit cet instant précis pour se lever et quitter la pièce sans un regard pour la criminologue. Celle-ci essaya de l'arrêter à la porte :

— Ecoutez, Cirin...

L'inspecteur général ne lui prêta aucune attention et disparut.

— Dicanti, asseyez-vous, lui ordonna Boi qui n'avait pas bougé de sa place.

— Mais enfin, je viens dénoncer le comportement criminel d'un des subordonnés de cet homme...

— Ça suffit, *ispettora*. L'inspecteur général m'a parfaitement informé des événements de l'hôtel Raphaël.

Paola était stupéfaite. Après que Fowler et elle-même eurent réussi à mettre la journaliste dans un taxi en direction de Bologne, ils s'étaient aussitôt dirigés vers le siège de l'UACV pour exposer leur cas devant Boi. La situation était compliquée certes, mais Paola avait cru que son chef appuierait leur opération de sauvetage de la journaliste espagnole. Elle avait préféré aller lui parler seule, elle ne s'attendait nullement à ce que son patron refusât de l'écouter.

— Il vous a donc dit que l'inspecteur Dante a frappé une pauvre journaliste sans défense.

— Il m'a expliqué qu'il y avait eu un malentendu qui avait été résolu à la grande satisfaction de tout le monde. A ce qu'il semble, Dante essayait de calmer un témoin potentiel qui se montrait nerveux, et vous deux l'avez agressé au point de l'envoyer à l'hôpital où il se trouve encore maintenant.

— C'est absurde ! Ce qui s'est vraiment passé...

— Il a aussi tenu à m'informer qu'il nous retirait sa confiance dans cette affaire, dit Boi en élevant la voix. Je suis très déçu de votre attitude peu conciliante et agressive depuis le début envers l'inspecteur Dante, et la souveraineté de notre pays voisin, et j'ai pu le constater de mes yeux, soit dit en passant. Vous allez reprendre vos tâches habituelles, et Fowler va repartir pour Washington. A partir de maintenant, seule la *Vigilanza* protégera les cardinaux. De notre côté, nous allons immédiatement remettre au Vatican le DVD que Karoski nous a envoyé, ainsi que celui que la journaliste a récupéré, et nous allons oublier son existence.

— Et Pontiero ? Je vois encore la tête que tu faisais pendant l'autopsie. On va l'oublier, lui aussi ? Qui rendra justice de sa mort ?

— Cela ne relève plus de nos compétences.

La criminologue était si déçue, si profondément dégoûtée, qu'elle sentit un malaise physique. Elle ne reconnaissait plus l'homme qu'elle avait en face d'elle. Elle ne parvenait même pas à se souvenir d'une seule des raisons qui l'avait poussée dans ses bras. Elle se demanda avec tristesse si ce n'était pas pour cela en partie qu'il lui retirait son appui si vite. La conclusion amère de leur dispute de la veille, peut-être.

— Tout ça, c'est à cause de moi, Carlo ?

— Pardon ?

— C'est à cause d'hier soir ? Je ne te croyais pas capable de ça.

— *Ispettora*, s'il vous plaît, ne vous donnez pas tant d'importance. Dans cette affaire, mon seul intérêt est de collaborer efficacement avec les autorités du Vatican, ce que vous n'avez pas été capable de faire.

Paola n'avait jamais vu de toute sa vie une telle discordance entre les paroles d'une personne et l'expression de son visage. Elle ne put se retenir :

— Tu es un porc, Carlo ! Un inutile ! Vraiment, ça ne m'étonne pas que tout le monde se moque de toi dans ton dos. Comment as-tu pu changer à ce point ?

Le directeur Boi rougit jusqu'aux oreilles et parvint pourtant à réprimer le cri de fureur qui tremblait sur ses lèvres. Au lieu de se laisser emporter par la rage, il transforma le rugissement en une froide et mesurée gifle verbale :

— Au moins, moi, je suis arrivé quelque part, *ispettora*. Déposez votre arme et votre plaque sur mon bureau, s'il vous plaît. Vous êtes suspendue jusqu'à nouvel ordre, sans travail ni salaire pendant un mois, le temps que j'examine votre cas. Rentrez chez vous.

Paola ouvrit la bouche pour répondre, mais les mots lui manquaient. Dans les films, le gentil trouve toujours une phrase fatale qui anticipe sur son retour triomphal chaque fois qu'un chef despotique lui retire les symboles de son autorité. On n'était pas au cinéma, et il l'avait réduite au silence. Elle jeta son badge et son arme sur le bureau et sortit de la pièce sans un regard derrière elle.

Fowler l'attendait dans le couloir, escorté par deux agents de police. Paola devina que le prêtre avait reçu le coup de fil final.

— Tout est donc terminé, dit-elle.

Le prêtre sourit :

— Cela a été un plaisir de vous connaître, *dottora*. Malheureusement, ces messieurs vont m'accompagner jusqu'à mon hôtel pour me conduire ensuite à l'aéroport.

La criminologue lui serra le bras, les doigts crispés sur la manche :

— Vous ne pouvez pas faire intervenir quelqu'un ? Retarder ça d'une manière ou d'une autre ?

— J'ai bien peur que ce soit impossible, dit-il en secouant la tête. J'espère qu'un jour vous pourrez m'inviter à prendre un café.

Et sur ces mots, il dégagea son bras et s'éloigna dans le couloir, suivi par les policiers.

Paola attendit d'être de retour chez elle pour s'effondrer en larmes.

Institut Saint Matthew

Silver Spring, Maryland

Décembre 99

TRANSCRIPTION DE LA SEANCE 115 ENTRE LE PATIENT 3 643 ET LE DOCTEUR CANICE CONROY

Dr Conroy :	Je vois que tu es en train de lire… *Devinettes et énigmes*. Il y en a une bonne ?
N° 3643 :	Elles sont très faciles.
Dr Conroy :	Vas-y, donne-moi un exemple.
N° 3643 :	Elles sont très faciles, vraiment je ne crois pas que cela vous amuse.
Dr Conroy :	J'adore les devinettes.
N° 3643 :	Très bien. Si un homme fait un trou en une heure, et deux hommes font deux trous en deux heures, combien de temps mettra un homme pour faire un demi-trou ?
Dr Conroy :	C'est simple, en effet. Une demi-heure.
N° 3643 :	*(Rires.)*
Dr Conroy :	Je ne vois pas ce qu'il y a de drôle ? C'est une demi-heure. Un trou, une heure, un demi-trou, une demi-heure.
N° 3643 :	Docteur, les demi-trous, ça n'existe pas… Un trou, c'est toujours un trou.

Dr Conroy :	Tu essayes de me dire quelque chose par là, Viktor ?
N° 3643 :	Bien sûr, docteur, bien sûr.
Dr Conroy :	Tu n'es pas un trou, Viktor. Tu n'es pas irrémédiablement condamné à rester ce que tu as été.
N° 3643 :	Si, docteur Conroy. Et je dois vous remercier de m'avoir montré le bon chemin.
Dr Conroy :	Le chemin ?
N° 3643 :	J'ai longtemps lutté pour tordre ma nature, pour essayer d'être quelque chose que je ne suis pas. Mais grâce à vous, j'assume qui je suis. C'est bien ce que vous vouliez, non ?
Dr Conroy :	Ce n'est pas possible. Je n'ai pas pu me tromper à ce point avec toi.
N° 3643 :	Docteur, vous ne vous êtes pas trompé, vous m'avez montré la voie. Vous m'avez fait comprendre que pour ouvrir les portes adéquates, il fallait les mains adéquates.
Dr Conroy :	C'est ce que tu es ? La main ?
N° 3643 :	*(Rires.)* Non, docteur. Je suis la clé.

Appartement de la famille Dicanti

Via della Croce, 12

Samedi 9 avril, 23 : 46

Paola pleura un bon moment dans sa chambre, la porte fermée, les blessures de son cœur à vif. Heureusement, sa mère ne pouvait pas l'entendre. Elle était partie en week-end à Ostie, chez une amie. Un véritable soulagement pour la criminologue qui passait un très mauvais moment, et n'aurait pas pu le cacher à sa mère. D'une certaine manière, sa préoccupation et ses efforts pour la divertir auraient été pires. Paola voulait être seule pour se plonger sans gêne dans l'échec et le désespoir.

Elle s'était jetée sur son lit tout habillée. Par la fenêtre ouverte, le bruit des rues voisines et les timides rayons de soleil de cette fin d'après-midi d'avril pénétraient dans la chambre. Après avoir retourné dans tous les sens sa conversation avec Boi, et les événements des derniers jours, elle avait fini par s'endormir. Neuf heures plus tard, une merveilleuse odeur de café frais s'insinua dans son sommeil, l'obligeant à en émerger.

— Maman, tu es revenue trop tôt...

— En effet, je suis revenu tôt, mais vous vous trompez de personne, annonça une voix ferme et courtoise, dans un italien cadencé et hésitant, la voix du père Fowler.

Paola ouvrit les yeux et, sans réaliser ce qu'elle faisait, jeta ses bras autour de son cou.

— Doucement, vous allez renverser le café.

Paola le lâcha à contrecœur. Fowler, assis au bord du lit, la regardait, amusé. Il avait à la main une tasse qu'il avait prise dans la cuisine.

— Comment êtes-vous entré ici et comment avez-vous réussi à échapper à la police ? Je croyais que vous étiez en route pour Washington...

— Du calme, une question à la fois, dit Fowler en riant. Comment j'ai réussi à échapper à deux gros fonctionnaires mal entraînés ? Je vous supplie de ne pas insulter mon intelligence. Quant à comment je suis entré ici, la réponse est facile : avec un rossignol.

— Je vois, le b. a-ba de l'entraînement à la CIA, c'est ça ?

— Plus ou moins. Je regrette cette intrusion, mais j'ai sonné plusieurs fois, et personne ne répondait. J'ai cru que vous aviez des problèmes. Quand je vous ai vue dormir si paisiblement, j'ai décidé de tenir ma promesse : vous inviter à prendre un café.

Paola se redressa et prit la tasse des mains du prêtre. Elle but une longue gorgée réconfortante. La chambre était éclairée par les lumières des réverbères dehors, qui faisaient de larges ombres sur le haut plafond. Fowler contempla la pièce ainsi illuminée. Tous les diplômes de Paola, école, université, Académie du FBI, étaient accrochés au mur. Mais aussi les médailles de concours de natation, et même quelques dessins à l'huile faits dans sa jeunesse. Il sentit de nouveau la vulnérabilité de cette femme intelligente et forte mais lestée par son passé. Une partie d'elle n'avait jamais abandonné l'enfance. Il essaya de deviner quel côté du mur était le plus visible du lit, et crut comprendre alors. La ligne imaginaire qu'il traça mentalement de l'oreiller au mur tombait sur une photo de Paola au chevet de son père, dans une chambre d'hôpital.

— Ce café est délicieux. Ma mère est incapable de le réussir.

— Il faut savoir régler le feu, *dottora*.

— Pourquoi êtes-vous revenu ?

— Pour diverses raisons. Parce que je ne voulais pas vous laisser comme ça, sur le carreau. Pour éviter que ce fou ne réussisse à s'en sortir, libre. Et parce que je suppose qu'il y a dans cette affaire bien plus que ce qui apparaît à première vue. J'ai l'impression qu'on nous a utilisés, vous et moi. En plus, je pense que vous avez un motif très personnel pour continuer.

Paola fronça les sourcils :

— Vous avez raison. Pontiero était un ami et un collègue. A cet instant, ce qui me préoccupe le plus, c'est de venger sa mort, de traîner son assassin en justice. Mais je doute que nous puissions faire grand-chose. Sans ma plaque et sans vos appuis, nous sommes comme deux petits nuages dans les airs. Au moindre souffle de vent, nous disparaissons. Sans compter que vous êtes sans doute recherché.

— C'est une possibilité, en effet. J'ai faussé compagnie à nos deux flics à l'aéroport de Fiumicino, mais je doute que Boi lance un avis de recherche et d'arrestation contre moi. Avec le bordel qu'il y a dans la ville, cela ne servirait à rien, et il ne pourrait pas se justifier. A mon avis, il va laisser tomber.

— Et vos supérieurs ?

— Officiellement, je suis à Langley. Officieusement, cela leur est égal que je reste ici un peu plus longtemps.

— Enfin une bonne nouvelle.

— Ce qui va être vraiment compliqué, c'est d'entrer dans le Vatican, parce que Cirin va être prévenu.

— Je ne vois pas comment on peut protéger les cardinaux, s'ils sont tous à l'intérieur et nous dehors.

— Je crois que nous devrions commencer par le début, *dottora*. Revoir toute cette maudite affaire depuis le commencement, parce qu'il est évident qu'on est passés à côté de quelque chose.

— Mais comment ? Je n'ai pas le matériel. Tout le dossier de Karoski se trouve à l'UACV.

Fowler lui décocha un sourire malicieux :

— Dieu fait parfois de petits miracles…, dit-il.

Il indiqua d'un geste le bureau de Paola situé à l'extrémité de la pièce. Paola alluma sa lampe de chevet qui éclaira l'épaisse chemise de carton marron composant le dossier Karoski.

— Je vous propose un marché, *dottora*. Vous vous consacrez à ce que vous savez faire le mieux : le profil psychologique de l'assassin. Un profil définitif avec toutes les données dont nous disposons actuellement. Pendant ce temps, je vous alimente en café.

Paola finit sa tasse d'un trait. Elle essaya de scruter le visage du prêtre, mais ce dernier était resté dans l'ombre. De nouveau, elle sentit cette intuition qui l'avait saisie dans le couloir de la Domus Sanctae Marthae, et qu'elle avait fait taire jusqu'alors. Avec tous les événements qui avaient suivi la mort de Cardoso, elle était plus convaincue que jamais que son intuition était juste. Elle alluma l'ordinateur sur son bureau. Elle sélectionna parmi les documents une fiche de profil en blanc, et commença à la remplir de manière hâtive, s'arrêtant de temps en temps pour consulter le dossier Karoski.

— Préparez une autre cafetière, je dois confirmer une théorie.

PROFIL PSYCHOLOGIQUE
D'UN ASSASSIN RECIDIVISTE

Patient : KAROSKI Viktor
Profil réalisé par l'inspectrice Paola Dicanti
Situation du patient : *in absentia*
Date de rédaction : 10 avril 2005
Age : 44 ans
Taille : 1,78 mètre
Poids : 85 kilos
Description : cheveux châtains, yeux gris, consti-
tution robuste, intelligent (QI de 125).

Antécédents familiaux : Viktor Karoski est né
dans une famille d'immigrants de la classe moyenne,
sous la coupe d'une mère dominatrice, souffrant de
graves problèmes de connexion avec la réalité dus à
l'influence de la religion. La famille est originaire de
Pologne et, depuis le début, les effets du déracinement
sont évidents pour tous ses membres. Le père présente un cas typique de chômage, alcoolisme et mauvais traitements. A cela s'ajoute le fait aggravant
d'abus sexuels sur son fils, répétés, et périodiques,
entendus comme des punitions, à l'adolescence. La
mère est consciente de la situation de viol et d'inceste

commis par son conjoint, même si apparemment, elle fait semblant de ne rien savoir. Un frère aîné s'échappe du foyer familial, sans doute victime lui aussi d'abus sexuels. Son frère cadet, atteint d'une méningite, meurt abandonné à son sort, sans soins. Le sujet est enfermé dans un placard sans parler à quiconque pendant une longue durée après la découverte par la mère des viols du père. Lorsqu'il en sort, le père a quitté le foyer, et c'est la mère qui impose sa personnalité et sa dévotion catholique, dans ce cas, en soumettant le sujet à la peur de l'enfer auquel tout excès sexuel conduit. Elle l'habille en fille avec ses vêtements, et en vient même à le menacer de castration. Il se produit chez le sujet une distorsion grave de la réalité, ainsi que de profonds tourments dus à une sexualité non intégrée. Commencent à apparaître les premiers traits de colère et de comportement antisocial, avec un système violent de riposte. Il agresse un compagnon d'études et se retrouve interné dans un centre de rééducation. A sa sortie, avec un dossier vierge, il prend la décision d'entrer au séminaire. Il a dix-neuf ans. Aucun contrôle psychiatrique n'est effectué, et il poursuit son but.

Historique à l'âge adulte : Les indices d'une sexualité pervertie se confirment chez le sujet à dix-neuf ans, peu après la mort de sa mère, avec des attouchements sur mineurs qui se font de plus en plus fréquents, et de plus en plus graves. Ses supérieurs ecclésiastiques ne prennent aucune sanction. Les choses deviennent plus délicates quand le sujet est nommé responsable d'une paroisse. Selon les pièces de son dossier, au moins 89 agressions sur mineurs sont répertoriées, dont 37 avec des actes complets de sodomie, et pour le reste, des attouchements ou violences aux victimes pour qu'ils se masturbent ou pratiquent une fellation.

Son histoire permet de déduire, même si cela paraît étrange, que Karoski était un prêtre pleinement convaincu de son ministère sacerdotal. Dans d'autres cas de pédérastie avec des prêtres, il a été possible d'identifier la pulsion sexuelle en tant que raison conduisant un homme à choisir la prêtrise, comme un renard entre dans le poulailler. Mais dans le cas de Karoski, les raisons qui l'ont conduit à prononcer ses vœux étaient bien différentes. Sa mère l'a poussé dans cette direction, avec violence même. Après un incident avec un jeune paroissien qu'il avait violé, on ne put occulter plus longtemps le scandale Karoski. Le sujet arrive finalement à l'Institut Saint Matthew, un centre de rééducation pour les prêtres catholiques. Là nous découvrons un Karoski qui se réfère à la Bible, à l'Ancien Testament surtout. Il se produit un épisode d'agression spontanée contre un employé de l'Institut, peu de temps après son arrivée. De cette affaire, nous pouvons déduire la forte dissonance cognitive qu'il y a entre la pulsion sexuelle du sujet, et ses convictions religieuses. Lorsque les deux entrent en collision, une crise de violence se déclenche, comme l'épisode de l'agression du technicien.

Historique récent : Le sujet manifeste des actes de colère qui se reflètent dans son agression déplacée. Il a commis divers crimes, dans lesquels il présente un niveau élevé de sadisme sexuel avec des rituels symboliques et une nécrophilie d'insertion.

Profil des caractéristiques notables manifestées dans ses actions :
- Personnalité agréable, intelligence moyenne-haute
- Mensonges fréquents
- Absence totale de remords ou de sentiments envers ses victimes
- Egocentrisme absolu
- Détachement personnel et affectif
- Sexualité impersonnelle et impulsive destinée à la satisfaction de nécessités egolâtres
- Personnalité antisociale
- Niveau d'obéissance élevé

INCOHERENCES ! !
- Raisonnement irrationnel intégré dans ses actions
- Névroses multiples
- Comportement criminel entendu comme un moyen et non une fin
- Tendances suicidaires
- *Mission oriented*

APPARTEMENT DE LA FAMILLE DICANTI

Via della Croce, 12

Dimanche 10 avril, 01 : 45

Fowler termina la lecture du rapport que venait de lui remettre Paola. Il se montra très surpris :

— *Dottora*, j'espère que cela ne vous ennuie pas, mais ce rapport est incomplet. Vous avez juste écrit un résumé de ce que nous savions déjà. Sincèrement, cela ne nous apporte pas grand-chose.

La criminologue se leva :

— Au contraire. Karoski présente un cas clinique très complexe. Nous avions déduit que l'aggravation de son agressivité avait converti un prédateur sexuel castré chimiquement en un assassin récidiviste.

— C'est la base de notre théorie, en effet.

— Eh bien, cela ne vaut pas un clou. Observez les caractéristiques du profil à la fin du rapport. Les huit premières pourraient définir un tueur en série.

Fowler les consulta et acquiesça.

— Il y a deux types de tueurs en série : les désorganisés et les organisés. Ce n'est pas une classification parfaite, elle est assez juste cependant. Les premiers correspondent aux criminels qui commettent des actes spontanés et impulsifs avec de grands risques de laisser des traces derrière eux. Ceux-là connaissent souvent leurs victimes, elles appartiennent en général à leur entourage géographique. Ils prennent les armes au hasard : une chaise, une ceinture... Ce qui leur tombe sous la main. Le sadisme sexuel apparaît *post mortem*.

Le prêtre se frotta les yeux, fatigué, car il n'avait dormi que quelques heures.

— Excusez-moi, *dottora*. Continuez, je vous en prie.

— Dans l'autre catégorie, celle des organisés, l'assassin fait preuve d'une grande mobilité, et il capture ses victimes avant d'user de la force. La victime est un inconnu qui répond à un critère spécifique. Les armes et moyens de ligature employés correspondent à un plan préconçu, et ne sont jamais laissés derrière lui. Le cadavre est abandonné sur un terrain neutre, toujours avec une certaine préparation. A votre avis, à quel groupe appartient Karoski ?

— Au second, de toute évidence.

— C'est ce que n'importe quel observateur pourrait déduire. Mais nous, nous pouvons aller plus loin. Nous possédons son dossier. Nous savons qui il est, d'où il vient, comment il pense. Oubliez tout ce qui s'est passé ces derniers jours. Concentrez-vous sur le Karoski qui est entré à l'Institut. Comment était-il ?

— Un être impulsif qui, dans des situations déterminées, explosait comme un bâton de dynamite.

— Et après cinq années de thérapie ?

— Il était devenu une personne différente.

— A votre avis, ce changement s'est produit graduellement ou brutalement ?

— Ce fut assez brusque. Je le daterais du moment où le docteur Conroy lui a fait écouter les enregistrements de ses séances de régression.

Paola inspira profondément avant de poursuivre :

— Père Fowler, ne vous vexez pas, mais après avoir lu attentivement les transcriptions des séances entre vous, Karoski et Conroy, je crois pouvoir vous dire que vous vous trompez. Et que cette erreur nous a fait regarder dans la mauvaise direction.

Fowler haussa les épaules :

— *Dottora*, je ne suis pas du tout vexé. Comme vous le savez, même si j'avais le titre de psychologue à l'Institut, je n'y étais que par défaut, car mon expérience professionnelle est bien différente. Vous êtes l'experte criminologue, j'admire votre travail, et c'est une chance de pouvoir collaborer avec vous, mais je ne comprends pas où vous voulez en venir.

— Observez de nouveau le dossier, dit Paola en lui indiquant son rapport. Au paragraphe « Incohérences », j'ai noté cinq caractéristiques qui rendent impossible toute qualification de notre sujet comme un tueur en série organisé. Avec un livre de criminologie entre les mains, n'importe quel expert vous dirait que Karoski est un organisé anomal, qui a évolué à cause d'un traumatisme, c'est-à-dire dans son cas, la confrontation avec son passé. Vous êtes familier du terme « dissonance cognitive » ?

— C'est un état d'esprit où les actes et les croyances intimes du sujet présentent de fortes divergences. Karoski souffrait de dissonance cognitive aiguë. Il croyait être un prêtre exemplaire tandis que ses quatre-vingt-neuf victimes assuraient que c'était un pédéraste.

— Parfait. Alors, selon vous, le sujet, un catholique convaincu, un névrosé imperméable à toute intrusion de l'extérieur, aurait pu devenir en quelques mois un assassin récidiviste sans aucune trace de névrose, un criminel froid et calculateur, tout cela après avoir écouté quelques enregistrements qui lui ont permis de comprendre qu'il fut un enfant maltraité ?

— Vu sous cet angle... Cela paraît assez peu probable, en effet, répondit Fowler, interdit.

— C'est carrément impossible. Cet acte irresponsable commis par le docteur Conroy a sans doute fait beaucoup de tort à Karoski, mais en aucune manière il n'a pu provoquer en lui un changement aussi démesuré. Le prêtre fanatique qui se bouche les oreilles, furieux, quand vous lui lisez à voix haute la liste de ses victimes, ne peut se transformer en un tueur en série organisé quelques mois plus tard. Et souvenons-nous que ses deux premiers crimes rituels se sont produits au sein de l'Institut, avec la mutilation d'un prêtre et l'assassinat d'un autre.

— Mais, *dottora*... Les meurtres des cardinaux sont l'œuvre de Karoski. Il s'en vante lui-même et l'on a retrouvé ses empreintes sur la scène du crime.

— Bien sûr, je sais que Karoski a commis ces crimes. C'est plus qu'évident. Ce que j'essaye de vous faire comprendre, c'est qu'il les a commis avec un motif différent de celui auquel nous pensions. La caractéristique la plus importante de son profil, le motif qui l'a conduit à la prêtrise, malgré son âme torturée, est exactement ce qui a permis de le conditionner pour commettre ces actes horribles.

Fowler comprit alors. Bouleversé, il dut s'asseoir sur le lit :

— L'obéissance.

— Exactement. Karoski n'est pas un tueur en série. C'est un tueur à gages.

INSTITUT SAINT MATTHEW

Silver Spring, Maryland

Août 1999

Dans la cellule d'isolement, on n'entendait jamais aucun bruit. Ce qui explique que l'appel de son prénom, murmuré, urgent, exigeant, vint envahir Karoski comme une marée.

— Viktor.

Karoski quitta aussitôt son lit comme un enfant. Il était là, de nouveau. Il était venu une fois de plus pour l'aider, le guider, l'éclairer. Pour donner un sens et un but à sa force, à sa nécessité. Il en avait assez de supporter l'intrusion cruelle du docteur Conroy qui l'examinait comme s'il étudiait un papillon sous son microscope, les ailes fichées par des épingles. Il se trouvait de l'autre côté de la porte d'acier, mais Karoski pouvait presque sentir sa présence dans la chambre, à ses côtés. Lui, il pouvait le respecter, il pouvait le suivre. Lui pourrait le comprendre, l'orienter. Ils avaient parlé pendant des heures de ce qu'il fallait faire. De la façon dont il fallait le faire. De la manière dont il devait se comporter, répondre à l'intérêt répétitif et gênant de Conroy. La nuit, il répétait son rôle et attendait sa venue. Il ne venait qu'une fois par semaine, mais il l'attendait avec impatience en comptant les heures et les minutes. Tandis qu'il révisait mentalement, il avait aiguisé le couteau, très lentement pour éviter de faire du bruit. C'est lui qui lui en avait donné l'ordre. Il aurait pu lui procurer un couteau aiguisé, un pistolet même. Mais il voulait tester son courage et sa force. Et Karoski avait fait ce qu'il lui avait demandé. Il lui avait fourni les preuves de sa dévotion, de sa loyauté. D'abord, il avait mutilé le prêtre sodomite. Des semaines après, il avait tué le prêtre pédéraste. Il devait arracher les mauvaises herbes, comme il le lui demandait, et enfin, il recevrait la récompense. La récompense qu'il désirait plus que tout au monde. Il la lui donnerait, parce que personne d'autre que lui ne pouvait la lui donner. Personne d'autre ne pourrait lui offrir cela.

— Viktor.

Il réclamait sa présence. Karoski traversa la cellule d'un pas pressé et s'agenouilla contre la porte pour écouter la voix qui lui parlait de l'avenir. D'une mission, très loin. Au cœur même de la chrétienté.

Appartement de la famille Dicanti

Via della Croce, 12

Dimanche 10 avril, 02 : 14

Un long silence suivit les paroles de Dicanti, comme un sombre écho. Fowler couvrit son visage de ses mains dans un geste de stupéfaction et de désespoir.

— Comment ai-je pu me montrer aussi aveugle ? Il tue parce qu'on lui en a donné l'ordre. Mon Dieu ! Mais alors, les messages, le rituel ?

— Si vous y réfléchissez bien, cela n'a aucun sens. Ce *Ego te absolvo* écrit d'abord sur le sol puis sur la poitrine des victimes. Les mains lavées, la langue coupée... C'est l'équivalent sicilien de la pièce de monnaie glissée dans la bouche de la victime.

— Le rituel qu'utilise la mafia pour indiquer que le mort a trop parlé, c'est ça ?

— Exactement. Au début, j'ai cru que Karoski jugeait les cardinaux coupables de quelque chose, à son égard, ou contre leur dignité de prêtre. Mais les pistes laissées n'avaient aucun sens. Maintenant, je pense que ce furent des ajouts personnels, ses propres retouches à un schéma dicté par quelqu'un d'autre.

— Mais pourquoi les tuer de cette manière, *dottora* ? Pourquoi ne pas les éliminer purement et simplement ?

— Les mutilations ne sont qu'un absurde maquillage du seul fait important de cette affaire : quelqu'un voulait leur mort. Observez cette lampe, Fowler.

Paola indiquait la seule lampe allumée de la chambre, celle qui éclairait le dossier Karoski. Tout ce qui ne tombait pas sous son rayon de lumière demeurait dans le noir.

— Je comprends. Ils nous obligent à regarder dans la direction qu'ils souhaitent. Mais qui pourrait vouloir une chose pareille ?

— La question fondamentale pour trouver l'assassin est : à qui profite le crime ? Un serial killer efface d'un coup de plume la nécessité de la question, parce que la réponse est toujours la même, le crime ne profite qu'à lui. En général, son mobile, c'est le corps. Dans le cas de Karoski, le mobile est une mission à remplir. S'il avait simplement voulu décharger sa haine et sa frustration contre les cardinaux, en supposant qu'il en ait eu, il aurait pu le faire à un autre moment que celui où ils étaient tellement en vue et entourés de tant de mesures de sécurité. Pourquoi les tuer maintenant ? Qu'y a-t-il actuellement de différent ?

— Parce que quelqu'un veut influencer le conclave.

— Alors à présent, demandons-nous qui veut influencer le conclave ? Pour cela, il est essentiel de revenir aux victimes.

— Ces cardinaux étaient des figures prééminentes de l'Eglise, des hommes de qualité.

— Ils avaient forcément un point commun, il faut qu'on le trouve.

Le prêtre se leva et fit plusieurs fois le tour de la pièce, les mains dans le dos.

— *Dottora*, je crois savoir qui serait prêt à éliminer les cardinaux en utilisant cette méthode. Il y a une piste que nous n'avons pas suivie convenablement. Karoski a eu droit à une reconstruction faciale complète, comme nous avons pu le constater avec le modèle d'Angelo Biffi. Cette opération très coûteuse nécessite des mois de convalescence. Bien faite, avec toutes les garanties de discrétion et d'anonymat, elle peut revenir à plus de 100 000 dollars, c'est-à-dire environ 80 000 euros. Karoski ne disposait pas personnellement de cette somme. Et je ne vois pas comment il aurait pu entrer en Italie et bénéficier de sa couverture de frère carme sans aide extérieure. Depuis le début, ces questions me tracassent, je les ai reléguées au second plan, mais elles deviennent soudain cruciales.

— Elles renforcent notre théorie d'une influence à l'œuvre derrière tous ces assassinats.

— En effet.

— Je n'ai pas vos connaissances sur l'Eglise catholique et le fonctionnement de la Curie. Réfléchissez bien, nos trois victimes ont forcément un dénominateur commun.

Fowler garda le silence pendant quelques instants, puis reprit :

— Il pourrait en effet y avoir un trait d'union ; il aurait été beaucoup plus évident s'ils avaient simplement disparu ou avaient été exécutés. Ils partageaient tous une idéologie libérale. Ils faisaient partie de... comment dire... ? De l'aile gauche de l'Esprit-Saint. Si vous m'aviez demandé de vous donner les noms des cinq cardinaux les plus partisans du concile Vatican II, j'aurais cité ces trois-là.

— Expliquez-vous, je vous prie.

— Eh bien, avec l'élection du pape Jean XXIII en 1958, se manifesta clairement la nécessité d'un changement d'orientation dans l'Eglise. Le pape convoqua alors le concile de Vatican II, et appela tous les évêques du monde à Rome pour qu'ils débattent de l'état de l'Eglise dans le monde. Deux mille évêques répondirent à l'appel. Jean XXIII mourut avant la fin du concile, et Paul VI, son successeur, termina sa tâche. Malheureusement, les réformes d'ouverture qu'envisageait le concile n'allèrent pas aussi loin que le souhaitait Jean XXIII.

— A quoi vous référez-vous ?

— On opéra de grands changements au sein de l'Eglise. Ce fut probablement un des plus grands événements du XXe siècle. Vous ne vous en souvenez pas parce que vous êtes très jeune, mais jusqu'à la fin des années 60, une femme ne pouvait ni fumer ni porter un pantalon, c'était un péché. Et ce ne sont que des exemples anecdotiques. Bref, le changement fut grand, mais pas suffisant. Jean XXIII aurait voulu que l'Eglise ouvre grand ses portes à l'air vivifiant de l'Esprit-Saint. Elles ne firent que s'entrouvrir. Paul VI se révéla un pape assez conservateur. Jean-Paul Ier, son successeur, ne demeura en charge qu'un mois à peine. Et Jean-Paul II, pape apostolique, fort et médiatique, fit un grand bien à l'humanité, certes, mais se montra d'un conservatisme extrême dans sa politique d'actualisation de l'Eglise.

— Donc la grande réforme de l'Eglise reste encore à réaliser ?

— Il y a beaucoup de travail à faire en effet. Lorsque les résultats de Vatican II furent publiés, les partis catholiques les plus conservateurs levèrent presque les armes. Et le Concile a encore actuellement des ennemis. Des gens qui croient que celui qui n'est pas catholique ira en enfer, que les femmes ne devaient pas avoir droit au vote, et des idées encore plus rétrogrades. Le clergé espère que ce conclave donnera un pape fort et idéaliste, un pape qui ose rapprocher l'Eglise du monde. Et sans aucun doute, l'homme parfait pour accomplir cette tâche aurait été le cardinal Portini, un libéral convaincu. Mais il n'aurait jamais réussi à capter les vœux du secteur ultraconservateur. Un autre candidat potentiel aurait été Robayra, un homme du peuple, doué d'une grande intelligence. Cardoso était taillé sur le même gabarit. Tous deux étaient d'ardents défenseurs des pauvres.

— Et ils sont tous morts.

Le visage de Fowler s'assombrit.

— *Dottora*, ce que je vais vous dire maintenant est un secret absolu. Je risque ma vie en ce moment, et la vôtre, et croyez-moi, j'ai peur. Ce raisonnement nous conduit dans une direction qui ne me plaît guère et vers laquelle je n'aimerais pas aller. (Il fit une pause pour reprendre son souffle.) Avez-vous jamais entendu parler de la Sainte Alliance ?

De nouveau, comme chez Bastina, des histoires d'espions et d'assassins revinrent à la mémoire de la criminologue. Elle les avait toujours considérées comme des contes d'ivrognes, pourtant à cette heure, après ce que venait de lui dire son étrange compagnon, la possibilité qu'elles soient vraies acquérait une dimension différente.

— On raconte que ce sont les services secrets du Vatican. Un réseau d'espions et d'agents secrets qui n'hésitent pas à tuer quand l'occasion se présente. Mais ce sont des histoires de bonnes femmes pour faire peur aux policiers débutants. Presque personne n'y croit.

— *Dottora* Dicanti, tout ce que vous avez entendu dire sur la Sainte Alliance est vrai, elle existe. Elle existe depuis quatre cents ans, et s'occupe des basses œuvres du Vatican, de ces affaires que le pape lui-même ne doit pas connaître.

— Je n'arrive pas à y croire.

— La devise de la Sainte Alliance est « La croix et l'épée ».

Paola se souvint des paroles de Dante à l'hôtel Raphaël lorsqu'il menaçait la journaliste de son arme. Il avait prononcé cette phrase pour demander à Fowler de l'aider. Elle comprit alors ce que le prêtre voulait lui dire :

— Oh ! mon Dieu, alors, vous...

— J'en ai fait partie il y a très longtemps. Je servais sous deux drapeaux, celui de mon pays et celui de ma religion. Et puis, j'ai laissé tomber les deux.

— Que s'est-il passé ?

— Je ne peux pas vous le dire, *dottora*, ne me demandez pas cela.

Paola n'insista pas. Ce sujet appartenait au passé obscur du prêtre, à l'expression de douleur froide qui traversait son visage parfois. Elle l'avait toujours soupçonné de cacher bien plus de choses qu'il ne lui avait dit.

— Maintenant, je comprends mieux l'animosité de Dante à votre égard. C'est bien lié à votre passé, n'est-ce pas ?

Fowler demeura muet. Paola devait prendre uneision rapidement parce qu'il ne leur restait plus beaucoup de temps, elle ne pouvait se permettre plus de délais. Elle laissa parler son cœur, qu'elle savait amoureux du prêtre, de chaque partie de lui, la sécheresse de ses paumes et les douleurs de son âme. Elle désira pouvoir absorber celles-ci, l'en délivrer, et lui rendre le rire franc d'un enfant. Un rire impossible, elle le savait : cet homme recelait des océans d'amertume qui s'étaient formés longtemps auparavant. Il n'y avait pas seulement le mur infranchissable que représentait son sacerdoce. Celui qui voulait arriver à lui devrait traverser ces océans, au risque de s'y noyer. A cet instant, Paola sut qu'ils n'auraient jamais aucun avenir ensemble, mais elle sut aussi que cet homme se ferait tuer avant de permettre qu'on lui fît du mal à elle.

— Bien, père Fowler, je vous fais confiance. Continuez, s'il vous plaît, dit-elle avec un soupir.

Fowler s'assit de nouveau et se lança dans une histoire bouleversante :

— Ils existent depuis 1566. Dans ces temps obscurs, Pie V était préoccupé par l'ascension des anglicans et des hérétiques. Chef de l'Inquisition, c'était un homme dur, exigeant et pragmatique. A cette époque, le sens de l'Etat au Vatican était beaucoup plus territorial qu'aujourd'hui, même si le pape disposait de moins de pouvoirs. La Sainte Alliance a été créée en recrutant des prêtres jeunes, et des *uomini di fiducia*, des hommes de confiance dont la foi catholique était prouvée. Sa mission était de défendre le Vatican en tant que pays, et l'Eglise au sens spirituel. Ces services secrets s'agrandirent au fil du temps. Ils comptaient déjà des milliers d'agents au XIXe siècle. Certains étaient de simples informateurs, des fantômes, des dormants... D'autres, une cinquantaine environ, en constituaient l'élite sous le nom de : la Main de Saint-Michel. Il s'agissait d'un groupe d'agents spéciaux qui, répartis dans le monde, pouvaient exécuter rapidement un ordre précis. Financer un groupe révolutionnaire, trafiquer des influences, obtenir des données cruciales capables de changer le cours des guerres, acheter le silence, tromper et, en dernier recours, tuer. Tous les membres de la Main de Saint-Michel recevaient un entraînement au tir et des leçons de stratégie. Dans le temps, cela consistait à contrôler

la population, se servir de codes et de déguise-
ments, apprendre à lutter corps à corps. Une Main
devait se montrer capable de couper un raisin en
deux avec un couteau lancé à quinze pas de distance, et de parler parfaitement quatre langues
étrangères. Ils pouvaient décapiter une vache, jeter
son cadavre corrompu dans un puits d'eau propre,
et rejeter la faute sur un groupe rival avec une maî-
trise absolue. On les entraînait pendant des années
dans le monastère d'une île de la Méditerranée dont
je ne donnerai pas le nom. Au XXe siècle, l'entraînement a évolué, mais la Main de Saint-Michel a été
profondément ébranlée par la Seconde Guerre
mondiale. Il y eut beaucoup de morts. Certains
défendaient des causes nobles, d'autres moins
nobles, malheureusement.

Fowler s'arrêta pour boire une gorgée de café.
Les ombres de la pièce paraissaient menaçantes à
présent, et Paola ressentit une peur physique. Elle
s'assit à califourchon sur sa chaise en s'accrochant
au dossier, et écouta le prêtre qui reprit :

— En 1958, Jean XXIII décida que l'heure n'était
plus à la Sainte Alliance, que ses services n'étaient
plus nécessaires, et, en pleine guerre froide, il
démantela les réseaux de connexion avec les informateurs, et interdit formellement à tous les
membres de la Sainte Alliance de mener une action
sans son approbation préalable. Cela dura quatre
ans. Il ne restait alors que douze Mains sur les cin-
quante-deux présentes en 1939, et certaines étaient
très âgées. On leur ordonna de revenir à Rome. Le
lieu secret où ils s'étaient entraînés disparut dans un

mystérieux incendie en 1960. Et le chef de la Sainte Alliance trouva la mort dans un accident de voiture.

— Qui était-ce ?

— Je ne peux pas vous le dire, non parce que je ne le veux pas, mais je ne le connais pas. L'identité de ce chef a toujours été un mystère. Cela pouvait être n'importe qui, un évêque, un cardinal, un *uomo di fiducia* ou un simple prêtre. Seul impératif : être un homme âgé d'au moins quarante-cinq ans. C'est tout. Entre 1566 et aujourd'hui, le nom d'un seul a été révélé, le curé Sogredo, un Italien d'origine espagnole qui lutta avec intrépidité contre Napoléon. Et encore, seulement dans des cercles très réduits.

— Pas étonnant que le Vatican ne reconnaisse pas l'existence d'un service d'espionnage, si ses membres pratiquent ces méthodes.

— Ce fut une des raisons qui poussa Jean XXIII à en finir avec la Sainte Alliance. A ses yeux, tuer, même au nom de Dieu, n'était pas juste. Et je suis d'accord avec lui. Je sais que certains des actes commis par la Main de Saint-Michel rendirent les choses difficiles pour les nazis. Une poignée d'entre eux sauvèrent des centaines de milliers de vies. Mais il y eut aussi parmi eux un groupe très réduit, qui vit son contact avec le Vatican interrompu, et commit des erreurs atroces. Je ne parlerai pas d'eux ici, et encore moins à cette heure.

Fowler agita le bras comme pour dissiper des fantômes. Chez un homme dont l'économie de mouvements était presque surnaturelle, un tel geste ne pouvait qu'indiquer une nervosité terrible. Paola se rendit compte qu'il était pressé de finir cette histoire.

— Vous n'êtes pas obligé de continuer, dites-moi seulement ce qu'il est nécessaire que je sache.

Il la remercia d'un sourire et poursuivit :

— Je suppose que vous l'avez compris, ce ne fut pas la fin de la Sainte Alliance. L'arrivée de Paul VI sur le trône de Pierre en 1963 eut lieu dans un contexte international des plus étonnants. Un an avant seulement, le monde frôlait une guerre atomique[1]. Quelques mois après, Kennedy, le premier président catholique nord-américain mourait, assassiné. Quand Paul VI apprit la nouvelle, il réclama que l'on fasse revivre la Sainte Alliance. On organisa alors le réseau d'espionnage diminué par le temps. Le plus difficile était de reconstituer la Main de Saint-Michel. Des douze Mains qui avaient été appelées à Rome en 1958, sept seulement purent reprendre du service en 1963. L'une d'elles fut chargée de reconstruire une base d'entraînement pour former les nouveaux agents de terrain. Il lui fallut quinze ans, mais il réussit à former un groupe de trente agents. Certains étaient de véritables débutants, beaucoup avaient été choisis dans les autres services secrets.

— Comme vous : un agent double.

---

1. Le père Fowler se réfère sans doute à la crise des missiles. En 1962, le Premier ministre soviétique, Khrouchtchev, envoya à Cuba plusieurs bateaux chargés de têtes nucléaires, qui, une fois installés dans le pays caribéen, pouvaient toucher des objectifs aux Etats-Unis. Kennedy imposa un blocus à Cuba et jura de couler les bateaux s'ils ne retournaient pas en URSS. A un demi-mille des destroyers américains, Khrouchtchev donna l'ordre de revenir à ses bateaux. Pendant cinq jours, le monde avait retenu son souffle.

— En réalité, dans mon cas, on dit « agent potentiel ». C'est-à-dire un agent qui travaille, au vu de tous, pour deux services alliés, mais où le principal de ces deux services ignore que l'autre ajoute ou modifie des tâches dans chaque mission. J'ai accepté de me servir de mes connaissances pour sauver des vies, pas pour en éliminer. Presque toutes les missions que l'on m'a confiées étaient des missions de sauvetage. En général, il s'agissait de sauver des prêtres compromis dans des lieux difficiles.

— Presque toutes...

Fowler baissa la tête.

— Il y eut en effet une mission complexe au cours de laquelle les choses tournèrent mal. Ce jour-là, je décidai d'arrêter de servir la Sainte Alliance. On ne me facilita pas les choses, mais je suis là. Je pensais exercer comme psychologue jusqu'à ma retraite, et regardez où m'a conduit un de mes patients.

— Dante est une Main, n'est-ce pas ?

— Des années après mon départ, le service a connu une crise de recrutement. De nouveau, ils ne sont pas assez nombreux, d'après ce que j'ai entendu dire. Tous sont occupés à l'étranger, dans des missions d'où on ne peut les sortir facilement. Le seul disponible pour cette affaire, c'était lui, et cet homme a très peu de scrupules. En réalité, il est parfait pour ce travail si mes soupçons sont justes.

— Alors Cirin est le chef ?

Fowler regarda devant lui, impassible. Paola comprit qu'il ne lui répondrait pas et tenta une autre approche :

— Dites-moi… pourquoi la Sainte Alliance se lance dans une telle opération ?

— Le monde change, *dottora*. Les idées démocratiques se vident de sens chez beaucoup, et parmi eux, les membres de la Curie. La Sainte Alliance a besoin d'un pape qui la soutienne fermement, sinon elle risque de disparaître. Mais la Sainte Alliance est une idée d'avant le concile. Ce que nos trois victimes assassinées avaient en commun, c'est qu'ils étaient des libéraux convaincus, tel que doit l'être un cardinal, en fin de compte. N'importe lequel d'entre eux aurait pu démanteler de nouveau les services secrets et de manière définitive peut-être.

— En les éliminant, cette menace disparaît.

— Et au passage, on souligne la nécessité d'une plus grande sécurité. Si les cardinaux avaient simplement disparu, cela aurait soulevé beaucoup de questions, et on n'aurait tout de même pas pu parler d'accident. La papauté est paranoïaque de nature. Mais, si vous avez raison…

— Karoski sert de déguisement pour des assassinats. Mon Dieu, c'est horrible. Je suis contente de m'être éloignée de l'Eglise.

Fowler s'approcha d'elle, s'agenouilla et lui prit les deux mains :

— *Dottora*, ne vous trompez pas. Derrière cette Eglise faite de sang et de boue que vous voyez devant vous, il existe une autre Eglise infinie et invisible dont les étendards se hissent, élevés vers le ciel. Cette Eglise vit dans les âmes de millions de fidèles qui aiment le Christ et son message. Elle resurgira de ses cendres, elle remplira le monde, et les portes de l'enfer ne prévaudront pas contre elle.

Paola le regarda longuement.

— Vous le croyez vraiment ?

— Je le crois, Paola.

Ils se levèrent en même temps. Fowler l'embrassa doucement et fermement, et elle l'accepta tel qu'il était avec toutes ses cicatrices. Angoisses et douleurs se dissipèrent, et pendant quelques heures, ils découvrirent ensemble le bonheur.

Appartement de la famille Dicanti

Via della Croce, 12

Dimanche 10 avril, 08 : 41

Cette fois, ce fut Fowler qui se réveilla avec l'odeur du café chaud.

— Tenez.

Il la regarda, étonnée qu'elle le vouvoie de nouveau. Elle lui répondit en soutenant fermement son regard, et il comprit. L'espérance avait cédé face à la lumière du jour qui emplissait déjà la pièce. Il garda le silence, parce qu'elle n'attendait rien, et qu'il n'avait rien à lui offrir, à part sa douleur. Il se sentit cependant réconforté par la certitude que tous deux avaient appris quelque chose de cette expérience, avaient tiré de la force des faiblesses de l'autre. Il serait aisé de croire que la résolution de Fowler dans sa vocation faiblit, ce matin-là. Ce serait facile, mais inexact. Au contraire, il fut reconnaissant à Paola de faire taire ses démons, du moins pour un temps.

Elle se réjouit de se voir ainsi comprise. Elle s'assit au bord du lit, et sourit. Et ce ne fut pas un sourire triste, parce qu'une barrière de désespoir s'était effondrée ce soir-là. Ce matin frais n'apportait aucune certitude, au moins il dissipait la confusion. Il serait aisé de croire qu'elle éloignait Fowler pour ne pas souffrir. Ce serait facile, mais inexact. Au contraire, elle le comprenait, et elle savait que cet homme se devait à sa promesse et à sa propre croisade.

— *Dottora*, je dois vous dire quelque chose, et ce n'est pas facile à assumer.

— Allez-y, je vous écoute.

— Si un jour vous deviez changer de métier, abandonner votre carrière de criminologue, surtout, ne montez pas une cafétéria, dit-il en faisant une grimace devant sa tasse de café.

Ils éclatèrent de rire en même temps et, pendant un instant, tout fut parfait.

Une demi-heure plus tard, tous deux douchés et habillés, ils discutaient des détails de l'affaire. Le prêtre debout près de la fenêtre de la chambre de Paola, la criminologue assise devant son bureau.

— Vous savez, père Fowler ? Ce matin, la théorie d'un Karoski en assassin dirigé par la Sainte Alliance devient irréelle.

— C'est possible. Néanmoins, ce matin, ses crimes et mutilations continuent, eux, d'être très réels. Et si notre théorie est juste, il n'y a que nous qui puissions l'arrêter.

Par ces seules paroles, la matinée perdit de son éclat. Paola sentit son corps se tendre comme une corde. Maintenant elle était plus consciente que jamais qu'attraper ce monstre relevait de sa responsabilité. Elle devait le faire pour Pontiero, pour Fowler, et pour elle-même. Et quand elle l'aurait entre ses mains, elle lui demanderait qui tenait sa laisse. Et elle ne pensait pas se contenir.

— La *Vigilanza* est compromise dans l'affaire, ça, j'ai compris, et la Garde suisse ?

— De magnifiques uniformes, mais très peu d'efficacité réelle. Ils ne sont probablement au courant de rien. Je ne compterais pas sur eux. Ce sont de simples gendarmes.

Paola se gratta la nuque, préoccupée.

— Qu'allons-nous faire maintenant ?

— Je ne sais pas. Nous n'avons pas une seule piste pour attaquer Karoski et, depuis hier, plus rien ne l'empêche de recommencer à tuer.

— Comment ça ?

— Les cardinaux ont signalé le début des messes de neuvaines. Ces prières pendant neuf jours consécutifs pour l'âme du défunt pape.

— Vous ne voulez pas dire que...

— Si, exactement. Des messes seront célébrées dans toute la ville de Rome. A Saint-Jean-de-Latran, à Sainte-Marie-Majeure, Saint-Pierre, Saint-Paul-hors-les-Murs... Les cardinaux doivent dire la messe deux par deux, dans les cinquante églises les plus importantes de Rome. C'est la tradition, et je ne crois pas qu'ils la changent pour rien au monde. Si la Sainte Alliance est vraiment compromise dans cette histoire, c'est l'occasion parfaite pour un nouvel assassinat. L'affaire ne s'est pas encore ébruitée, et les cardinaux se rebelleraient si Cirin essayait de les empêcher de dire les neuvaines. Non, les messes auront lieu, quoi qu'il arrive. Bon sang ! un autre cardinal a peut-être été déjà tué, et nous n'en savons rien…

— Et merde ! Il me faut une cigarette.

Paola prit le paquet de Pontiero sur la table et chercha le briquet dans sa veste. Elle glissa sa main à l'intérieur de la poche, et en sortit un petit rectangle de carton.

— Qu'est-ce que c'est ? s'étonna Paola.

C'était une estampe de la Vierge du Carmel. Celle que lui avait donnée frère Francesco Toma en lui faisant ses adieux à Sainte-Marie de Traspontine. Le faux moine, l'assassin, Karoski. Elle portait encore l'ensemble noir qu'elle avait enfilé ce mardi matin-là. Et l'image pieuse était restée dans sa poche depuis tout ce temps.

— Comment ai-je pu oublier ça ? C'est un indice !

Fowler s'approcha, intrigué.

— Tiens, il y a quelque chose écrit derrière, dit-il en retournant l'image.

Le prêtre lut à voix haute en anglais :

If your very own brother, or your son, or daughter, or the wife you love, or your closest friend secretely entices you, do not yield to him or listen to him. Show him no pity. Do not spare or shield him. You must certainly put him to death. Then all Israel will hear and be afraid and no one among you will do such an evil thing again.

Paola traduisit la phrase, livide de fureur et de rage.

— « Si ton frère, fils de ton père ou fils de ta mère, ton fils, ta fille, ou l'épouse qui repose sur ton sein, ou le compagnon qui est un autre toi-même, cherche dans le secret à te séduire, tu ne l'approuveras pas, tu ne l'épargneras pas, et tout Israël en l'apprenant sera saisi de crainte et cessera de pratiquer le mal au milieu de toi. »

— Je crois que c'est le Deutéronome. Chapitre 13, verset 7.

— Merde ! s'exclama Paola. Si seulement je l'avais lu ! J'aurais pu me rendre compte que c'était écrit en anglais.

— Ne vous reprochez rien, *dottora*. Un curé vous a donné une estampe. Avec votre manque de foi, ce n'est pas étonnant que vous ne l'ayez même pas regardée.

— Peut-être, mais en découvrant l'identité du curé, j'aurais dû me souvenir qu'il m'avait donné quelque chose. Et pourtant j'étais plus soucieuse de me souvenir de ses traits, enfin du peu que j'avais vu. Et même...

« Il a essayé de te prêcher la bonne parole, tu te souviens ? », se dit Paola.

Elle s'interrompit. Le prêtre se retourna, l'estampe dans la main.

— Regardez, *dottora*, c'est une image tout à fait normale, mais il a collé un papier au verso...

« Sainte Marie du Carmel... »

— ... Avec beaucoup d'adresse pour pouvoir placer ce texte. Le Deutéronome est...

« Gardez-la sur vous… »

— Une source des plus inhabituelles pour une estampe, vous savez ? Je crois que…

« Elle vous indiquera le chemin dans ces temps obscurs. »

— Si je tire un peu, là, dans le coin je peux décoller…

— NE LA TOUCHEZ PAS ! hurla Paola en lui prenant le bras.

Fowler arrêta son geste, surpris. Il ne bougea pas un muscle. Paola reprit l'estampe.

— Je regrette d'avoir crié, s'excusa-t-elle en essayant de se calmer. Je viens de me souvenir que Karoski m'avait dit que la carte me montrerait le chemin en ces temps obscurs. Je crois qu'il y a un message dessus, destiné à se moquer de nous.

— Peut-être, à moins que ce ne soit une manœuvre pour nous duper.

— La seule chose dont nous sommes sûrs dans cette affaire, c'est que nous n'avons pas toutes les pièces du puzzle, et sommes très loin de les avoir. J'espère que nous pourrons trouver quelque chose ici.

Fowler retourna la carte, la regarda à la lumière, sentit le carton.

Rien.

— Ce passage de la Bible pourrait être le message. Que signifie-t-il ? dit Fowler.

— Je ne sais pas, mais je suis sûre qu'il y a quelque chose de plus. Quelque chose qu'on ne décèle pas au premier coup d'œil. Et j'ai un outil spécial pour ce genre de cas.

Paola fouilla dans une armoire proche. Elle en extirpa un carton couvert de poussière. Elle le déposa avec soin sur le bureau.

— Je ne l'ai pas utilisé depuis très longtemps. C'est un cadeau de mon père.

Elle ouvrit la boîte lentement. Elle avait encore en mémoire ses paroles sur cet appareil, son prix élevé, et le soin qu'elle devait lui accorder. Elle le sortit, et le posa sur la table. C'était un banal microscope. Paola avait travaillé depuis à l'université avec des appareils mille fois plus précis, mais elle n'en avait traité aucun avec le respect qu'elle avait pour celui-ci. Elle se réjouit d'avoir conservé un tel sentiment, ce merveilleux lien avec son père, une émotion rare en elle qui vivait jour après jour dans le regret de l'avoir perdu. Elle se demanda fugacement si elle ne ferait pas mieux de s'accrocher à ces beaux souvenirs plutôt qu'à l'idée qu'on lui avait enlevé son père trop tôt.

— Approchez la carte, dit-elle en s'asseyant devant le microscope.

Le papier grossier et le plastique avaient protégé l'appareil de la poussière. Paola plaça la carte sous la lentille et fit le point. De la main gauche, elle fit tourner l'estampe en étudiant lentement l'image de la Vierge. Elle ne trouva rien. Elle la retourna pour examiner son verso.

— Un instant... Je vois quelque chose ici...

Paola passa le viseur au prêtre. Les lettres, amplifiées quinze fois, formaient de grandes barres noires. Sur l'une d'elles, toutefois, était dessiné un minuscule cercle blanchâtre.

— On dirait une perforation.

L'inspectrice reprit de nouveau le microscope.

— Je jurerais qu'elle a été percée avec une aiguille. Oui, elle a été faite exprès. Elle est trop parfaite.

— Sur quelle lettre apparaît la première marque ?

— Sur le « F » de *If*.

— *Dottora*, s'il vous plaît, vérifiez s'il y a d'autres perforations.

Paola parcourut la première ligne du texte.

— Ici, une autre !

— Continuez, continuez.

Quelques instants plus tard, Paola avait réussi à localiser un total de onze lettres perforées.

*I***F** *you***R** *very own brother, or your son, or d***A***u-ghter, or the wife you love or your closest frie***N***d secretely enti***C***es you, do not yield to h***I***m or lis-ten to him. ***S***how him no pity. Do not spare him or shield him. You mu***S***t certainly put ***H***im to death. Then ***A***ll Israel ***W***ill hear and be afraid and no one among you will do such an evil thing again.*

Quand elle vérifia qu'il n'y avait pas d'autres signes comportant des perforations, Paola écrivit dans leur ordre d'apparition les lettres choisies. En lisant le résultat, tous deux tremblèrent, et Paola se souvint...

Si ton frère cherche dans le secret à te séduire.

... Elle se souvint des rapports des psychiatres...

Tu ne l'approuveras pas.

411

... Des lettres aux familles, victimes de la déprédation sexuelle de Karoski...

Tu ne l'épargneras pas.

... Elle se souvint du nom qui figurait dessus...
Francis Shaw.

Dépêche de l'agence Reuters, 10 avril, 08 : 12 GMT

*Le cardinal Shaw dit aujourd'hui
la messe de neuvaines à Saint-Pierre*

ROME (Associated Press). Le cardinal Francis Shaw officiera aujourd'hui à midi dans la basilique Saint-Pierre lors de la messe de neuvaines. Le prêtre américain aura l'honneur de diriger la cérémonie dans ce deuxième jour de prières pour l'âme de Jean-Paul II.

Certains groupes déterminés aux Etats-Unis ne voient pas d'un bon œil la participation de Shaw à cette cérémonie. Concrètement, l'association SNAP (Surviving Network of Abuse by Priest) a envoyé à Rome deux de ses membres pour protester formellement contre le fait qu'on permette à Shaw d'officier dans la principale église de la chrétienté. « Nous ne sommes que deux mais nous ferons une manifestation pacifique et ordonnée devant les caméras », a annoncé Barbara Payne, la présidente de SNAP.

Cette organisation, la principale association de victimes d'abus sexuels par des prêtres catholiques, compte plus de 4 500 membres. Sa principale activité est d'informer et d'apporter son soutien aux victimes, en leur proposant des thérapies de groupe pour leur permettre d'affronter les faits. La grande majorité de ses membres approche pour la première fois SNAP une fois adulte, après des années de silence honteux.

Le cardinal Shaw, actuellement préfet de la Congrégation pour le Clergé, a été impliqué dans le scandale des agressions sexuelles qui a éclaté aux Etats-unis à la fin des années 80. Francis Shaw, cardinal de l'archidiocèse de Boston, était la figure la plus importante de l'Eglise catholique dans ce pays et, selon certains, le candidat le mieux placé pour la succession de Karol Wojtyla.

Sa carrière a souffert un dur revers après que l'on a appris qu'il avait caché pendant des années plus de trois cents cas d'abus sexuels dans sa juridiction. Il a régulièrement transféré des prélats accusés de délits de ce genre d'une paroisse à une autre, persuadé qu'il éviterait ainsi tout scandale. Il s'est limité à recommander « un changement d'air » aux coupables. Dans les cas les plus graves, il a envoyé les prêtres dans un centre spécialisé pour qu'ils y reçoivent un traitement.

Quand les premières dénonciations sérieuses sont arrivées, Shaw a d'abord conclu des accords financiers avec les familles des victimes en échange de leur silence. Mais le scandale a fini par éclater au grand jour, et Shaw a été contraint de démissionner par les « hautes instances du Vatican ». Il s'est installé à Rome, et a été nommé préfet de la

Congrégation du Clergé, une charge honorifique d'une certaine importance, mais qui signe la fin de sa carrière.

Certains, cependant, continuent à considérer Shaw comme un saint qui a défendu l'Eglise de toutes ses forces. « Il a souffert des persécutions et des calomnies pour défendre la Foi », affirme son secrétaire personnel, le père Miller. Mais peu aujourd'hui parient sur les chances de Shaw d'être élu à la tête de l'Eglise. La Curie romaine se montre en général prudente et peu amie des excès. Malgré tous ses appuis, il est impossible que Shaw obtienne de nombreuses voix, à moins d'un miracle.

10/04/2005/8 : 12 (AP)

SACRISTIE DU VATICAN

Dimanche 10 avril, 11 : 08

Les prêtres qui devaient concélébrer la messe avec le cardinal Shaw s'habillaient dans une sacristie auxiliaire proche de l'entrée de Saint-Pierre. Ils devaient y accueillir, avec les enfants de chœur, le célébrant, cinq minutes avant de commencer la cérémonie.

L'endroit était donc désert à l'exception de deux religieuses qui aidaient Shaw et l'autre concélébrant, le cardinal Pauljic, et le Garde suisse posté à la porte de la sacristie.

Karoski caressa son couteau caché entre ses vêtements. Il calcula mentalement ses possibilités.

Enfin, il allait recevoir sa récompense.

Le moment était presque arrivé.

PLACE SAINT-PIERRE

— Il est presque impossible d'y accéder par la porte Sainte-Anne. Elle est très surveillée et ils ne laissent passer personne, excepté ceux qui possèdent l'autorisation du Vatican.

Fowler et Paola avaient parcouru et inspecté de loin tous les accès au Vatican. Séparément, pour ne pas se faire repérer. Il restait moins de cinquante minutes avant le début de la messe.

Trente minutes avant, après avoir découvert le nom de Francis Shaw sur l'estampe de la Vierge du Carmel, ils avaient procédé à une recherche frénétique sur Internet et trouvé l'heure et le lieu où devait officier Shaw indiqués par toutes les agences d'information.

Ils s'étaient aussitôt rendus sur la place Saint-Pierre.

— Nous devrons entrer par la porte principale de la basilique.

— Non. La sécurité a été renforcée partout, sauf à cet endroit ouvert au public, alors justement, c'est là où ils nous attendent. Même si nous réussissions à entrer, nous ne pourrions pas nous approcher de l'autel. Shaw et le concélébrant doivent partir de la sacristie de Saint-Pierre pour arriver à la basilique. Ils n'utiliseront pas l'autel de Pierre qui est réservé au pape, mais un des autels secondaires, et même ainsi, il y aura au moins huit cents personnes pour assister à la cérémonie.

— Karoski n'osera pas agir devant tant de gens !

— *Dottora*, notre problème est que nous savons qui joue le rôle principal dans ce drame. Si la Sainte Alliance veut éliminer Shaw, elle ne nous laissera pas perturber la messe. Si ce qu'elle veut, c'est attraper Karoski, on ne nous permettra pas non plus de prévenir le cardinal qui constitue un trop bon appât. J'en suis convaincu maintenant, quoi qu'il arrive, c'est le dernier acte de la pièce.

— Eh bien, à cette allure, il n'y aura pas de rôle pour nous. Il est déjà onze heures et quart.

— Non. Nous entrerons dans le Vatican, nous éviterons les agents de Cirin, et nous arriverons à la sacristie. Il faut empêcher Shaw de célébrer la messe.

— Et comment comptez-vous vous y prendre ?

— En utilisant un moyen que Cirin lui-même ne serait pas capable d'imaginer.

Quatre minutes plus tard, ils sonnaient à la porte d'un sobre édifice de cinq étages. Paola donna raison à Fowler. Cirin n'aurait jamais pu deviner, pas même dans un million d'années, que Fowler irait sonner volontairement à la porte du palais du Saint-Office.

Une des entrées au Vatican se trouve entre ce palais et la colonnade de Bernin. Elle consiste en une grille noire et une guérite. Normalement, elle est surveillée par les Gardes suisses. Ce dimanche, ils étaient cinq, et on leur avait adjoint un policier en civil. Celui-ci tenait un porte-documents à la main et, à l'intérieur, mais cela ni Fowler ni Paola ne le savaient, se trouvaient leurs photographies. L'homme, membre du *Corpo di Vigilanza*, vit passer sur le trottoir d'en face un couple qui paraissait correspondre à la description. Il ne les vit qu'un moment, car ils disparurent de sa vue, et il n'était pas sûr qu'il s'agissait bien d'eux. Il n'était pas autorisé à abandonner son poste, aussi n'essaya-t-il pas de les suivre pour vérifier. Les ordres étaient de prévenir si ces individus essayaient d'entrer dans le Vatican, et de les détenir par la force si nécessaire. Il semblait évident que ces personnes étaient importantes. Il appuya sur le bouton d'appel du talkie-walkie et communiqua ses informations.

Au coin de la porte Cavalleggeri, à moins de vingt mètres de l'entrée où ce policier recevait des instructions, Paola et Fowler attendaient le prêtre avec l'index posé sur la sonnette. On entendit enfin des bruits de verrou qu'on tirait de l'autre côté. Le visage d'un prêtre âgé apparut par une petite grille.

— Que voulez-vous ? dit-il, de mauvaise humeur.

— Nous venons voir l'évêque Häner.

— De la part de qui ?

— Du père Fowler.

— Cela ne me dit rien.

— Je suis un vieil ami.

— L'évêque se repose. On est dimanche et le palais est fermé. Bonne journée, dit-il avec un geste fatigué de la main comme s'il chassait des mouches.

— S'il vous plaît, dites-moi dans quel hôpital ou cimetière se trouve l'évêque, père.

Le curé le regarda, surpris.

— Comment ?

— L'évêque m'a dit qu'il ne se reposerait pas avant de m'avoir fait payer mes nombreux péchés, j'en déduis qu'il doit être malade ou mort. Je ne vois pas d'autre explication possible.

Le regard du curé changea légèrement, passant d'un désintérêt hostile à de l'irritation légère.

— Vous semblez en effet bien connaître l'évêque. Attendez ici, dit-il en leur claquant la porte au nez.

— Comment saviez-vous que Häner était là ? demanda Paola.

— Cet homme ne s'est jamais reposé un seul jour de sa vie, Paola. Cela aurait été une triste coïncidence qu'il le fasse aujourd'hui.

— C'est un de vos amis ?

Fowler toussota avant de répondre :

— Disons plutôt l'homme qui me déteste le plus au monde. Gonthas Häner est le délégué du fonctionnement de la Curie. C'est un vieux jésuite allemand décidé à en finir avec les excès en politique extérieure de la Sainte Alliance. Une sorte de version ecclésiastique de votre police des polices. C'est lui qui a instruit l'enquête contre moi. Il me déteste parce que je n'ai rien révélé des missions qui m'avaient été confiées.

— Comment a-t-il pris votre absolution ?

— Assez mal. Il m'a dit qu'il avait un anathème à mon nom, et qu'un pape le signerait un jour ou l'autre.

— C'est quoi, un anathème ?

— Un décret d'excommunication solennel. Häner sait que c'est exactement ce que je crains le plus au monde : que l'Eglise pour laquelle j'ai lutté m'empêche d'aller au ciel après ma mort.

La criminologue le regarda, soudain soucieuse :

— Père Fowler, on peut savoir ce qu'on est venus faire ici ?

— Je suis venu me confesser.

Sacristie du Vatican

Dimanche 10 avril, 11 : 31

La gorge tranchée, le Garde suisse s'écroula sur le sol comme une poupée de chiffon sans autre bruit que celui de sa hallebarde contre le marbre.

Une religieuse sortit de la sacristie, alertée par le vacarme. Karoski la frappa violemment au visage. Elle s'effondra à son tour, assommée. L'assassin prit son temps pour tâter du pied la nuque de la bonne sœur sous la toque noire. Il trouva le point exact et appuya de tout son poids. Il lui brisa le cou.

L'autre religieuse passa la tête par la porte de la sacristie d'un air confiant. Elle avait besoin de l'aide de sa compagne.

Karoski lui enfonça son couteau dans l'œil droit. Quand il tira son corps pour la cacher dans le couloir qui donnait accès à la sacristie, il traînait déjà un cadavre.

Il regarda les trois cadavres. Il regarda la sacristie. Il regarda sa montre.

Il lui restait encore cinq minutes pour signer ses œuvres.

Exterieur du palais du Saint-Office

Dimanche 10 avril, 11 : 31

Paola avait écouté Fowler, bouche bée, mais n'eut pas le temps de répliquer, car la porte s'ouvrit soudain. A la place du prêtre âgé qui les avait reçus tout à l'heure, apparut un évêque d'une cinquantaine d'années environ, maigre, les cheveux et la barbe blonds soigneusement coupés. Il parlait avec un accent allemand chargé de mépris et de « r » appuyés.

— Tiens donc ! Alors après toutes ces années, vous apparaissez enfin devant ma porte. A quoi dois-je cet honneur inespéré ?

— Je suis venu vous demander une faveur.

— Je crains, père Fowler, que vous ne soyez pas en position de me demander quoi que ce soit. Il y a douze ans, je vous ai demandé quelque chose, à vous, et vous avez obstinément gardé le silence. Des jours entiers ! La commission vous a déclaré innocent, mais pas moi. Maintenant, partez !

Son index tendu indiquait la porte Cavalleggeri. Un doigt tendu comme un gibet, pensa Paola ; l'évêque aurait sans doute volontiers pendu Fowler.

Et ce dernier lui tendit la corde pour se faire pendre.

— Vous ne savez pas encore ce que je suis venu vous proposer en échange.

L'évêque croisa les bras :

— Je vous écoute, Fowler.

— Il est possible que d'ici une demi-heure un assassinat se produise dans la basilique Saint-Pierre. L'inspectrice Dicanti, ici présente, et moi-même, sommes en mesure de l'empêcher. Malheureusement, nous ne pouvons accéder au Vatican. Camilo Cirin nous en a interdit l'entrée. Je vous demande la permission de traverser le Palais, jusqu'au parking, pour pouvoir entrer dans la Cité sans être repérés.

— Et que me donnerez-vous en échange ?

— Je vous promets de répondre à toutes vos questions sur El Aguacate. Demain.

Häner se tourna vers Paola :

— Vous avez une carte d'identité ?

Paola ne disposait plus de sa plaque de police restée sur le bureau de Boi. Mais elle avait toujours la carte magnétique d'accès à l'UACV. Elle la présenta avec fermeté à l'évêque en espérant qu'il s'en contente.

Il prit la carte entre ses mains. Il examina tour à tour son visage puis la photo, le sigle de l'UACV, et même la bande magnétique.

— Ainsi donc, vous dites la vérité. Je craignais, Fowler, qu'à vos nombreux péchés vous n'eussiez ajouté celui de la concupiscence.

Paola détourna les yeux pour éviter que Häner ne voie le sourire qui effleurait ses lèvres. Elle fut soulagée de constater que Fowler soutenait, très sérieux, le regard de l'évêque. Ce dernier claqua la langue dans un geste de dégoût.

— Fowler, partout où vous allez, vous êtes accompagné de sang et de mort. Ma conviction est faite à votre sujet. Je ne souhaite pas vous donner l'autorisation d'entrer...

Le prêtre allait répliquer quand Häner lui fit signe de se taire :

— Néanmoins, je sais que vous êtes un homme d'honneur. J'accepte votre marché. Je vous laisse poursuivre votre tâche, mais demain vous viendrez me voir, et vous me raconterez la vérité.

Il se poussa sur le côté pour les laisser passer. Le vestibule élégant, de couleur crème, ne comportait ni moulures ni aucun élément de décoration trop chargé. Le silence régnait dans l'édifice, comme tous les dimanches. Paola soupçonna cet homme aussi tendu et mince qu'un fleuret, qui se voyait lui-même comme le glaive justicier de Dieu, d'être le seul présent. Elle eut peur en pensant à ce qu'aurait pu faire un évêque aussi rigoriste quatre cents ans plus tôt.

— Je vous verrai demain, père Fowler. J'aurai ainsi le plaisir de vous montrer un document que je garde pour vous depuis longtemps.

Fowler s'avança dans le couloir du rez-de-chaussée sans regarder une seule fois en arrière. Il avait peur peut-être de découvrir Häner, demeuré à la même place, près de la porte, attendant son retour le lendemain.

— C'est curieux, dit Paola, en général, les gens sont virés de l'Eglise par le Saint-Office, et nous nous y entrons grâce à lui.

Fowler eut une moue mi-triste, mi-ironique :

— J'espère qu'en capturant Karoski, je n'aide pas à sauver la vie d'un cardinal qui pour toute récompense sera capable, un jour, de signer mon excommunication.

Ils parvinrent jusqu'à une porte de secours. Là, une fenêtre offrait une vue sur le parking. Fowler appuya sur la barre centrale de la porte et passa discrètement la tête. Les Gardes suisses, postés à trente mètres de là, surveillaient attentivement la rue. Il referma la porte.

— Dépêchons-nous. Nous devons trouver Shaw, et l'informer de la situation !

— Indiquez-moi le chemin.

— On sort sur le parking, et on continue en longeant l'édifice pour arriver ainsi au bâtiment de la salle des audiences. Nous continuerons collés au mur avant de tourner vers la sacristie. Il faudra faire attention en traversant à droite, parce que nous ignorons si cette zone est surveillée. Je passe le premier, d'accord ?

Paola acquiesça, et ils se mirent en route d'un pas rapide. Ils réussirent à atteindre la sacristie sans encombre. Cet édifice imposant, mitoyen de la basilique, était ouvert aux touristes et pèlerins pendant l'année, car son musée renfermait quelquesuns des plus beaux trésors de la chrétienté.

Le prêtre poussa la porte en avant.

Elle était entrouverte.

SACRISTIE DU VATICAN

Dimanche 10 avril, 11 : 42

— Mauvais signe, murmura Fowler.

L'inspectrice saisit son arme sur sa ceinture.

— Entrons.

— Je croyais que Boi vous avait retiré votre pistolet.

— Je lui ai rendu mon arme de service. Ce jouet, c'est seulement au cas où.

Ils franchirent le seuil. Le musée était vide, les vitrines éteintes. Le sol et les murs de marbre reflétaient la lumière qui entrait par les fenêtres. Les salles étaient encore plongées dans la pénombre. Fowler guida Paola en silence en maudissant intérieurement ses chaussures qui crissaient. Ils traversèrent plusieurs pièces. Fowler s'arrêta brusquement dans la sixième. A moins d'un mètre, la main gantée de blanc et le bras couvert d'une manche jaune, bleu et rouge, gisaient à terre. Le corps était partiellement caché par le mur qui formait un angle.

La victime était un Garde suisse. Il tenait encore sa hallebarde dans la main gauche. A la place de ses yeux, deux trous pleins de sang. Un peu plus loin,

Paola, horrifiée, découvrit au sol deux religieuses, à l'habit et la coiffe noirs, unies dans une ultime étreinte.

Leurs yeux avaient été arrachés.

La criminologue arma son pistolet. Elle échangea un regard avec Fowler.

— Il est là.

Ils se tenaient dans l'étroit couloir qui menait à la sacristie centrale du Vatican, habituellement protégée par une simple chaîne, la porte à double battant ouverte pour que le public puisse apercevoir depuis l'entrée l'endroit où s'habille le Saint-Père avant de célébrer la messe.

Elle était fermée.

— Mon Dieu, faites qu'il ne soit pas trop tard, dit Paola le regard fixé sur les cadavres.

Cela portait à huit le nombre des victimes de Karoski. Elle se jura que ce serait les dernières et, sans réfléchir plus longtemps, parcourut en courant les deux mètres qui la séparaient de la porte en esquivant les cadavres au passage. Elle tira sur un battant avec la gauche, pointa son revolver devant elle et franchit le seuil.

Elle se trouvait dans une salle octogonale très haute, de douze mètres de large, inondée d'une lumière dorée. Devant elle, un autel, flanqué de colonnes, orné de tableaux représentant la descente de Croix. Scellées aux magnifiques murs de marbre gris ouvragé, dix armoires de bois de citronnier contenaient les habits sacerdotaux. Si Paola avait levé les yeux au plafond, elle aurait pu admirer la coupole décorée de belles fresques par les fenêtres de laquelle entrait la lumière. Mais Paola n'avait d'yeux que pour les deux personnes qu'elle apercevait dans la salle.

Il s'agissait de deux cardinaux. L'un était Francis Shaw. Paola mit un certain temps à reconnaître l'autre, le cardinal Pauljic. Pourtant son visage lui parut familier.

Les deux hommes se tenaient près de l'autel, Pauljic, placé derrière Shaw, finissait de passer sa chasuble quand l'inspectrice surgit, l'arme au poing.

— Où est-il ! hurla Paola, et son cri résonna sous la coupole. Vous l'avez vu ?

L'Américain lui répondit très lentement sans cesser de regarder son arme :

— Mais de qui parlez-vous, mademoiselle ?

— De Karoski ! Il a tué un Garde suisse et deux religieuses.

Elle n'avait pas encore terminé sa phrase que Fowler entrait dans la pièce. Il se plaça derrière Paola, fit un signe de tête à Shaw, et croisa le regard de Pauljic.

Il le reconnut alors, dans une sorte d'éclat lumineux.

— Bonjour, Viktor, dit le prêtre d'une voix basse et rauque.

Le cardinal Pauljic, *alias* Viktor Karoski, attrapa Shaw par le coude tout en dégainant le pistolet de Pontiero qu'il braqua sur la tempe de son prisonnier.

— Ne bouge plus ! cria Dicanti et l'écho lui renvoya une série de « u ».

— Si vous ne voulez pas voir mourir ce monsieur, je vous conseille de rester immobile, inspectrice Dicanti.

La voix de l'assassin réveilla en Paola un sentiment incontrôlable de rage et de peur. Elle se souvint de la fureur qu'elle avait ressentie après avoir vu le cadavre de Pontiero, quand cet animal l'avait appelée au téléphone.

Elle le visa soigneusement.

Karoski se trouvait à plus de dix mètres, seule une partie de sa tête et ses avant-bras était encore visible derrière le bouclier humain que formait le cardinal Shaw.

Avec son manque de dextérité, et la mauvaise qualité de son arme, impossible de le toucher.

— Jetez votre pistolet au sol, *ispettora*, ou je tire.

Paola se mordit la lèvre inférieure pour ne pas hurler de rage. Elle avait l'assassin en face d'elle, et elle ne pouvait rien faire.

— Ne l'écoutez pas, Paola. Jamais il n'oserait toucher à un cheveu du cardinal, n'est-ce pas, Viktor ?

— Bien sûr que si. Jetez votre arme, Dicanti, maintenant !

— Je vous en prie, faites ce qu'il vous dit, gémit Shaw d'une voix tremblante.

— Bravo, une excellente interprétation, Viktor ! se moqua Fowler d'une voix pleine de colère. Vous vous souvenez, nous ne comprenions pas comment il avait pu sortir de la chambre de Cardoso qui était fermée à double tour. C'était pourtant si facile, il n'en est jamais sorti.

— Comment ça ? s'étonna Paola.

— Rappelez-vous. Nous avons enfoncé la porte, nous n'avons vu personne, et nous avons été distraits de manière opportune par un homme qui appelait au secours et vers lequel nous nous sommes précipités. Viktor était certainement dans la chambre, caché sous le lit ou le placard.

— C'est très malin, mon père. Maintenant, jetez votre arme, *ispettora*.

— Cet appel au secours et la description de l'agresseur provenaient d'un homme de foi, un homme de totale confiance, un cardinal. Le complice de l'assassin.

— Taisez-vous !

— Que t'a-t-il promis pour que tu le débarrasses de ces rivaux dans sa quête d'une gloire qu'il a cessé de mériter depuis longtemps ?

— Ça suffit !

Karoski était comme fou, le visage couvert de sueur. Un de ses sourcils artificiels s'était décollé à moitié et pendait au-dessus de son œil.

— Il est allé te chercher à l'Institut Saint Matthew, Viktor ? C'est lui qui t'avait recommandé d'y aller, n'est-ce pas ?

— Cessez ces insinuations absurdes, Fowler, et dites à votre compagne de jeter son arme ou ce fou va me tuer ! ordonna Shaw, désespéré.

— Quel était le plan de Son Eminence, Viktor ? continua Fowler comme s'il n'avait pas entendu. Tu devais faire semblant de l'agresser en pleine basilique Saint-Pierre ? Et il t'aurait dissuadé là, devant tous les fidèles et les caméras de télévision ?

— Taisez-vous ou je le tue, je vous le jure !

— Tu serais mort, et il serait devenu un héros.

— Que t'a-t-il promis en échange des clés du Royaume, Viktor ?

— Le ciel, putain de connard ! Le ciel et la vie éternelle !

Karoski retira le canon de la tête de Shaw, et visa Dicanti avant d'ouvrir le feu.

Fowler poussa Paola, son pistolet percuta le sol. La balle frôla la tête de l'inspectrice pour pénétrer dans l'épaule droite du prêtre.

Karoski repoussa Shaw qui courut se réfugier entre deux armoires. Paola fonça sur Karoski, tête baissée, poings serrés. Elle le frappa à l'estomac de l'épaule droite, en l'aplatissant contre le mur, sans parvenir à lui couper le souffle. Les couches de vêtements qu'il portait pour se donner une certaine corpulence le protégèrent. Il lâcha l'arme de Pontiero qui tomba avec un bruit métallique amplifié par l'écho.

L'assassin cogna sur l'épaule de Paola qui hurla de douleur, mais se releva et réussit à le frapper au visage. Karoski tituba et faillit perdre l'équilibre. Mais il se rattrapa à temps.

Paola commit alors une erreur fatale.

Elle regarda autour d'elle, cherchant son arme. Karoski en profita pour lui décocher un coup de poing au visage suivi d'un autre au ventre et dans les reins. Puis il lui saisit le bras, comme avec Shaw. Mais cette fois, il avait une arme coupante. Il caressa le visage de Paola avec la lame de ce couteau à poisson ordinaire, très fin.

— Oh ! Paola, tu n'imagines pas comme ça va me plaire, lui murmura-t-il à l'oreille.

— Viktor !

Karoski se retourna. Fowler avait le genou gauche au sol, l'épaule gauche blessée, et du sang coulait le long de son bras, inerte.

Sa main droite serrait le pistolet de Paola et visait directement Karoski au front.

— Vous ne tirerez pas, père Fowler, dit l'assassin moqueur. Nous ne sommes pas si différents vous et moi. Nous avons tous les deux partagé le même enfer privé. Et vous avez juré que vous ne recommenceriez plus à tuer.

Au prix d'un terrible effort, rouge de douleur, Fowler réussit à lever sa main gauche jusqu'à son col. Il l'arracha et le lança dans l'air. Le col tournoya, spirale blanche où apparaissait une tache rouge, là où le pouce de Fowler s'était posé. Karoski le suivit des yeux, hypnotisé, mais n'eut pas le temps de le voir tomber.

Fowler tira une seule fois en visant entre les yeux.

Karoski s'écroula. Il entendit au loin les voix de ses parents qui l'appelaient, et il alla les rejoindre.

Paola se précipita vers Fowler, qui était pâle, le regard perdu au loin. Elle retira sa veste pour éponger la blessure du prêtre.

— Allongez-vous.

— Heureusement que vous êtes arrivés, mes amis, dit le cardinal Shaw qui avait soudain retrouvé assez de courage pour se relever. Ce monstre allait me kidnapper.

— Ne restez pas là, cardinal, allez chercher des secours, lui demanda Paola qui aidait Fowler à s'allonger.

Mais elle regretta aussitôt ces paroles en voyant le prélat se diriger vers l'arme de Pontiero tombée près du corps de Karoski. Elle comprit que Fowler et elle étaient devenus des témoins dangereux. Elle tendit la main vers l'arme.

— Nous voilà ! s'écria alors l'inspecteur Cirin qui entra dans la salle, suivi de trois agents de la *Vigilanza*.

Leur irruption fit sursauter le cardinal qui se baissait déjà pour ramasser le pistolet au sol. Il se redressa aussitôt.

— Je commençais à croire que vous n'arriveriez jamais, dit-il. Vous devez arrêter ces personnes, ajouta-t-il en indiquant Paola et Fowler.

— Excusez-moi, Eminence, je suis à vous tout de suite.

Camilo Cirin jeta un regard autour de lui. Il s'approcha de Karoski et prit l'arme de Pontiero au passage. Il toucha le visage de l'assassin du bout de sa chaussure.

— C'est lui.

— Oui, dit Fowler sans bouger.

— Merde, Cirin ! dit Paola. Un faux cardinal. Comment cela a-t-il pu se produire ?

— Il avait de bonnes références.

Cirin était un homme qui réfléchissait vite. Il se souvint aussitôt que Pauljic avait été le dernier cardinal nommé par le pape six mois auparavant, alors qu'il ne quittait déjà plus son lit. Il se souvint qu'il avait annoncé à Samalo et Ratzinger qu'il avait nommé un cardinal *in pectore* et n'en avait révélé le nom qu'au seul Shaw, pour que ce dernier l'annonce après sa mort. Cirin devina rapidement qui avait soufflé le nom de Pauljic au pape, qui avait accompagné le cardinal à la Domus Sanctae Marthae pour le présenter à ses camarades curieux.

— Cardinal Shaw, il va falloir que vous m'expliquiez beaucoup de choses.

— Je ne vois pas ce que vous voulez dire...

— Cardinal, je vous en prie.

Shaw retrouva toute sa superbe, et son orgueil. Cet orgueil qui l'avait pourtant conduit à sa perte.

— Jean-Paul II m'a préparé pendant de nombreuses années pour continuer son œuvre, inspecteur général. Vous mieux qu'un autre savez ce qui arrive quand le contrôle de l'Eglise tombe entre les mains de gens trop laxistes. Je suis certain, mon ami, que maintenant vous allez agir comme il convient, pour le bien de l'Eglise.

Cirin prit sa décision en moins d'une seconde.

— Bien sûr, Eminence. Domenico ? Le cardinal Shaw va se rendre à présent dans la basilique pour y dire la messe.

Le cardinal sourit.

— Ensuite, vous et un autre agent, l'escorterez jusqu'à son nouveau domicile : le monastère de Albergradz dans les Alpes, où le cardinal pourra méditer dans la solitude sur ses actes. Il aura aussi l'occasion de pratiquer l'alpinisme.

— Un sport dangereux, je crois, dit Fowler.

— Certainement. Tous les ans, il y a des morts, confirma Paola.

Shaw demeura silencieux, mais il avait courbé la tête, son double menton aplati contre sa poitrine, et on devinait que tous ses espoirs s'évanouissaient. Il sortit de la sacristie accompagné de Domenico, sans saluer personne.

L'inspecteur général s'agenouilla près de Fowler. Paola lui soutenait la tête tout en appuyant sa veste contre la blessure.

— Vous permettez…

Il écarta la main de l'inspectrice. Son bandage improvisé était déjà imbibé de sang. Il le remplaça par sa propre veste froissée.

— Ne vous inquiétez pas, une ambulance est en route. Mais j'aimerais bien savoir comment vous avez obtenu une entrée au cirque ?

— En évitant vos guichets, inspecteur Cirin. Nous avons préféré utiliser celui du Saint-Office.

Cet homme, pourtant imperturbable, haussa légèrement les sourcils, véritablement surpris.

— Ah ! évidemment. Le vieux Gonthas Häner, travailleur impénitent. Je vois que ses critères d'admissions au Vatican se sont relâchés.

— Mais pas ses prix, dit Fowler en pensant à la terrible entrevue qui l'attendait le lendemain.

Cirin hocha la tête d'un air entendu, et serra sa veste contre la blessure du prêtre.

— Cela peut s'arranger, je pense.

Deux infirmiers entrèrent à cet instant avec une civière.

Tandis qu'ils s'occupaient du blessé, à l'intérieur de la basilique, près de la porte qui conduisait à la sacristie, huit enfants de chœur et deux prêtres avec des encensoirs attendaient, alignés en deux files, l'arrivée des cardinaux Shaw et Pauljic. Il était midi quatre. La messe aurait déjà dû commencer. Le plus âgé des prêtres était tenté d'envoyer un enfant de chœur pour voir ce qui se passait. Les sœurs oblates chargées de l'entretien de la sacristie avaient peut-être des soucis pour trouver les vêtements appropriés. Mais le protocole exigeait qu'il demeurât là sans bouger en attendant les célébrants.

Finalement, le cardinal Shaw apparut, seul. Les enfants de chœur l'escortèrent jusqu'à l'autel où la messe devait être dite. Les fidèles qui se trouvaient près du cardinal durant la cérémonie supposèrent qu'il avait sans doute beaucoup aimé le pape, car il avait pleuré pendant toute la messe.

— Ne vous inquiétez pas, il est hors de danger, dit un des infirmiers. On va foncer à l'hôpital, mais l'hémorragie est contenue.

Les brancardiers hissèrent Fowler sur la civière. Paola eut alors une illumination subite. Elle comprit tout, l'éloignement vis-à-vis de sa famille, le rejet de l'héritage, le terrible ressentiment. Elle arrêta la civière d'un geste et murmura à l'oreille de son compagnon.

— Maintenant, je comprends. L'enfer privé que vous avez partagé. Vous êtes allé au Viêt-nam tuer votre père, n'est-ce pas ?

Fowler la regarda, surpris. Si surpris qu'il en oublia de parler italien, et lui répondit en anglais.

— Pardon ?

— C'est par colère et haine que vous êtes allé là-bas, répondit Paola à voix basse, en anglais. Cette haine profonde envers votre père, et le froid rejet de votre mère. Le refus d'aller chercher l'héritage. Vous vouliez couper tout lien. Et votre entrevue avec Viktor sur l'enfer. Elle figure dans le dossier que vous m'avez laissé. Et c'était sous mon nez tout ce temps...

— Où voulez-vous en venir ?

— Maintenant, je comprends, répéta Paola en se penchant sur la civière et en plaçant une main amicale sur l'épaule du prêtre qui retint un gémissement, je comprends pourquoi vous avez accepté ce travail à l'Institut Saint Matthew et pourquoi vous êtes aujourd'hui ce que vous êtes. Votre père vous a violé quand vous étiez enfant, n'est-ce pas ? Et votre mère l'a toujours su. Comme Karoski. C'est pour cela que Karoski vous respectait. Vous étiez tous les deux de part et d'autre d'une même ligne. Vous avez choisi de devenir un homme et, lui, un monstre.

Fowler ne répondit pas, ce n'était pas nécessaire. Les infirmiers se remirent en marche. Fowler trouva la force de la regarder et de lui sourire :

— Prenez soin de vous, *dottora*.

Une fois dans l'ambulance, il lutta pour ne pas sombrer dans l'inconscience. Il ferma les yeux momentanément, mais une voix connue le ramena à la réalité.

— Bonjour, Anthony.

Fowler sourit.

— Bonjour, Fabio. Alors, ce bras ?

— Assez abîmé.

— Tu as eu beaucoup de chance sur ce toit.

Dante garda le silence. Il était assis à côté de Cirin sur un banc scellé à la paroi de l'ambulance. L'inspecteur fit une moue amusée, malgré son bras en écharpe dans le plâtre et les blessures qui couvraient son visage. Son compagnon arborait son expression indéchiffrable.

— Alors, comment comptez-vous me tuer ? En versant du cyanure dans la poche de sérum, en me laissant me vider de mon sang, à moins que vous ne choisissiez le coup classique de la balle dans la nuque ? Je crois que c'est que je préférerais.

Dante eut un rire sans joie.

— Ne me tente pas. Peut-être un jour, mais pas cette fois. Ce voyage est un aller et retour. On trouvera une meilleure occasion.

Cirin, imperturbable, regarda le prêtre droit dans les yeux.

— Je voulais te remercier. Tu as été d'une grande aide.

— Je ne l'ai pas fait pour toi. Ni pour ton drapeau.

— Je sais.

— D'ailleurs, je croyais que c'était toi qui étais derrière tout ça.

— Je sais ça aussi, et je ne t'en veux pas.

Ils gardèrent tous trois le silence pendant quelques minutes. Finalement, Cirin reprit la parole :

— Il y a une possibilité pour que tu reviennes avec nous ?

— Aucune, Camilo. Tu m'as déjà eu une fois. Ça ne se reproduira pas.

— Juste une dernière, au nom de l'ancien temps.

Fowler hocha la tête.

— D'accord, mais à une condition. Tu sais de quoi je veux parler...

Cirin acquiesça.

— Tu as ma parole. Personne ne s'approchera d'elle.

— Et de l'autre, non plus, l'Espagnole.

— Ça, je ne peux pas le garantir. Nous ne savons toujours pas si elle n'a pas fait une copie du disque.

— J'ai parlé avec elle. Elle n'en possède pas. Et elle ne dira rien.

— Très bien. Sans disque, elle ne peut rien prouver.

Il y eut un nouveau silence, un peu plus long cette fois, interrompu seulement par le sifflement intermittent de l'électrocardiogramme que le prêtre avait sur la poitrine. Fowler se détendit peu à peu. Il entendit les dernières paroles de Cirin dans une sorte de brouillard :

— Tu sais, Anthony ? A un moment, j'ai vraiment cru que tu allais tout lui dire. A elle. Toute la vérité.

Fowler sombra dans le sommeil avant de pouvoir lui répondre que toutes les vérités ne rendaient pas libre. Il savait que lui-même ne pouvait vivre avec sa propre vérité. Et qu'il ne chargerait jamais personne d'autre de ce poids.

RATZINGER NOMMÉ PAPE A LA QUASI-UNANIMITÉ

Andrea Otero
(Envoyée spéciale)

ROME – Le conclave réuni pour élire le successeur de Jean-Paul II a choisi l'ancien préfet de la Congrégation pour la Doctrine de la Foi, Joseph Ratzinger. Bien que tous aient juré sur la Bible de garder le secret sur cette élection sous peine d'excommunication, les premières informations ont commencé à filtrer. Le cardinal allemand a été élu avec 105 voix sur 115, bien plus donc que les 77 voix requises. Les spécialistes assurent que le nombre important d'appuis obtenus par Ratzinger est un fait insolite, d'autant plus que le conclave n'a duré que deux jours.

El Globo, mercredi 20 avril 2005.

Les experts attribuèrent cette élection rapide et insolite au manque d'opposition que rencontra ce candidat qui, en principe, ne figurait pas parmi les gagnants possibles. Des sources très proches du Vatican indiquèrent que les principaux rivaux de Ratzinger, les cardinaux Portini, Robayra, et Cardoso, n'avaient à aucun moment obtenu un nombre de voix suffisant. Cette même source affirma que ces cardinaux étaient apparus « un peu absents » lors de l'élection de Benoît XVI…

Epilogue

Mercredi 20 avril, 11 : 23

Un homme vêtu de blanc la reçut. Deux semaines plus tôt, Paola, transformée en boule de nerfs, avait attendu dans un couloir, devant un bureau situé à l'étage inférieur, sans savoir qu'au même instant son ami mourait dans d'affreuses tortures. Aujourd'hui, sa peur de faire une bourde était oubliée, et son ami vengé. De nombreux événements s'étaient produits pendant ces quinze jours. Mais les plus importants avaient eu lieu dans le cœur de Paola.

La criminologue remarqua que les rubans rouges scellés à la cire, qui avaient barré l'entrée de ce bureau entre le moment où la mort de Jean-Paul II avait été annoncée et l'élection de son successeur, pendaient encore à la porte. Le pape suivit son regard :

— J'ai demandé à ce qu'on les laisse encore un peu là. Ils serviront à me rappeler que ce poste est

443

temporel, dit-il d'une voix fatiguée tandis que Paola baisait son anneau.

— Votre Sainteté.

— *Ispettora* Dicanti, bienvenue. Je vous ai fait venir parce que je tenais à vous remercier personnellement de votre courage.

— Merci, Votre Sainteté, mais je n'ai fait qu'accomplir mon devoir.

— Non, *ispettora*, vous êtes allée bien au-delà. Asseyez-vous, je vous en prie, dit-il en lui indiquant un fauteuil placé sous un magnifique Tintoret.

— En réalité, j'espérais trouver ici le père Fowler, Votre Sainteté, dit Paola sans cacher ses regrets. Cela fait dix jours que je ne l'ai pas vu.

Le pape lui prit la main et lui sourit d'un air bienveillant.

— Le père Fowler se repose dans un lieu sûr. J'ai pu le voir cette nuit. Il m'a demandé de vous dire au revoir de sa part, et m'a laissé un message pour vous : « Il est temps que tous les deux, vous et moi, nous nous débarrassions de notre chagrin pour ceux qui ne sont plus. »

Paola ressentit un frisson intérieur en écoutant cette phrase, et les larmes jaillirent de ses yeux. Elle passa une demi-heure seule avec le pape. Les paroles qu'ils échangèrent n'appartiennent qu'à eux.

Plus tard, Paola sortit sur la place Saint-Pierre. Le soleil brillait, il était plus de midi. Elle prit le paquet de cigarettes de Pontiero dans sa poche, et alluma la dernière qui y restait. Elle leva le visage au ciel, soufflant la fumée :

— On l'a eu, Maurizio. Tu avais raison. Et maintenant, va retrouver la lumière, et fiche-moi la paix. Ah ! et n'oublie pas d'embrasser mon père.

Madrid, janvier 2003,
Saint-Jacques-de-Compostelle, août 2005.

Remerciements

Merci à Antonia Kerrigan pour son travail phéno-ménal et pour m'avoir montré le bon chemin. Merci à Blanca Rosa Roca et Carlos Ramos pour leur enthousiasme, et leur esprit de réussite. Merci à Raquel Rivas pour m'avoir donné un excellent conseil et pour sa franchise.

Et bien sûr, pour votre soutien et votre amour inconditionnel, je vous remercie, Katu et Andrea.

Achevé d'imprimer par GGP Media GmbH, Pößneck
en mars 2008
pour le compte de France Loisirs,
Paris

N° d'éditeur: 51377
Dépôt légal: mars 2008
Imprimé en Allemagne